Gerhard Spitz

MODE, MORD UND SCHNEEGESTÖBER

Krimi

Oertel+Spörer

FREITAG

Wie meistens in den letzten Jahren hatte sich die Kälte erst im Februar im Land festgesetzt.

Der Kollege in Uniform, der mich zu Hause in Bühl abholte, klapperte demonstrativ mit den Zähnen, als ich aus der Tür kam. Da es im Streifenwagen warm war – für mein Gefühl zu warm – hatte er gar nicht mitbekommen, *wie* kalt es draußen war.

»Warum müssen wir Sie eigentlich dauernd abholen, wenn es nachts zu einem Tatort geht?«, maulte er, als wir im Auto saßen. »Haben Sie kein eigenes Auto?«

»Schon, aber es ist ein Oldtimer. Gute vierzig Jahre alt. Ich bin mir nicht sicher, ob er bei der Kälte überhaupt anspringen würde.«

Glücklicherweise war der Kollege nicht in der Laune, mit mir über Oldtimer zu reden. Sonst hätte ich ihm erklären müssen, dass ich kein besonderes Interesse an Autos hatte und dass ich diesen Wagen, einen Peugeot 304 aus dem Jahr 1977, nur deshalb fuhr, weil mein Bruder seine Oldtimersammlung aufgelöst hatte. Das Auto hatte mir leidgetan. Es hatte fünfunddreißig Jahre lang in einer trockenen Garage gestanden und war beinahe neuwertig gewesen, als ich es übernahm.

Wenigstens waren die Straßen frei. So gelangten wir in weniger als zwanzig Minuten nach Kirchentellinsfurt.

Als wir am Tatort eintrafen, standen schon ein halbes Dutzend Streifenwagen da. Ihre Abblendlichter leuchteten die Szene nur unzureichend aus. Zwei Polizisten in Uniform waren gerade dabei, die Leiche auf das Rollgestell zu heben, auf dem sie zur Gerichtsmedizin gebracht werden sollte. Andere versuchten vergeblich, das Gelände abzuriegeln und die Neugierigen, die sich trotz Dunkelheit und Kälte eingefunden hatten, nach Hause zu schicken. Die Beamten, die mich hergebracht hatten, stiegen aus, um ihren Kollegen zu helfen.

Zwischen all den Uniformierten stand ein untersetzter, nicht allzu großer Mann mit schütteren Haaren und einem auffälligen Schnurrbart, der einen dicken Mantel trug. Mund und Nase waren tief im hochgeschlagenen Kragen verborgen: mein Chef, Hauptkommissar Günter Hackerle.

»Ich konnte wieder mal nicht einschlafen. Hab mir grade einen Tee gemacht, als der Anruf kam«, sagte er. Hackerle litt schon seit drei Jahren an einer schmerzhaften Bronchitis, die vom November bis ins Frühjahr anhielt und die ihn die Hälfte seines Nachtschlafs kostete. Die Ärzte konnten angeblich nichts finden. Wenn wir nachts gerufen wurden, war Hackerle immer als Erster anwesend. Bei jedem Außeneinsatz im Winter hustete er eine halbe Packung Papiertaschentücher voll.

Mein Chef deutete auf einen Minivan, der am Straßenrand geparkt war: »Dort wurde die Tote gefunden.«

»Wie ist sie gestorben?«, fragte ich.

»Erschossen. Ins Herz«, sagte Hackerle. »Ich denke, Sie sollten sich die Tote ansehen.«

Er gab einem der Schutzpolizisten am Rollgestell ein Zeichen. Der öffnete noch einmal den Reißverschluss der Plastikplane, in der die Tote lag, und leuchtete ihr mit einer Handlampe ins Gesicht.

Ich schnappte unwillkürlich nach Luft. Leichen sehen immer schrecklich aus, doch diese hier bildete eine Ausnahme. Die Ermordete war eine schöne Frau gewesen –

rotblonde, leicht gewellte Haare, aparte ovale Gesichtsform, keine auffälligen Hautunreinheiten oder Falten, Alter Mitte dreißig.

»Bitte alles ausleuchten«, rief Hackerle.

Der Polizist ließ den Strahl seiner Handlampe über die ganze Länge der Leiche wandern. Die Ermordete trug ein Kleid mit einem eng geschlungenen Gürtel, das knapp über den Knien endete und ihre Figur gut zur Geltung brachte. Ein Blutfleck im Brustbereich wies darauf hin, dass sie durch einen Schuss direkt ins Herz getötet worden war.

»Hatte sie keinen Mantel an?«, fragte ich.

»Den hat ihr der Notarzt ausgezogen«, erklärte Hackerle. »Die Schusswunde war zunächst nicht sichtbar. Er hat versucht, sie wiederzubeleben.«

Ein Hustenanfall hinderte ihn am Weiterreden. »Der Mantel ist übrigens von sehr guter Qualität«, fuhr er schließlich fort. »Alles Markenkleidung. Nichts vom Discounter.«

Die Beamten, die die Leiche hochgehoben hatten, schoben sie nun zum Laderaum eines Transporters.

»Sollen wir noch auf den Rest der Truppe warten?«, fragte ich. Hackerle hatte zwei weitere Mitarbeiter, Fred Unglert und Silke Maurer. Unglert wohnte mit seiner Familie am anderen Ende des Landkreises Tübingen in einem Dorf hinter Rottenburg. Silke Maurer war über sechzig und stand kurz vor der Pensionierung.

Hackerle verneinte: »Gibt keinen Sinn, wenn die extra herkommen. Was hier noch zu tun ist, kann die Spurensicherung erledigen. Es reicht, wenn wir uns morgen früh mit den anderen treffen. Im Moment will ich noch nicht zu viel Wind um die Sache machen. Sie wissen ja …«

Ich wusste, was mein Chef meinte, auch wenn er es nicht

aussprach. Hauptkommissar Adrian Schmal, ein karrieregeiler Wichtigtuer aus der Kriminalpolizeidirektion Esslingen, der andauernd über Hackerle und seine Truppe herzog, hatte seine Ohren überall. Sobald er von dem Mord erfuhr, würde er herbeieilen und seine Hilfe anbieten.

»Wir treffen uns morgen früh um halb neun im Kommissariat«, fuhr Hackerle fort. »Ebner ist schon informiert und hat eine Besprechung einberufen.«

Hackerles kleine Dienstgruppe war mit diesem Fall deutlich überfordert. Kriminaldirektor Ebner würde eine Sonderkommission einsetzen, das war klar. Vermutlich würden wir doch noch mit Schmal und seinen Leuten zusammenarbeiten müssen.

Der Hauptkommissar zog noch einmal sein Taschentuch hervor und hustete hinein, dann gab er mir eine kurze Zusammenfassung über das, was bisher über den Fall bekannt war. »Die Tote wohnt hier in Kirchentellinsfurt und ist am Ort gut bekannt. Sie heißt Martha Österle. Ihr Mann besitzt eine kleine Kette von Modegeschäften. Die Tote war seine zweite Frau. Sie hat ein Brautmodenhaus in Metzingen geleitet. Sie ist hierhergefahren, um die Tageseinnahmen in den Banktresor der Sparkasse zu werfen. Als sie aussteigen wollte, wurde sie erschossen. Das Geld fehlt. Ein unglaublich brutaler Raubmord. Die Familie wohnt hier in Kirchentellinsfurt.«

Der Mord war um Viertel nach neun am Abend passiert, und so fragte ich: »Ich nehme an, das Brautmodenhaus hat spätestens um acht geschlossen. Warum hat sie so lange hierher gebraucht?«

Hackerle zuckte die Achseln. »Keine Ahnung. Wir haben versucht, jemanden im Brautmodenhaus zu erreichen, aber es war niemand mehr da.«

»Waren denn die Tageseinnahmen so hoch, dass sich

ein Überfall gelohnt hat? Die meisten Kunden zahlen doch heute per Scheck.«

»Gleiche Antwort«, sagte Hackerle knapp.

»Woher wissen Sie das mit dem Banktresor?«

»Der Sparkassendirektor wohnt gleich um die Ecke. Er ist hergelaufen, als er den Schuss gehört hat. Frau Österle hat es jeden Tag so gemacht. Er hat sie sofort erkannt. Die Familie ist Kunde in dieser Filiale, seit ihr Unternehmen existiert.«

In diesem Moment fuhr ein Motorroller vor die Polizeiabsperrung. Er hielt direkt unter einer Straßenlaterne an. Eine Person in einer Warnweste mit dem Aufdruck *Notfallseelsorge Tübingen* stieg ab. Als sie den Helm abnahm, sah ich, dass es sich um eine junge Frau handelte. Sie musste ziemlich taff sein, wenn sie bei der Kälte mit dem Motorroller fuhr.

»Die Pfarrerin, die unsere Arbeit koordiniert, hat mich angerufen«, sagte sie. »Jemand hat ihr berichtet, hier sei ein Großeinsatz. Sie hat gemeint, ich solle lieber nachsehen. In letzter Zeit vergisst man immer öfter, uns zu verständigen.«

»Auf einen derart vagen Hinweis hin haben Sie sich auf den Motorroller gesetzt und sind durch die Kälte gefahren?«, fragte einer der Streifenbeamten, die an der Absperrung standen, entsetzt.

»Ich komme gerade von der Arbeit. Ich bin Sozialarbeiterin an einem Schulzentrum in Reutlingen, aber ich wohne in Tübingen. Kirchentellinsfurt liegt beinahe auf meinem Nachhauseweg, wenn ich nicht über die Autobahn fahren will.«

»Schulsozialarbeitern – da haben Sie so lange zu tun?«, fragte der Kollege.

»Ich musste zwei Familien ins Gebet nehmen, die ihre

Kinder aufeinandergehetzt haben. Anscheinend eine persönliche Feindschaft. Einer der beiden Väter hatte erst ab acht Zeit. Vermutlich ein Versuch, den Termin abzubiegen. Aber so leicht entkommt man mir nicht.«

Der Uniformierte schien beeindruckt. »Mit dieser Haltung würden Sie gut zur Polizei passen«, sagte er. »Haben Sie schon daran gedacht zu wechseln? Besseres Gehalt, Beamtenstatus, sichere Pension.«

»Danke. Aber bei der Polizei sind Sie hauptsächlich damit beschäftigt, die Scherben zusammenzukehren, wenn das Unglück schon passiert ist. Ich versuche lieber, die Vase noch aufzufangen, ehe sie am Boden zerschellt.«

»Um bei ihrem poetischen Bild zu bleiben: Hier ist die Vase leider schon zerschellt«, erklärte der Kollege. »Es geht um ein Kapitalverbrechen, nicht um einen Unfall. Für Sie gibt es hier nichts zu tun. Bitte verlassen Sie unseren Einsatzort.«

Die Frau wollte schon ihren Helm aufsetzen, da rief Hackerle: »Einen Moment! Die Angehörigen sind noch nicht verständigt. Vielleicht brauchen wir Ihre Dienste noch. Können Sie trotz der Kälte noch etwas warten?«

Die Notfallseelsorgerin nickte und ging zögernd auf Hackerle zu.

Gerade, als sie ihn ansprechen wollte, wurde es laut. Ein junger Mann und eine junge Frau waren zur Absperrung gekommen und argumentierten mit den Polizisten, die den Tatort absicherten. Schließlich durften sie passieren. Die Frau lief voraus. Als sie vor Hackerle stehenblieb und die Hand zur Begrüßung ausstreckte, konnte ich sie deutlich im Scheinwerferlicht eines Streifenwagens sehen. Sie war jung und schlank, vielleicht Mitte zwanzig, mit langen, schwarzen Haaren, hübsch, aber anders als die Tote keine auffällige Schönheit.

Anstatt sich vorzustellen, sagte die junge Frau nur: »Wir haben von dem Polizeieinsatz gehört. Eine Freundin hat mich angerufen. Wir warten immer noch, dass Martha heimkommt. Ist ihr etwas zugestoßen?«

Hackerle fragte sofort zurück: »Entschuldigung, aber Sie haben mir Ihren Namen nicht genannt. Wer sind Sie?«

»Oh, tut mir leid, aber ich bin ziemlich durcheinander. Mein Name ist Nicole Österle. Wir warten seit über einer Stunde auf meine Stiefmutter, Martha Österle. Sie wollte kurz nach neun zu Hause sein, um mit der Familie zu essen.«

»Frau Österle, ich muss Ihnen leider eine schreckliche Mitteilung machen«, sagte Hackerle. »Ihre Stiefmutter ist erschossen worden. Offenbar ein Raubüberfall.«

Nicole Österle sackte in sich zusammen, wurde aber von ihrem Begleiter aufgefangen.

Hackerle gab der Notfallseelsorgerin ein Zeichen, worauf sie näher herantrat.

Doch Nicole Österle hatte sich inzwischen gefasst. »Es geht schon wieder.« Sie sah ihren Begleiter an. »Er ist ja da.«

Hackerle wandte sich an den jungen Mann: »Darf ich fragen, in welcher Beziehung Sie zur Familie Österle stehen?«

»Ich bin der Verlobte von Nicole Österle. Kevin Lauber mein Name.«

Nicole Österle hatte sich inzwischen weinend an ihren Begleiter gelehnt. »Wir haben dann mit dem Essen angefangen, obwohl Martha noch nicht da war. Die anderen warten immer noch auf sie. Ich … ich bringe es nicht fertig, ihnen das zu sagen.«

»Die anderen, wer ist das?«, fragte Hackerle.

»Mein Vater und meine Mutter, außerdem mein jüngerer Bruder und … niemand sonst. Eigentlich wollte mein älterer Bruder auch kommen, aber er hatte länger an der Uni zu tun. Es war ihm dann zu spät. Er hat ein kleines Appartement in der Stadt.« Nicole Österle fing an zu schluchzen.

Die Ex-Frau hatte also mit der Familie zu Abend gegessen. Ein ungewöhnliches Arrangement.

»Ich denke, es ist unsere Aufgabe, Ihre Angehörigen zu benachrichtigen«, seufzte Hackerle. Eine Aufgabe, vor der sich bei uns jeder drückte. Der Hauptkommissar winkte mich zu sich. »Können Sie das übernehmen, Herr Balck?«

Er schaute die Rollerfahrerin an: »Könnten Sie Herrn Balck begleiten, Frau …«

»Ensinger. Hannah Ensinger«, stellte sich die Notfallseelsorgerin vor. »Aber natürlich. Das ist schließlich meine Aufgabe.«

»Wir gehen am besten zu Fuß«, schlug der Verlobte von Nicole Österle vor. »Es sind gerade mal achthundert Meter.«

Auf dem Weg zum Haus der Österles berieten Hannah Ensinger und ich kurz, wie wir uns vorstellen sollten. Wir beschlossen, dass ich die aktive Rolle übernehmen sollte. Wenn die Österles damit konfrontiert würden, dass eine Notfallseelsorgerin anwesend war, würden sie sofort wissen, dass das Schlimmste eingetreten war. Hannah Ensinger zog ihre Warnweste aus, faltete sie zusammen und verstaute sie in einer der Taschen ihrer Winterjacke.

Bis zu diesem Mordfall war ich nur ein oder zwei Mal in Kirchentellinsfurt gewesen. Im unteren, relativ flachen Ortsteil gab es etwas Industrie und eine ordentliche Infrastruktur. Weiter oben dominierten Ein- und Zweifamilienhäuser. Einkaufsmöglichkeiten und Lokale waren rar. Ein Ort für Menschen, denen die Mieten in den beiden großen Städten der Umgebung zu teuer waren: Studenten und junge Wissenschaftler aus Tübingen, Arbeiter und kleine Angestellte aus Reutlingen.

Die Straße, in der die Österles wohnten, war typisch für diesen Teil von Kirchentellinsfurt. Die Häuser waren gepflegt, aber nicht mehr ganz neu. Die meisten stammten wohl aus den Sechziger- und den Siebzigerjahren. Der Straßenrand war voller geparkter Autos, viele davon älteren Datums. Offensichtlich mussten sich einige Hausbesitzer etwas hinzuverdienen, indem sie Zimmer an Studenten vermieteten. Eine wohlhabende Familie wie die Österles hätte ich in dieser Gegend nicht vermutet.

Das Haus der Österles lag ganz am oberen Ende der steil ansteigenden Straße. Es hatte die beste Lage von allen, mit Blick auf die umliegenden Hügel und Wälder. Überall sonst sah man nicht über die Häuserreihen hinaus, die den Ort ausmachten.

Es war das bei Weitem größte und schönste Haus in der Umgebung. Trotz der Dunkelheit sah man, dass es erst vor wenigen Jahren gründlich renoviert worden war. Dennoch passte es in die Straße. Es hatte nichts von einer Villa oder einem Herrenhaus an sich. Bei einem späteren Besuch würde ich feststellen, dass die Südseite des Dachs ganz mit Solarzellen bedeckt war. Die Familie hatte etwas für Umweltschutz übrig. Der Garten war riesig, allerdings – nach schwäbischen Maßstäben – etwas ungepflegt.

Nicole Österle und Kevin Lauber wollten direkt in ihre eigene Wohnung gehen, die einen separaten Eingang hatte.

»Ich kann nicht damit umgehen, wenn meine Mutter heulend aufs Sofa fällt«, begründete die Tochter ihre Entscheidung.

Eigentlich wäre jetzt eine gute Gelegenheit gewesen, sich nach der seltsamen Familienkonstellation der Österles zu erkundigen. Es war mindestens ungewöhnlich, dass die aktuelle und die Ex-Ehefrau eines Mannes gemeinsam zu Abend aßen. Vor allem aber wollte ich prüfen, ob die Aussagen der Familienmitglieder zum Verlauf des Abends übereinstimmten. Ich fragte nach.

Nicole und ihr Verlobter behaupteten, die Familie habe sich Viertel vor neun im Esszimmer versammelt und auf Martha gewartet. Niemand sei für längere Zeit weggewesen.

Nachdem sich die beiden in ihr eigenes Appartement zurückgezogen hatten, läutete ich am Haupteingang der Österles. Uns empfing eine Frau, die ich auf Mitte bis Ende fünfzig schätzte. Früher hatte sie wohl eine gute Figur gehabt, war inzwischen allerdings etwas mollig geworden. Sie trug ein Kleid, das unaufdringlich ihre Figurprobleme kaschierte. Man sah ihm an, dass es teuer und von hoher Qualität war. Ganz offensichtlich eine Frau, die sich mit Mode auskannte, also wohl Nicoles Mutter, die Ex-Frau des Firmenbesitzers.

Ich zeigte meinen Dienstausweis und fragte: »Frau Österle?«

Die Frau im Eingang nickte, sah sich meinen Ausweis an, zuckte kurz zusammen und sagte: »Ich hoffe, Sie kommen nicht mit schlechten Nachrichten zu uns.«

»Leider doch«, sagte ich. »Dürfen wir reinkommen?«

Die Frau zögerte, gab dann aber den Weg frei. Im Vorraum legten wir rasch unsere Winterjacken ab. Zum ersten Mal hatte ich Gelegenheit, meine Pseudokollegin bei Licht zu sehen. Schon auf dem Weg hatte ich festgestellt, dass sie eine ausgesprochen große Frau war, etwa einen Meter achtzig groß, vielleicht einen oder zwei Zentimeter kleiner als ich selbst. Sie hatte ein hübsches ovales Gesicht, braune Haare und grüne Augen. Auf ihr Aussehen schien sie nicht viel Wert zu legen. Ihre Kleidung wirkte alltäglich und etwas langweilig. Sie trug eine mittellange Zweckfrisur, die sicher nicht viel Pflege erforderte. Vermutlich waren die Haare gerade so lang, dass sie noch unter ihren Helm passten. Ihre schlanke Silhouette gefiel mir.

Wir wurden in ein Esszimmer geführt. Um einen großen Tisch herum standen acht gepolsterte Stühle. Die Einrichtung wirkte gediegen, aber nicht protzig. Zwei Gedecke standen unberührt auf dem Tisch.

Auf einem kleinen Sofa saß ein etwa sechzigjähriger Mann mit markanten Gesichtszügen, offensichtlich der Ehemann der Toten. Er hielt sich kerzengerade, strahlte Autorität aus. Trotz seiner grauen Haare war er noch ein attraktiver Mann. Ich vergewisserte mich seines Namens und wiederholte:

»Ich habe Ihnen eine schlimme Nachricht zu überbringen. Ihre Frau wurde in ihrem Minivan vor der Sparkassenfiliale tot aufgefunden. Anwohner haben kurz vorher einen Schuss gehört. Wir müssen davon ausgehen, dass sie einem Raubüberfall zum Opfer gefallen ist.«

Nun geschahen mehrere Dinge gleichzeitig.

Frau Österle rief: »Martha! Nein! Das kann nicht sein!« Sie setzte sich auf den nächsten Stuhl, sackte in sich zusammen und fing an zu weinen.

Der Mann schien sich zuerst besser zu halten. Dann merkte ich, dass er verständnislos in die Welt schaute. Plötzlich fing er an, keuchend zu atmen, bekam offensichtlich keine Luft mehr. Seine Ex-Frau fing sich für einen Moment, rief: »Ein Asthma-Anfall. Schnell, sein Cortison-Spray! Auf dem Sideboard.« Dann begann sie wieder zu weinen.

Ich nahm den Spray vom Board und gab ihn Herrn Österle. Er griff danach, steckte sich das Spray in den

Mund und gab ein paar Sprühstöße ab. Er atmete weiter keuchend.

Hannah Ensinger ging vorsichtig auf Frau Österle zu und begann, leise und beruhigend auf sie einzureden. Diese reagierte zunächst kaum, schien sich aber dann zu beruhigen, sagte gelegentlich einen Satz.

Während ich den medizinischen Notruf verständigte, verfluchte ich die Feigheit meines Chefs, die mich in diese Lage gebracht hatte. Die Situation war völlig außer Kontrolle geraten. Was die Notfallseelsorgerin mit Frau Österle besprach, konnte ich nicht verstehen. Zwar verfügte sie über keine polizeilichen Informationen, aber sie war am Tatort gewesen. Möglicherweise hatte sie etwas beobachtet und verriet gerade Details, die nicht an die Öffentlichkeit dringen sollten.

Nach etwa fünfzehn Minuten erschienen ein Notarzt und eine Sanitäterin. Sie bestätigten, dass es sich nur um einen Asthmaanfall handelte und dass Herr Österles Zustand nicht kritisch war. Als sie von der Ursache des Anfalls hörten, beschlossen sie, ihn trotzdem in die Klinik zu bringen.

Frau Österle hatte sich inzwischen einigermaßen gefasst.

Ich teilte ihr mit, dass wir den Angehörigen routinemäßig einige Fragen stellen mussten. »Ich weiß, dass die Situation für Sie psychisch sehr belastend sein muss«, sagte ich. »Falls Sie erst morgen mit uns sprechen möchten, habe ich volles Verständnis.«

»Ach, bringen wir es gleich hinter uns«, entschied Frau Österle. »Ich bin normalerweise eine robuste Natur.« Sie sprach mit einem leichten schwäbischen Akzent, der ihre Stimme bedächtig und freundlich klingen ließ.

Sie stellte sich ohne Umschweife selbst vor. »Damit Sie

wissen, mit wem Sie sprechen: Mein Name ist Christine Österle. Ich bin die erste Frau von Alex Österle. Wir waren bis vor drei Jahren miteinander verheiratet. Gleich nach unserer Scheidung hat er Martha geheiratet. Ich führe nach wie vor gemeinsam mit Alex die Kette von Modeläden, die wir gemeinsam aufgebaut haben. Martha gehört ebenfalls zur Geschäftsführung, sie leitet unser Brautmodenhaus in Metzingen. Alex und ich haben drei gemeinsame Kinder. Gerd, unser Ältester, hat Mathe studiert und promoviert gerade. In der Firma hilft er nur gelegentlich mit. Er hat eine eigene Wohnung in Tübingen. Nicole, unsere Tochter, ist zwei Jahre jünger. Sie haben sie wohl schon kennengelernt und ihren Verlobten auch. Tom, unser Jüngster, geht noch zur Schule. Er macht dieses Jahr Abi.«

Ich befragte sie nach dem Verlauf des Abends. Sie machte im Wesentlichen die gleichen Angaben wie zuvor ihre Tochter. Etwa Viertel vor neun hatte sich die Familie im Esszimmer versammelt: Alex, Christine, Nicole und Tom Österle sowie Kevin Lauber. Gerd war erwartet worden, hatte jedoch kurz vor neun abgesagt. Gleich darauf hatte Martha angerufen und berichtet, dass im Brautmodenhaus ungewöhnlich viel los gewesen war und dass die Mitarbeiterinnen immer noch dabei waren, Kleider in die Schränke zu hängen und Accessoires wegzuräumen. Sie würde vermutlich zwischen Viertel nach neun und halb zehn nach Hause kommen. Die Familie hatte daraufhin beschlossen, gleich mit dem Essen zu beginnen.

»Als Martha um zehn immer noch nicht da war, haben Alex und ich schon befürchtet, dass etwas passiert sein könnte«, berichtete Frau Österle. »Wir haben natürlich an einen Unfall gedacht, nicht an ein Verbrechen. Martha fährt manchmal etwas zu schnell… das ist ihr einziger

Fehler. Damit Tom von unserer Unruhe nichts merkt, haben wir ihm gesagt, er soll früh zu Bett gehen. Bitte lassen Sie ihn heute in Ruhe. Wir müssen ihm die Nachricht schonend beibringen. Er hat Martha sehr gemocht. Er ist seelisch nicht sehr stabil. Er macht dieses Jahr Abi, und die Schule stresst ihn sehr.«

Ich bat um ein Glas Wasser. Frau Österle ging in die Küche, holte ein Glas aus dem Küchenschrank und schenkte mir aus einer Flasche stilles Wasser ein. Ich folgte ihr in die Küche.

Die Spülmaschine lief, doch auf dem Spültisch standen in Reih und Glied sechs Sektgläser. Sie waren vermutlich zu empfindlich, als dass man sie der Maschine anvertraut hätte. Schwäbischer Ordnungssinn. Selbst das schmutzige Geschirr wurde noch sorgfältig aufgestellt.

»Sie haben vor der Mahlzeit alle ein Glas Sekt getrunken?«, fragte ich.

»Das gehört zu unserem Feierabendritual«, sagte Frau Österle. »Sonst trinken wir praktisch keinen Alkohol.«

Einen Moment lang ging mir ein Gedanke durch den Kopf, doch er war sofort wieder weg.

Ich konnte der Versuchung nicht widerstehen, Christine Österle über die Besonderheiten ihres Familienlebens auszufragen.

»Entschuldigen Sie, Frau Österle, aber das wollte ich Sie doch fragen: Gab es einen besonderen Anlass, dass Sie heute am Abendessen teilgenommen haben oder ist das in Ihrer Familie so üblich?«

Christine Österle lachte kurz auf, sagte dann: »So fragen mich alle, die unsere Familie nicht kennen. Es gab nie Streit zwischen Martha und mir. Sie war nicht der Grund für unsere Scheidung, nicht einmal der Anlass. Mein Mann war ganz alleine schuld. Alex und ich haben unsere

Modekette gemeinsam aufgebaut. Anfangs hatten wir nur einen einzigen Laden und gerade mal genügend Geld, um jeden Monat die Pacht zu zahlen. Aber wir haben uns hochgearbeitet, durch Fleiß, durch Glück, vor allem aber auch, weil wir beide ein Gespür dafür haben, was den Menschen steht und wie man mit Kunden umgehen muss. Mode verkaufen ist eine Kunst. Unsere Modekette ist in Wirklichkeit ein ziemliches Sammelsurium von unterschiedlichen Läden. Jede Stadt hat einen anderen Charakter und andere Kundinnen. Die Läden müssen passen, und das Personal muss passen. Das ist oft das Schwierigste: Man muss die Mitarbeiter halten, die wissen, wie man Mode an die Frau und an den Mann bringt, und diejenigen diskret vergraulen, die einfach routiniert ihr Verkaufsprogramm abspielen wollen.«

Einen Moment lang schlich sich ein Lächeln auf ihr Gesicht. Ihre ersten Jahre als Geschäftsfrau waren offensichtlich die glücklichsten ihres Lebens gewesen.

»Alles ging gut – so lange, bis mein Mann vor ungefähr zehn Jahren die Midlife-Crisis gekriegt hat«, erzählte sie weiter. »Plötzlich hat er angefangen, Mitarbeiterinnen und Kundinnen anzubaggern. Einmal hat er sich an die Ehefrau eines Konkurrenten herangemacht. Und leider hat er sich besonders für sehr junge Frauen interessiert. Mehrmals hätte es beinahe einen Skandal gegeben. Er hat immer wieder versprochen, sich zu bessern, und immer wieder hat er sein Versprechen gebrochen. Ich hatte dauernd Angst, wir könnten ernstliche Schwierigkeiten bekommen. Vor fünf Jahren hatte ich es endgültig satt. Ich wollte die Scheidung. Wir waren uns einig, dass wir eine gütliche Trennung wollen und dass wir die Firma weiter gemeinsam führen. Wir haben unseren Anwalt beauftragt, eine Scheidungsvereinbarung aufzusetzen.«

Sie machte eine Pause: »Aber dann fing Tom an zu kränkeln. Er war schon immer ein zartes Kind. Mit vierzehn, fünfzehn hatte er einen Wachstumsschub, war dauernd krank, verlor ein Schuljahr. Wir haben beschlossen, dass wir ihm keine Trennung zumuten können, und haben unsere Scheidung aufs Eis gelegt. Dann kam Martha.«

Frau Österle holte Luft, um rasch weiterzuerzählen: »Sie war nicht einfach hübsch, sie war eine wirkliche Schönheit. Das ist normalerweise nicht gut für eine Modeverkäuferin. Eine Verkäuferin muss gepflegt wirken, aber wenn sie zu hübsch ist, wird sie von vielen Frauen als Rivalin angesehen. Sie fühlen sich unwohl, wenn sie von ihr bedient werden. Aber Martha konnte sich ganz rasch in eine graue Maus verwandeln, wenn es nötig war. Keine Ahnung, wie sie das gemacht hat. Sie war so tüchtig, sie konnte so viel …«

Frau Österle war kurz davor, wieder in Tränen auszubrechen.

»Zuerst war sie einfach nur eine weitere Affäre meines Mannes. Er war so charmant, er konnte beinahe jede Frau bekommen. Er sieht immer noch gut aus. Seine grauen Haare stehen ihm, lassen ihn wie einen Gentleman alter Schule wirken. Aber in Martha war er ernstlich verliebt. Ich habe ihn ins Gebet genommen. Ich habe ihn gefragt, ob er seine dauernden Affären aufgeben kann, wenn er mit dieser Frau lebt. Er hat ja gesagt und ich habe beschlossen, ihm zu glauben. Wir haben Martha nach Hause eingeladen, und sie hatte sofort einen guten Draht zu Tom. Danach war uns klar, wie es weitergehen musste. Ich hatte mir meinen Lebensabend anders vorgestellt, aber ich habe die Angst nicht mehr ausgehalten, die Angst, dass es einen Skandal gibt, die Angst, dass die Firma, die wir gemeinsam aufgebaut haben, vor die Hunde geht. Inzwischen habe ich Martha liebgewonnen. Ich denke, jeder in der Familie hat sie liebgewonnen. Sie hat so gut zu unserer Familie gepasst – und zu unserer Firma. Ich weiß, es klingt herzlos, aber die Firma ist mir beinahe ebenso wichtig wie die Familie. Ich könnte es nicht ertragen, wenn sie zugrunde geht.«

Christine Österle fing an zu schluchzen: »Ich kann nicht weiterreden. Bitte lassen Sie mich jetzt allein!«

Ich musste trotzdem fragen: »Sie wohnen immer noch hier? Zusammen mit Ihrem Mann und seiner neuen Frau?«

»Das hätte dann doch nicht gepasst«, sagte Frau Österle. »Wir haben ein etwas kleineres Haus ganz in der Nähe gekauft. Tom lebt bei mir – aber er geht in beiden Häusern ein und aus, wie es ihm gefällt. Wenn er etwas nicht von mir bekommt, bekommt er es von Martha, und umgekehrt. Ich denke manchmal, Martha lässt ihm zu viel durchgehen. Sie hat ein arg gutes Herz. Aber ich bin ja genauso. Tom weiß, wie er uns um den Finger wickeln kann. Er ist eben ein Filou – so wie sein Vater.« Ihre Stimme wirkte plötzlich warm und verträumt.

Eines hatte Christine Österle noch auf dem Herzen: »Können Sie bitte Gerd verständigen? Am besten noch heute Abend. Ich möchte nicht, dass er es am Telefon erfährt. Er hat Martha sehr gemocht. Er ist jetzt sicher zu Hause.«

Sie gab uns die Adresse, dann fing sie wieder an zu weinen. Wir verließen lautlos das Haus.

Als wir langsam zum Tatort zurückgingen, fragte ich die Notfallseelsorgerin: »Was halten Sie von Frau Österle?«

»Zunächst mal: Sollten wir uns nicht besser duzen? Ich heiße Hannah.« Sie streckte mir ihre behandschuhte Hand hin. »Hannah Ensinger, wenn du meinen vollen Namen wissen willst.«

»Ich heiße Stefan. Stefan Balck. Balck mit ce-ka.«

Hannah holte etwas Luft, sagte dann: »Weißt du, ich bin Seelsorgerin, keine Hilfskraft der Polizei. Ich kann dir nicht berichten, was Christina Österle und ich miteinander beredet haben. Was da gesprochen wurde, ist vertraulich.«

»Gut. Aber vielleicht kannst du doch sagen, was für einen Eindruck sie auf dich gemacht hat.«

»Meinen Eindruck?« Hannah tat, als hätte sie mich nicht verstanden.

»Ja, deinen Eindruck. Ich verlange nicht, dass du mir irgendwelche Fakten verrätst.«

»Du lässt nicht locker. Als Polizist darfst du das ja auch nicht.«

»Du lässt auch nicht so leicht locker, habe ich gehört.«

»Also gut, mein Eindruck. Den darfst du erfahren. Er ist ganz eindeutig: Ihr Schmerz und ihre Tränen waren echt. Was da passiert ist, hat sie sehr mitgenommen.«

»Sie hat also wirklich um ihre Nachfolgerin getrauert?«

»Trauer würde ich es nicht nennen. Eher Verzweiflung.«

»Verzweiflung?«

»Ja – Verzweiflung darüber, dass sie endgültig aus ihrer Komfortzone vertrieben worden ist. Denk doch daran, was sie gesagt hat. Sie und ihr Ehemann haben zwanzig Jahre lang sehr komfortabel miteinander gelebt. Klar, sie haben viel Fleiß und Energie gebraucht, um ihr kleines Modeimperium aufzubauen. Aber Frau Österle hat nicht das übliche Jammerlied der Selbstständigen gesungen, dass sie zu viel Steuern zahlen müssen, dass sie so schrecklich viel arbeiten müssen, dass die faulen Arbeitnehmer einfach ihr Gehalt kassieren und schon nach fünfunddreißig Stunden nach Hause gehen dürfen. Die beiden haben gern gearbeitet. In ihrem kleinen Modehaus haben sie mit viel Liebe und Freude die Menschen eingekleidet. Später haben sie mit viel Liebe und Freude für jede Stadt den passenden Laden, das passende Sortiment und das passende Verkaufspersonal gefunden. Ich wette, wenn du eine ihrer Verkäuferinnen aus Tübingen und eine aus Reutlingen nebeneinanderstellst, würdest du nie dahinterkommen, dass sie für dieselbe Modekette arbeiten. Es war ein wunderbares Leben für die beiden. Aber plötzlich wird ihr Glück bedroht. Der Ehemann wird untreu, hat Affären mit Verkäuferinnen, mit Kundinnen, viele davon sehr jung, ein Skandal droht. Es sieht so aus, als würde die Komfortzone zerbrechen. Dann kommt Martha. Christine gibt ihren untreuen Mann nur allzu gerne an sie ab, auch, weil diese einen guten Draht zum jüngsten Sohn, ihrem Sorgenkind, hat. Und Martha bekommt den Mann tatsächlich unter Kontrolle. Vielleicht wäre das auch von allein passiert. Jede Midlife-Crisis hat einmal ein Ende. Aber Christine ist überzeugt, dass Martha ihre Komfortzone und die Familienfirma gerettet hat, und sie ist ihr dafür dankbar. Doch jetzt ist Martha tot. Die Komfortzone ist endgültig zerstört. Daher die Verzweiflung.«

»Meine Güte, was du in der kurzen Zeit alles herausgefunden hast«, rief ich.

Hannah lachte kurz auf. Ihr Lachen gefiel mir. Hell und melodisch. »Ich muss es ja nicht beweisen. Das ist deine Aufgabe.«

Inzwischen waren wir am Tatort angekommen. Dort waren nur noch einige Spurensicherer, die die Umgebung absuchten – angesichts des Tathergangs vermutlich eine völlig sinnlose Aktivität – und ein Streifenwagen aus Reutlingen, dessen Besatzung Neugierige fernhalten sollte.

»Deine Kollegen haben dich vergessen«, rief Hannah. »Was machst du jetzt?«

»In Tübingen anrufen. Das geht so nicht. Sie müssen mich heimfahren.«

»Werden sie gleich kommen?«

»Wohl kaum. Es stinkt ihnen sowieso, dass sie mich immer abholen müssen, wenn es eilig ist. Mein Auto ist nicht wintertauglich. Ich habe einen Oldtimer.«

»Ich habe eine bessere Idee«, sagte Hannah. »Wir fahren gemeinsam mit dem Motorroller zu diesem Gerd Österle. Du bist ja gut eingepackt. Bist du denn schon mal Sozius gefahren?«

»Das ist lange her. Aber ich bin eine Zeit lang selbst mal Roller gefahren. Mein Bruder hat einen zum sechzehnten Geburtstag bekommen. Als er endlich den großen Motorradführerschein machen durfte, hat er ihn an mich weitergegeben. Ich hatte grade das passende Alter.«

»Kleines oder großes Kennzeichen?«

»Großes. Ein 125er von Honda.«

»Okay, dann wird es schon klappen. Du musst keine Angst haben, ich nehme öfter mal eine Freundin auf dem Roller mit.«

»Aber ich habe keinen Helm. Ohne, ist mir doch etwas zu riskant.«

»Als Nicole Österle ihre Tür aufgemacht hat, habe ich im Flur zwei Helme liegen sehen. Die haben wohl auch einen Motorroller oder ein Motorrad. Wir fragen nach. Die beiden können sicher noch nicht schlafen.«

Ich hatte meine Bedenken, doch Hannah Ensinger fuhr los, mit mir auf dem Sozius, und sie erhielt tatsächlich das Gewünschte. Der Helm passte einigermaßen. Ich hatte seit ewigen Zeiten nicht mehr hinten auf einem Motorroller gesessen. Anfangs war ich nervös, vor allem in Kurven, doch Hannah war eine gute Fahrerin. Bald fühlte ich mich hinter ihr völlig sicher.

Kalt war es trotzdem. Als wir in Tübingen ankamen, war ich völlig durchgefroren.

Gerd Österle wohnte in der Quenstedtstraße, was mir gar nichts sagte, doch Hannah Ensinger kannte sich offensichtlich aus. Es handelte sich um eine Wohnstraße mit mehrstöckigen Appartementhäusern, etwas nördlich vom Universitätsgelände gelegen.

»Wieder einmal eine Komfortzone«, sagte Hannah. »Die Österles lieben es praktisch. Das Matheinstitut ist auf der Morgenstelle, vielleicht anderthalb Kilometer von hier. Gerd Österle kann ohne Weiteres zu Fuß zu seinem Arbeitsplatz und zurück laufen. Ein angenehmer Spaziergang.«

Ich fühlte mich etwas unwohl. Ich war zwar froh, dass die Notfallseelsorgerin mich begleitete, doch ich hatte auch Gerd Österles Alibi zu prüfen und musste vielleicht weitere Fragen stellen. Das konnte leicht zu Interessenkonflikten führen. Ich ärgerte mich wieder einmal über Hackerles Feigheit, der mich allein zu den Angehörigen losgeschickt hatte. Ich sprach Hannah auf das Problem an.

»Keine Sorge«, sagte sie. »Ich bin Seelsorgerin. Notfallseelsorger können sich zwar nicht auf das Beichtgeheimnis berufen, aber was wir erfahren, ist trotzdem vertraulich. Notfalls gehe ich auch kurz raus, wenn es dir lieber ist.«

Wir klingelten und ich stellte mich über die Türsprechanlage vor.

Gerd Österle ließ uns ein – ein Mann Ende zwanzig mit lockigen schwarzen Haaren, gut aussehend, aber nicht allzu groß. Ich schätzte ihn auf einen Meter fünfundsiebzig.

»Ich bin etwas überrascht, dass die Polizei zu mir kommt«, sagte er.

Wir legten wieder unsere dicken Jacken ab. Diesmal sah ich Hannah etwas genauer an und musste meine Meinung über sie revidieren. Vielleicht legte sie tatsächlich keinen besonderen Wert auf ihr Aussehen – dann aber nur deshalb, weil es nicht nötig war. Ihre Kleidung wirkte zwar auf den ersten Blick langweilig, war auch nicht körperbetont geschnitten, doch passte sie zu ihrem Typ, unterstrich, dass sie eine ausgesprochen hübsche Frau war. Vermutlich wählte sie ihre Sachen sehr sorgfältig aus, sodass sie alltäglich aussahen, aber ideal zu ihrer Figur passten. Vielleicht gab es irgendwo einen Spezialladen für große, schlanke Frauen, so wie die Läden für Mollige, die man heute in jeder größeren Stadt findet.

»Ich habe Ihnen leider eine schlimme Mitteilung zu machen«, begann ich und sagte dann die standardisierten Sätze auf, mit denen wir Menschen über den Tod eines Angehörigen informieren.

Gerd Österles Reaktion überraschte mich.

»Die arme Martha«, rief er. »Immer war sie der Mülleimer für uns alle, und jetzt hat sie auch noch ihren Kopf für uns hingehalten.«

»Wie meinen Sie das?« fragte ich. »Wieso hat sie den Kopf für Sie hingehalten?«

»Nun, Sie wissen es sicher schon. Meine Eltern sind sehr erfolgreiche Geschäftsleute. Da macht man sich Feinde.«

»Entschuldigung, aber das ist mir zu allgemein«, sagte ich. »Wenn Sie so reagieren, muss es doch wohl einen konkreten Vorfall gegeben haben.«

»Darf ich mich setzen?«, fragte Gerd Österle. »Ich muss die Nachricht erst verarbeiten.«

Er warf sich auf einen Sessel. Währenddessen hatte ich Zeit, mich im Zimmer umzusehen. Es war ein kombiniertes Wohn-/Esszimmer, das ohne Tür in den Vorraum überging. Die Ausstattung wirkte funktionell und freundlich, doch etwas steril, ohne persönliche Note. Wir setzten uns ebenfalls, ohne auf eine Einladung zu warten.

Gerd Österle stierte eine Weile vor sich hin, dann stieß er hervor: »Ja, es gab einen Zwischenfall. Meine Eltern sind ehrliche Geschäftsleute, kein Zweifel, aber sie verhandeln sehr hart. Vor ein paar Jahren haben sie einem Geschäftsmann aus Reutlingen, der sich aus Altersgründen zurückziehen wollte, das Ladenlokal abgekauft. Der starb wenig später, und der Erbe war mit dem Preis nicht einverstanden. Er war der Meinung, meine Eltern hätten ihn um einen Teil seines Erbes betrogen. Alle Anwälte haben ihm von einer Klage abgeraten. Da hat er meinen Vater vor dem Geschäft abgepasst und ihn bedroht. Glücklicherweise sind unsere Verkäufer dazwischengegangen, und so ist nichts passiert. Aber mein Vater hatte noch wochenlang Angst, wenn er in Reutlingen unterwegs war. Der Mann war sehr kräftig, stark tätowiert und sehr cholerisch.«

»Wie lange ist das her?«

»Zwei, drei Jahre, würde ich sagen.«

»Kam es zu einer Anzeige?«

»Ich denke nicht. Jedenfalls hat mein Vater nicht erwähnt, dass er deswegen bei der Polizei war.«

»Das ist alles sehr vage und schon ziemlich lange her.«

Gerd Österle zögerte.

»Ich bin selten zu Hause, aber vor ein paar Wochen ist mir aufgefallen, dass mein Vater sich komisch benimmt. Ein bisschen so wie damals, als er Angst hatte. Darum denke ich, dass wieder etwas passiert sein muss.«

»Aber jemand, der sich betrogen fühlt, würde doch auf Ihren Vater oder Ihre Mutter losgehen«, wandte ich ein. »Oder hat Martha sich selbst Feinde gemacht?«

Gerd Österle überlegte einen Moment, dann sagte er rasch: »Ich denke nicht. Aber das ist vielleicht auch nicht nötig.«

»Wie meinen Sie das?«

»Wir haben drei gleiche Minivans als Firmenwagen. Citroën C4 Picasso, rot lackiert und mit dem Logo unserer Firma. Wenn einer von uns ein Auto braucht, nimmt er einfach den Wagen, der gerade frei ist. Ein Außenstehender könnte denken, dass es nur eines dieser Autos gibt und dass es immer von meinem Vater gefahren wird.«

»Wer fährt denn alles diese Picassos?«

»Wir alle. Mein Vater, meine Mutter, Martha, Nicole, ihr Verlobter und, wenn ich für die Firma unterwegs bin, auch ich. Tom hat noch keinen Führerschein. Er will ihn erst nach dem Abi machen.«

Gerd Österles Stimme wurde weinerlich. Er stieß ein paar Worte hervor, die ich nicht verstand, die aber in etwa klangen wie »Oh, Martha!«

Ich wartete, bis er sich etwas gefasst hatte, dann fragte ich: »Wenn Sie mit Ihrer Idee Recht haben: Warum denken Sie, dass gerade Ihr Vater Ziel des Anschlags sein sollte?«

»Er ist das Gesicht der Firma. Bei geschäftlichen Entscheidungen zieht zwar oft meine Mutter die Fäden, aber mein Vater ist der, der sie nach außen verkündet. Außerdem – Sie haben wahrscheinlich schon von seiner Vergangenheit als Schürzenjäger gehört. Da gibt es sicher einige Ehemänner, Ex-Geliebte und andere Betroffene, die immer noch einen Groll auf ihn haben.«

»Das alles ist aber schon ein paar Jahre her.«

»Das stimmt natürlich. Aber irgendwie – ich kann nicht glauben, dass jemand Martha umbringen wollte. Sie war eine so gute Seele.«

Er starrte kurz vor sich hin, nickte dann und wiederholte: »Ja, eine gute Seele.«

Ich wartete einen Moment, griff dann seine Worte auf: »Die ›gute Seele‹ – hat das etwas mit diesem Mülleimer zu tun, von dem Sie vorher gesprochen haben?«

»Bei Martha haben sich alle ausgeweint. Ich – wenn meine Mutter mal wieder nicht einsehen wollte, dass die Wissenschaft für mich das Wichtigste ist und dass ich nur dann in der Firma aushelfen kann, wenn an der Uni gerade nicht viel los ist. Nicole – sie hat eine Neigung, immer wieder an die falschen Männer zu geraten. Ich weiß nicht, ob dieser Kevin Lauber für sie der Richtige ist. Er kommt mir ein bisschen zu weich vor. Mein Vater – keine Ahnung, aber ich bin sicher, dass er auch oft ihren Zuspruch benötigt hat. Seit er immer wieder diese Asthmaanfälle bekommt, ist er seelisch nicht mehr sehr stabil. Meine Mutter – wahrscheinlich hat sogar sie manchmal bei Martha Hilfe gesucht. Sie ist nicht so stark wie sie tut. Nur Tom – er ist der Liebling meiner Mutter und gleichzeitig Marthas Liebling. Er brauchte keinen Extra-Zuspruch. Er hat oft seine schwache Gesundheit ausgenutzt, um zu bekommen, was er wollte.« Gerd Österle seufzte: »Am einfachsten könnte man es so ausdrücken: Martha war die gute Seele der Familie, meine Mutter der scharfe Verstand.«

»Das klingt jetzt aber ziemlich hart gegen Ihre Mutter«, sagte ich.

»Sollte es eigentlich nicht. Meine Mutter hat sehr unter den Eskapaden meines Vaters gelitten. Es war nicht nur die Untreue – sie hatte dauernd Angst, dass seine Vorliebe für junge Frauen zu einem schlimmen Skandal führt. Irgendwann einmal hat sie beschlossen, sich nur noch auf ihren Verstand zu konzentrieren, zu schauen, dass sie die

Familie und die Firma heil durch die ganzen Probleme bringt. Sie wollte das, was sie zusammen mit meinem Vater aufgebaut hat, an uns Kinder vererben – unbeschädigt. Auf dem Höhepunkt seiner Midlife-Crisis war mein Vater leider auch in geschäftlicher Hinsicht beinahe ein Totalausfall.«

Gerd Österle setzte ein paar Mal zum Sprechen an, suchte nach den richtigen Worten und erklärte schließlich: »Vielleicht kann man es so sagen: Martha und meine Mutter zusammen haben in unserer Familie das abgedeckt, was früher meine Mutter alleine konnte. Beide zusammen waren eine gute Ehefrau, eine gute Familienmutter und eine gute Firmenchefin. Ich denke, die beiden haben das auch so verstanden.«

»Dann kann es mit Ihrer Familie und Ihrer Firma jetzt eigentlich nur noch bergab gehen.«

»Es sei denn, meine Mutter findet wieder zu ihrer alten Stärke zurück. Mein Vater hat seine Midlife-Crisis wohl inzwischen überwunden.«

Er starrte wieder ins Leere, war nicht in der Stimmung, weiter über seine Familie zu reden.

Hannah hatte bisher geschwiegen, nun sah sie mich an und meldete sich zu Wort: »Eigentlich wolltest du doch etwas ganz anderes fragen.«

»Da hat Ihre Kollegin wohl recht«, sagte Gerd. »Sie sind sicher nicht gekommen, um sich das Psychogramm unserer Familie anzuhören, verfasst von einem absoluten psychologischen Laien.«

War ich nicht. Aber aufschlussreich war es doch.

»Ich denke, ich weiß, was Sie fragen wollten«, unterbrach mich Gerd Österle. »Ich schaue auch Krimis. Sie wollen wissen, ob ich ein Alibi habe. Dazu müssen Sie mir erst sagen, wann die Tat genau passiert ist.«

»Zwischen neun und halb zehn.«

»Da war ich hier. Ich habe kurz nach acht an der Uni Schluss gemacht und bin nach Hause gegangen. Anschließend war ich zu müde, um noch zum Essen wegzufahren. Ich habe bei meinen Eltern angerufen, dass ich nicht komme. Das muss ein paar Minuten vor neun gewesen sein.«

»Sie waren allein hier? Niemand hat Sie gesehen?«

»Gleich nach dem Anruf bei meinen Eltern habe ich mit meiner Verlobten telefoniert. Ziemlich lange, von neun bis beinahe um zehn. Sie ist Amerikanerin und lebt in Kalifornien. Sie können sie fragen. Das Telefonat sollte auch aus meinem Einzelverbindungsnachweis hervorgehen.«

»Übrigens – ich bin keine Kollegin von Herrn Balck«, sagte Hannah. »Ich bin Notfallseelsorgerin. Herr Balck hat mich freundlicherweise mitgenommen für den Fall, dass Sie meinen Beistand brauchen.«

Gerd Österle überlegte einen Moment. »Ich denke, ich werde Hilfe brauchen. Irgendwann einmal. Aber zuerst muss ich die Nachricht für mich selbst verarbeiten.«

Hannah drückte ihm eine Karte in die Hand. »Ich weiß nicht, wer von uns dann zur Verfügung stehen wird. Sie können gern die Pfarrerin anrufen, die unsere Einsätze koordiniert. Falls Sie Mitglied einer Kirche sind, können Sie sich auch direkt an Ihren eigenen Pfarrer wenden.«

Sie schaute gedankenverloren aus dem Fenster. Plötzlich rief sie laut: »Mist!«

»Was ist los?«, fragte ich.

»Es hat angefangen zu schneien. Und zwar nicht gerade wenig. So stand das nicht im Wetterbericht.«

»Das Wetter ist eben ein chaotisches System«, meinte Gerd Österle.

»Sonderlich chaotisch ist die Wetterlage noch nicht gerade«, widersprach ich. »Es schneit, weiter nichts.«

»Mathematiker verstehen unter chaotisch etwas ganz anderes als das, was man üblicherweise darunter versteht«, belehrte mich Gerd Österle. Er schien jetzt ganz ruhig. Vermutlich half es ihm, wenn er über sein Fach reden konnte.

Hannah und ich sahen ihn beide an, warteten auf eine Erklärung.

»Wollen Sie wirklich heute Abend noch eine Kurzvorlesung über die mathematische Definition von Chaos hören?«, fragte er.

»Eigentlich nicht«, entschied Hannah. »Ich bin schrecklich müde, möchte nur noch nach Hause. Aber genau das ist das Problem. Motorroller und Neuschnee. Das geht nicht zusammen. Vor allem nicht mit einem Sozius.«

Sie sah kurz mich an, dann wandte sie sich Gerd Österle zu. »Ich würde gern meinen Motorroller unterstellen. Gibt es da eine Möglichkeit?«

»Sie sind nicht mit dem Polizeiauto da?«, fragte der.

»Dass jede Dienststelle ihren eigenen Wagen hat, das war vielleicht mal«, erklärte ich. »Inzwischen gibt es einen Fahrzeugpool. Wenn ich einen Wagen brauche, muss ich das vorher anmelden. Meine uniformierten Kollegen haben mich zum Tatort gebracht, und Frau Ensinger war so freundlich, mit mir nach Tübingen zurückzufahren.«

»Sie können den Roller auf meinen Tiefgaragenplatz stellen«, meinte Gerd Österle. »Mein Auto ist ziemlich kurz. Ihr Roller wird sicher noch mit hineinpassen.«

Der Sattel des Rollers war schon voll Schnee. Wir schoben das Gefährt gemeinsam in die Tiefgarage. Gerd Österle besaß einen nicht ganz taufrischen Renault Twingo.

»Das ist aber kein Minivan«, stellte ich fest.

»Ich bin der Einzige in der Familie, der den Luxus eines Privatwagens hat«, erklärte Gerd. »Und das nur, weil ich nicht bei den anderen wohne. Sie sehen: In unserer Familie legt man großen Wert auf Effizienz. Hätte ich ein größeres Auto gewollt, hätten meine Eltern nicht mitgemacht. Und mit einer halben Stelle an der Uni kann ich mir nicht gerade viel leisten.«

Ich fühlte diskret an die Motorhaube des Wagens. Sie war völlig kalt. Da seit dem Mord inzwischen beinahe drei Stunden vergangen waren, war das allerdings kein sehr starkes Indiz.

Nachdem wir das Haus verlassen hatten, sagte Hannah: »Eigentlich hätte ich dich mit dem Motorroller nach Hause gebracht, aber das geht jetzt ja nicht. Vielleicht können wir ein Stück gemeinsam gehen. Wo wohnst du denn?«

»In einer WG in Bühl«, sagte ich. »Ich bin erst seit einem halben Jahr hier und konnte auf die Schnelle nichts Besseres finden.«

»So weit draußen hast du sicher Schwierigkeiten, Leute kennenzulernen.«

»Ich habe eigentlich noch gar niemanden richtig kennengelernt. Dabei bin ich nach Tübingen gekommen, weil ich gehofft habe, dass ich dort leichter Kontakt finde. Vorher war ich in einem Kommissariat auf dem Land und habe mich ziemlich einsam gefühlt.«

»Die Kontaktfreude der Tübinger wird sehr überschätzt«, meinte Hannah. »Mit den Leuten in deiner WG redest du auch nicht viel?«

»Die WG ist nur eine Zweckgemeinschaft. Ursprünglich war es eine Mediziner-WG – zwei Paare, die gemeinsam gewohnt haben. Im Herbst hat das erste Paar sein Examen gemacht und ist ausgezogen. Das zweite Paar wollte in Tübingen promovieren und hat Mitbewohner für ein weiteres Jahr gesucht. Inzwischen hat sich die Lage aber gedreht. Die beiden machen gerade Doktorarbeiten bei der Inneren Medizin. Da haben sie wohl einen sehr guten Eindruck gemacht. Man hat ihnen schon jetzt Stellen als Assistenzärzte angeboten, obwohl sie mit ihrer Promotion noch nicht fertig sind. Jetzt möchten sie möglichst rasch die ganze Wohnung für sich allein. Eigentlich sind sie ganz okay. Sie haben gesagt, ich kann von einem Tag auf den nächsten kündigen, wenn ich was Neues finde. Und wenn ich nichts finde, darf ich auch noch ein paar Monate bleiben. Aber ich merke jeden Tag, dass ich das fünfte Rad am Wagen bin. Sie reden nur noch von ihrer Arbeit und davon, wie sie die Wohnung neu einrichten wollen.«

»Eine Scheiß-Situation«, sagte Hannah. »Sorry, ein anderes Wort fällt mir grade nicht ein. Und wie kommst du jetzt heim?«

»Mit dem Nachtbus«, sagte ich. »Linie 88 ab Bahnhof.«

»Du willst zu Fuß zum Bahnhof laufen?«

Ich kannte mich in Tübingen noch nicht gut aus, aber der Bahnhof war in der Nähe des Kommissariats in der Konrad-Adenauer-Straße, wo ich arbeitete. Ich schätzte den Weg auf eine halbe Stunde.

»Ich gehe gern zu Fuß«, sagte ich. »Das Wetter ist mir egal, solange es nicht zu nass ist. Und ich bin ja gut eingepackt.«

»Mir machen Fußmärsche auch nichts aus«, gab Hannah zurück. »Ich begleite dich. Der Bahnhof liegt beinahe auf meinem Heimweg.«

Wir setzten uns in Bewegung.

Nach kurzer Zeit fing Hannah wieder an zu sprechen: »Du wirst ja sowieso nicht lockerlassen, bis ich dir meinen Eindruck von Gerd Österle gesagt habe. Also fange ich besser gleich selbst damit an. Der Mann ist ehrlich. Ich denke nicht, dass er uns irgendwann mal angelogen hat. Aber er hat ein paar Mal seltsame Pausen gemacht. Ich glaube, er kämpft mit seinem inneren Zensor.«

»Innerer Zensor?«

»So nenne ich es. Ich kann es dir am besten an einem Beispiel erklären, das ich selbst erlebt habe, in meinem Job als Schulsozialarbeiterin. Ein Vater hatte seine Tochter jahrelang missbraucht. Die Frau hat angeblich nie etwas bemerkt. Natürlich hat ihr niemand geglaubt. Sie hat mir dann unter Tränen gestanden, wie es wirklich war. Natürlich gab es immer wieder Dinge, die ihr verdächtig vorgekommen sind. Aber sie wusste doch, dass ihr Mann ein guter Familienvater war. Undenkbar, dass er sich an seiner eigenen Tochter vergreifen könnte. Darum hat ihr bewusster Verstand die vielen Hinweise nie akzeptiert. Sie konnte es sich nicht vorstellen, also konnte es auch nicht wahr sein.«

»Du meinst also …«

»Ja. Es gibt irgendetwas, das Gerd Österle sehr beunruhigt. Aber sein innerer Zensor sagt ihm, dass es nicht so sein kann, dass es nicht so sein darf. Deshalb kann er nicht darüber reden. Aber die Sache wird ihn weiter beschäftigen. Es könnte sich lohnen, in ein paar Tagen noch einmal mit ihm zu sprechen.«

»Mir ist vor allem seine seltsame Reaktion zu Beginn aufgefallen. ›Sie hat den Kopf für uns hingehalten.‹ Das hat mir noch nie ein Angehöriger gesagt.«

»Das war auch auffällig. Ich denke, da hat er schon angefangen, gegen seinen inneren Zensor zu kämpfen. Da ging es nicht nur um die alte Geschichte mit seinem Vater und diesem gewalttätigen Erben.«

Eine Zeit lang wusste keiner von uns etwas zu sagen. Wir gingen an einigen Uni- und Klinikgebäuden vorbei und durchquerten den Alten Botanischen Garten, normalerweise eine kleine grüne Lunge inmitten der Stadt. Doch der Schnee hatte inzwischen alles zugedeckt, und die Flocken fielen munter weiter.

Schließlich brach ich das Schweigen und fragte: »Wie wird man eigentlich Notfallseelsorgerin?«

»Wir arbeiten ehrenamtlich. Die meisten Notfallseelsorger sind auch sonst in der Seelsorge tätig. Auf der evangelischen Seite sind es meistens Pfarrerinnen und Pfarrer, auf der katholischen normalerweise Laienseelsorger. Die wenigen katholischen Priester, die es noch gibt, haben keine Zeit, sich auch noch darum zu kümmern.«

»Aber du bist doch keine Pfarrerin?«

»Natürlich nicht. Ich habe Sozialpädagogik studiert, aber auch ein paar Semester Theologie. Deshalb haben sie mich bei der Notfallseelsorge genommen, obwohl ich eigentlich zu jung dafür bin. Ich bin Pfarrerstochter, vielleicht hat das geholfen. Aber ich gehöre nicht zu dem Team, das rund um die Uhr einsatzbereit ist. Ich bin eine Art Springerin, werde angerufen, wenn es gerade einen Engpass gibt. Und wie du gerade erlebt hast: Ich fahre sogar los, wenn die Pfarrerin, die das Ganze koordiniert, nur den Verdacht hat, wir könnten gebraucht werden. Auch bei schlechtem Wetter, Neuschnee und Glatteis ausgenommen.«

»Pfarrerstochter. Du bist also evangelisch?«

»Ja. Und du?«

»Auch. In letzter Zeit hatte ich allerdings nicht viel mit Kirche am Hut. Früher, als meine Mutter noch gelebt hat, bin ich öfter mit ihr zur Kirche. Aber sie ist vor einigen Jahren an Krebs gestorben, und seitdem fehlt mir irgendwie der Bezug. In Bühl bin ich anfangs ein paar Mal in den Gottesdienst gegangen. Ich habe gehofft, ich könnte so Leute kennenlernen. Aber die Predigt hat mich nicht sonderlich angesprochen, und hinterher habe ich niemanden gefunden, der mit mir reden wollte.«

»So geht es vielen. Falls du interessiert bist, kann ich dir ein paar Tipps geben, wo es dir vielleicht besser gefallen könnte.«

Hannah druckste herum: »Ein weiterer Grund, warum man mich als Notfallseelsorgerin akzeptiert hat, ist wahrscheinlich, dass ich einmal selbst jemanden verloren habe, der mir sehr nahestand, völlig unerwartet. Ich weiß, wie man sich fühlt, wenn so etwas passiert. Bitte frag nicht nach. Es zerreißt mir immer noch das Herz, wenn ich darüber sprechen soll.«

»Kann ich verstehen«, meinte ich. »Bei mir hat es lange gedauert, bis ich den Tod meiner Mutter verkraftet habe. Nach der Beerdigung bin ich gleich abgereist und habe monatelang meine Familie nicht mehr besucht, weil ich mit niemandem darüber reden wollte, nicht einmal mit meinem Vater und meinem Bruder.«

Inzwischen hatten wir den Neckar erreicht. Wir gingen über die Eberhardsbrücke und waren wenige Minuten später am Busbahnhof angelangt. Genau in diesem Moment fuhr der Nachtbus Linie 88 an uns vorbei.

»Was machst du jetzt?« fragte Hannah.

»Eine Stunde in der Kälte warten. Oder zu Fuß fünf Kilometer durch die Nacht latschen. Am besten, ich nehme ein Taxi.«

Hannah versteifte sich plötzlich. »Kein Taxi. Nicht bei diesem Wetter.« Keine Ahnung, was sie daran so erschreckte.

Sie zögerte einen Moment, sagte dann: »Ich habe ein paar schöne Polster in meinem Wohnzimmer. Die kann ich für dich zu einer bequemen Couch zusammenschieben. Ich wohne in der Südstadt. Es ist etwa eine Viertelstunde zu Fuß.« Sie holte tief Luft. »Nur damit es klar ist. Es ist wirklich nur ein Angebot, dass du auf meiner Couch übernachten kannst. Sonst gar nichts. Ein Frühstück bekommst du allerdings auch.«

»Aber ich habe überhaupt nichts dabei«, wandte ich ein.

»Eine Zahnbürste für dich werde ich finden«, meinte Hannah. »Ich kann dir auch frische Unterwäsche besorgen, vorausgesetzt, Größe 6 passt dir einigermaßen.«

Sie sah meinen zweifelnden Blick, fing an zu lachen: »Keine Sorge, du musst nicht eine Unterhose von meinem Ex anziehen. Das wäre mir dann doch zu peinlich.«

Ihr Lachen gab den Ausschlag: »Danke für dein Angebot. Ich nehme es gerne an.«

Wir machten uns auf den Weg. Wir liefen durch die Fußgängerunterführung beim Bahnhof und gingen eine Weile die Steinlach entlang.

»Kennst du die Gegend?«, fragte Hannah.

»In die Südstadt komme ich selten. Sie ist nicht gerade ein Kriminalitätsschwerpunkt. An der Steinlach war ich allerdings schon ein paar Mal. Es ist nicht weit vom Kommissariat. Wenn das Essen in der Kantine mich nicht anmacht, gehe ich manchmal in der Mittagspause hier spazieren. Nach einem stressigen Vormittag sind das sanfte Flüsschen, die Bäume und die hübschen kleinen Brücken genau das Richtige für mich.«

»Na ja, so sanft ist die Steinlach nicht immer«, wandte Hannah ein, wechselte dann aber das Thema und fragte: »Wie wird man eigentlich Kriminalpolizist?«

»Bei mir war es eine Notlösung«, erzählte ich. »Mein Vater war Autohändler in einem kleinen Kaff in Hessen. Mein Bruder und ich sollten gemeinsam das Geschäft übernehmen. Er wäre für die Werkstatt zuständig gewesen, ich für das Kaufmännische. Nach dem Abi habe ich ein paar Semester Betriebswirtschaft an einer Fachhochschule studiert. Aber das Fach hat mich angeödet, und unser Geschäft lief immer schlechter. Mein PS-verrückter Vater hat alle umweltbewussten Kunden vergrault, und mein Bruder war ein Oldtimerfan, der dauernd Autowracks angeschleppt hat. Am Schluss sah es auf unserem Gelände aus wie auf einem Schrottplatz. Das ist auch der Grund, warum ich einen Oldtimer fahre, der nicht gerade wintertauglich ist.«

»Erzähl!«

»Als mein Bruder geheiratet hat, hat meine Schwägerin den Laden saniert. Sie hat ihn gezwungen, seine Oldtimer-Sammlung aufzugeben. Zwei Schaustücke durfte er behalten, einen Porsche 356 und einen BMW-Achtzylinder. Den Rest musste er abgeben oder verschrotten. Der Peugeot 304, den ich jetzt fahre, war in gutem Zustand, und das Auto tat mir leid. Ich hätte auch einen Citroën DS haben können, aber der war mir zu groß.«

»Schade«, sagte Hannah. »Ich habe eine Freundin in Paris. Ihr Mann würde für eine gut erhaltene DS beinahe jede Summe zahlen. Du könntest reich sein. Weißt du überhaupt, was DS heißt?«

»Nein.«

»DS wird ausgesprochen wie Déesse, das französische Wort für Göttin. Du hättest eine Göttin in der Garage haben können und hast dich stattdessen für einen langweiligen Peugeot entschieden.«

»Autos haben mich nie interessiert«, verteidigte ich mich. »Das ist auch der Hauptgrund, warum ich nicht in unser Geschäft eingestiegen bin. Außerdem kam ich mit meiner Schwägerin nicht zurecht. Ich habe das Studium geschmissen und mich aus purer Verlegenheit bei der Polizei beworben. Den Fitnesstest habe ich mit Müh und

Not geschafft, der Rest war keine Schwierigkeit. Ich war ein mäßiger Streifenpolizist, aber den Eignungstest für die Kripo habe ich bestanden.«

»Hessen, das ist doch ein anderes Bundesland. Wie bist du nach Tübingen gekommen?«

»Ich war vorher bei der Kripo in Eschwege. Das ist eine Kreisstadt im Harz, ich weiß nicht, ob du sie kennst. Letztes Jahr kam es dort zu einer Serie von Überfällen mit einem Messer. Eine geistesgestörte Einzeltäterin, wie sich herausgestellt hat. Das erste Opfer war ausgerechnet die Freundin von meinem damaligen Chef. Sie hat überlebt, doch er war völlig fertig, konnte wochenlang nicht arbeiten. Aber er kannte Hackerle, meinen jetzigen Chef, und der war zufälligerweise gerade zur Kur in der Gegend. Er leidet an einer chronischen Bronchitis. Nach einigem Hin und Her auf den höheren Ebenen durfte Hackerle die Untersuchung leiten. Wir haben gut zusammengearbeitet. Als er erfahren hat, dass ich in Eschwege nicht allzu glücklich bin, hat er mich gefragt, ob ich zu ihm nach Tübingen kommen will.«

»Von Hessen nach Baden-Württemberg, das ging so einfach?«

»Kriminaldirektor Ebner aus Esslingen, dem auch die Tübinger Kripo untersteht, ist sehr clever, wenn es darum geht, jemandem einen Gefallen zu tun und später dafür einen anderen, größeren zu fordern. Er hat Hackerle, seinen besten Mann, an die Hessen ausgeliehen. Das hat er immer wieder betont. Als dann mein Versetzungsgesuch kam, konnten sie schwer Nein sagen. Allerdings hätte ich das Ganze beinahe noch versemmelt, weil ich mich im Vorstellungsgespräch bei Ebner danebenbenommen habe.«

»Was hast du gemacht?«

»Ebner hat mich darauf hingewiesen, dass Tübingen eine Stadt voller Akademiker ist, und er hat mich gefragt, ob ich Erfahrungen im akademischen Milieu habe. Ich habe gesagt, nein, aber ich habe mir alle acht Folgen von Police Academy angesehen.«

Hannah reagierte, wie ich gehofft hatte. Sie lachte. Lang und laut. »Du bist ja unmöglich. Ebner hat dich trotzdem genommen?«

»Er muss wohl gedacht haben, dass er in seiner Truppe noch einen Clown braucht. Es gibt übrigens nur sieben.«

»Sieben was?«

»Sieben Folgen von Police Academy.«

»Und es gefällt dir hier?«

»Über meine mangelnden Kontakte hab ich dir ja schon erzählt. Hackerle und Ebner sind beide sehr angenehme Chefs. Hackerle ist sehr kompetent, aber leider gesundheitlich nicht auf der Höhe. Ein bisschen alte Schule, siezt seine Mitarbeiter immer noch. Über Ebner kann ich noch nicht viel sagen. Manchmal wirkt er sehr energisch, manchmal auch wieder entscheidungsschwach.«

Wir gingen schweigend weiter. Und plötzlich war er wieder da – der Gedanke, der mir im Haus der Österles gekommen war.

»Sechs Gläser«, rief ich plötzlich.

»Was meinst du?«, fragte Hannah.

»Fünf Personen beim Abendessen«, sagte ich. »Alex, Christine, Nicole und Tom Österle und Kevin Lauber. Aber in der Küche habe ich sechs gebrauchte Sektgläser gesehen.« Ich hatte ganz vergessen, dass Hannah eine Außenstehende war, der ich keine Interna verraten durfte.

»Warte einen Moment«, sagte sie. »Ich habe kein fotografisches Gedächtnis, aber das Wohnzimmer der Österles hat sich mir eingeprägt.«

Sie dachte kurz nach. »Du hast recht. Es standen acht Stühle am Tisch, zwei waren noch sauber an den Tisch gerückt, die sechs anderen waren alle etwas verschoben. Es waren sechs Personen beim Abendessen.«

»Aber Nicole und Christine Österle haben beide behauptet, es seien nur fünf gewesen.«

»Die Familie Österle hatte also einen Gast, über den sie nicht reden will«, meinte Hannah. »Arbeit für die Polizei.«

Inzwischen war sie nach links abgebogen. Wir kamen durch ein Viertel, in dem sich kleinere Mehrfamilienhäuser und Einfamilienhäuser, oft in Doppelbauweise, abwechselten. Viele der Häuser hatten einen Vorgarten. Auch zwischen den größeren Blocks gab es ordentlich Grün. Wie ich am nächsten Morgen feststellte, waren die meisten Gebäude schon etwas älter und zu unterschiedlichen Zeiten und mit unterschiedlichem Aufwand renoviert worden. Manche hatten nachträglich Balkone bekommen, andere nicht, viele hatten noch Fensterläden zum Zuklappen, bei einigen fehlten sie. Das Ensemble wirkte bunt und vielgestaltig, nicht so langweilig und steril wie die einheitlich weißen Wohnviertel, die in den letzten Jahrzehnten entstanden waren. Keine vornehme Wohnlage, aber eine angenehme.

Schließlich hielt Hannah vor einem großen Einfamilienhaus an.

»Hier wohne ich. Die beiden unteren Stockwerke und eine Hälfte des Dachgeschosses gehören meiner Vermieterin, in der anderen Hälfte lebe ich.«

»Du kommst mit deiner Vermieterin gut aus?«

»Ja, sehr. Frau Bode ist seit einigen Jahren Witwe und freut sich, wenn jemand im Haus ist, mit dem sie sich gelegentlich unterhalten kann. Was ich an Miete zahle, ist kaum der Rede wert.«

»Eine Witwe, die ganz allein lebt. Wofür braucht sie so viel Platz?«

»Sie kann es bis jetzt nicht übers Herz bringen, etwas wegzuwerfen, was ihrem Mann gehört hat. Sie waren über vierzig Jahre zusammen.«

Wir gingen das großzügige Treppenhaus hoch. Die Stufen waren aus hellem Holz und rochen angenehm nach Wachs.

»Um die Treppe kümmere ich mich«, erklärte Hannah. »Für Frau Bode ist es inzwischen zu mühsam. Sie ist Mitte siebzig.«

Als wir oben angekommen waren, sagte sie: »Schuhe und Parkas können wir im Vorraum ausziehen.«

Dann rief sie plötzlich laut: »Scheiße!«

An ihrer Tür hing ein Zettel: »Hallo Hannah, die Heizung ist kaputt. Der Heizungsmann konnte sie nicht richten, weil er ein Teil aus dem Lager holen muss, und das schafft er heute nicht mehr. Er hat aber versprochen, dass er morgen gleich um sieben kommen will, trotz Wochenende. Ich gehe jetzt gleich zu Bett. Ich habe dir eine Wärmflasche gemacht. Ich hoffe, du kommst nicht allzu spät nach Hause. Liebe Grüße Regine.«

Die Wärmflasche lag auf einem kleinen Schuhschränkchen und war in ein Handtuch eingewickelt. Eiskalt war sie trotzdem.

»Du duzt dich mit deiner Vermieterin?«, fragte ich.

»Wir beide sind so eine Art Witwen-WG«, erklärte Hannah und fügte ziemlich unwillig hinzu: »Ja, ich bin auch Witwe. Ich habe sehr früh geheiratet und sehr früh meinen Mann verloren. Mit einundzwanzig, wenn du es genau wissen willst. Das war der Verlust, den ich vorher erwähnt habe. Bitte frag nicht weiter. Ich kann nicht darüber reden.«

Gleich darauf sagte sie: »Du weißt nicht, wie schlimm unsere Lage ist. Ich fand heute früh, dass die Wohnung zu sehr nach mir roch. Ich habe alle Fenster und die Balkontür aufgerissen. Ich wollte eigentlich nicht lange bei der Arbeit bleiben, aber dann kam der Termin mit den Eltern dazwischen, und schließlich auch noch dieser Einsatz. In der Wohnung ist es jetzt garantiert eiskalt.«

»Was machen wir?«, fragte ich.

»Ich gehe voraus in die Wohnung, mache alle Fenster zu, dann führe ich dich ganz rasch ins Badezimmer. Da habe ich einen Heizstrahler. Ich habe ihn mir angeschafft, weil Infrarotstrahlen bei Bronchitis helfen sollen. Dann überlegen wir uns, was wir am besten machen.«

Während wir durchs Wohnzimmer eilten, sah ich, dass an den Wänden überall Poster aus Comics hingen.

Das Badezimmer war winzig, bestand praktisch nur aus einem Waschbecken und der Badewanne. Wir setzten uns auf den Rand der Wanne. Ansonsten gab es keine Sitzgelegenheit.

»Du bist Comicleserin?«, fragte ich.

»Am liebsten belgische Comics von Carlsen«, gab sie zurück. »Spirou und Fantasio, Gaston, Yoko Tsuno, das Marsupilami. Und du?«

»Auch«, sagte ich. »Am liebsten Yoko Tsuno.«

»Ich kann mir denken, warum«, meinte Hannah. »Ich hätte auch gern einen Raumanzug, in dem ich so sexy aussehe.«

Der Heizstrahler gab ordentlich Wärme ab. Aber wir konnten nicht die ganze Nacht so sitzenbleiben.

Eine Zeit lang sprachen wir nichts.

»Vielleicht könnten wir uns wärmen, wenn wir uns gemeinsam in mein Bett legen«, schlug Hannah schließlich vor. »Es ist schmal, aber ich habe eine schöne Kuscheldecke, die ist groß genug für uns beide. Aber wenn ich sage ›wärmen‹, meine ich wirklich nur wärmen, sonst nichts. Geht das?«

»Ich bin hundemüde«, sagte ich. »Wenn ich eine Tote gesehen habe, bin ich sowieso nicht in der Stimmung für erotische Abenteuer. Und wir werden einige Lagen Stoff zwischen uns haben. Du planst ja wohl nicht, dass wir uns nackt ins Bett legen.«

»Du bist ziemlich schmal gebaut für einen Mann«, meinte Hannah. »Ich habe einen Schlafanzug aus schönem dickem Stretch, der etwas weit ausgefallen ist. Da müsstest du eigentlich hineinpassen. Notfalls schneide ich den Gummizug durch.«

Sie verließ das Bad, rannte ein paar Minuten lang in der Wohnung hin und her und kam schließlich mit zwei Schlafanzügen und zwei Paar Bettsocken zurück. Ihre Zähne klapperten.

»Probier den mal aus«, sagte sie. »Damit es nicht zu peinlich wird, behalten wir besser unsere Unterwäsche an.«

Ich konnte mich tatsächlich in den Schlafanzug hineinzwängen, ohne dass ich mich allzu beengt fühlte. Die Bettsocken passten auch einigermaßen.

Hannah zog ihre Oberkleidung aus und stand in ihrer dunklen Thermounterwäsche da.

»Du darfst ruhig hinsehen«, sagte sie. »Ich habe auch hingeguckt.«

Ich nahm die Einladung an. Hannahs schlanke Silhouette wirkte ausgesprochen elegant. Sie trug erkennbar keinen Büstenhalter, doch es gab auch nicht viel zu halten. Üppige weibliche Rundungen hätten nicht zu ihrer Figur gepasst. Es gab nichts an ihrem Körper, was mir nicht gefallen hätte.

Sie trug kaum Schmuck. In den Ohren hatte sie Ringe mit Anhängern aus Silber, die sehr massiv und schwer wirkten, und an der linken Hand eine auffällige Kombination aus drei Ringen. Der mittlere Ring war mit einem einzelnen Diamanten besetzt, den ich für echt hielt. Tattoos oder Piercings besaß sie nicht.

»Das Schlafzimmer ist oben«, sagte Hannah, nachdem sie den anderen Schlafanzug übergestreift hatte, und führte mich zu einer schmalen, ziemlich steilen Treppe, die mir beim Hereinkommen nicht aufgefallen war.

Oben war ein winziges Zimmerchen mit Schrägen auf beiden Seiten. Unter einer der Dachschrägen befanden sich halbhohe Einbauschränke, unter der anderen stand das Bett. Für zwei Personen war es etwas schmal, vielleicht einen Meter zwanzig breit.

Wir drückten uns aneinander, so gut es ging. Die Kuscheldecke war riesig und angenehm weich. Hannah hatte zwei mit Körnern gefüllte Kissen in die Mikrowelle gelegt und unter die Decke geschoben. Die Kissen gaben uns zusätzliche Wärme und verbreiteten einen sanften, schläfrig machenden Lavendelgeruch. Ich war schrecklich müde. Alles zusammen bewirkte, dass ich Hannahs Nähe als angenehm empfand, dass sie mich aber nicht sonderlich erregte. Ich dämmerte rasch in den Schlaf hinüber.

Die Nacht begann unruhig. Ich spürte, wie sich unsere Körper drehten, wie sie immer wieder aneinanderstießen, bis schließlich Hannahs Kopf sanft auf meinen Unterarm glitt.

SAMSTAG

Ich erwachte durch laute Klopfgeräusche aus der Heizung. Draußen war es noch dunkel. Der Monteur hatte sein Versprechen wahrgemacht.

Wir lagen jetzt beide auf der Seite. Hannahs Kopf ruhte auf meinem linken Unterarm, mein Gesicht steckte in ihren Haaren, meine rechte Hand lag auf ihrem Bauch. Das Oberteil ihres Schlafanzugs und ihr Unterhemd waren etwas hochgerutscht, sodass meine Finger ihre nackte Haut berührten. Ich fragte mich, wie Hannah reagieren würde, wenn sie entdeckte, was in der Nacht geschehen war.

Im nächsten Moment erwachte sie mit einem Ruck. Sie drehte den Kopf zu mir und sagte: »Es ist wunderschön, mit dir aufzuwachen.«

»Leider kann ich das Kompliment nur teilweise zurückgeben«, meinte ich. »Meine Nase steckt in deinen ungewaschenen Haaren.«

Ich hätte mir am liebsten die Zunge abgebissen. Warum musste ich immer dann eine dumme Bemerkung von mir geben, wenn es am wenigsten passte? Zum ersten Mal seit langer Zeit lag ich mit einer Frau im Bett, die mir sehr gefiel, und ich tat alles, um sie zu vergraulen.

Dann merkte ich, wie Hannahs Unterleib anfing zu vibrieren. Sie lachte. Laut, hell, melodisch, süchtig machend. »Das nächste Mal wasche ich sie vorher mit Arganöl-Shampoo«, brachte sie unter Prusten hervor. »Versprochen.«

»Ich liebe dein Lachen«, sagte ich.

Im nächsten Moment fing Hannah an zu weinen. Sehr laut und heftig, so laut, wie sie vorher gelacht hatte.

Ich war ratlos. Was war geschehen?

»Verstehst du«, brachte sie schließlich unter Schluchzen hervor. »So hat mein Tag begonnen, als André, mein Mann, noch gelebt hat. Wir sind in dieser Position aufgewacht, er hat eine dumme Bemerkung gemacht und dann gesagt, wie sehr er mein Lachen liebt. Die Decke, unter der wir liegen, ist eines der wenigen Dinge aus unserer gemeinsamen Wohnung, die ich hierher mitgenommen habe. Ich habe nicht gedacht, dass ich sie jemals mit einem anderen Mann teilen würde. Einen Moment lang habe ich geglaubt, André sei wieder da, und ich habe vor Freude geweint. Aber dann wurde mir klar, dass er nach wie vor tot ist. Ich muss immer noch weinen, wenn ich an ihn denke.«

Hannah musste sich entsetzlich fühlen. Ohne es zu wissen, war ich in alle ihre Tabuzonen getappt. Ich musste so rasch als möglich aus ihrem Bett und aus ihrer Wohnung verschwinden.

Doch als ich versuchte, meine Hand von ihrem Bauch zu nehmen, griff sie nach ihr, drückte sie wieder fest auf ihren Leib. »Bitte bleib«, bat sie, immer noch schluchzend. »Deine Nähe tut mir gut.«

Allmählich ließ das Weinen nach.

»Inzwischen sind es mindestens zur Hälfte Freudentränen«, sagte sie.

Nachdem sie sich ausgeweint hatte, verwandelte sie sich mit einem Schlag wieder in die taffe, coole Sozialarbeiterin und Notfallseelsorgerin, die ich tags zuvor kennengelernt hatte. Sie sprang aus dem Bett und sagte: »Ich mache uns jetzt einen Kaffee. Sei so gut und schau vor der Tür nach, ob da ein Beutel für uns liegt.«

Tatsächlich lag eine Tüte mit zwei Semmeln und zwei Croissants in dem Vorraum vor der Wohnungstür. Ich brachte sie ins Wohnzimmer.

»Normalerweise frühstückt Regine mit mir«, erklärte Hannah. »Sie leidet an Altersschlaflosigkeit und macht am Morgen einen Spaziergang zum Bäcker. Falls ich einen unerwarteten Übernachtungsgast habe, besorgt sie Semmeln und Croissants für uns.« Sie sah mich an. »Falls es dich interessiert: In den letzten beiden Jahren ist das äußerst selten vorgekommen.«

Ich hatte jetzt Zeit, mich ein bisschen im Wohnzimmer umzusehen. Es war klein und sehr niedrig. Vermutlich hatte man eine Zwischendecke eingezogen, als das Schlafzimmer eingebaut worden war. Das Zimmer wirkte gemütlich, für meinen Geschmack beinahe zu gemütlich. An allen Wänden standen Regale, die meisten davon mit Büchern oder Comics, dazwischen hingen die Poster, die mir schon in der Nacht aufgefallen waren. Überall luden Polster zum Sitzen und Schmökern ein. Eine separate Küche gab es nicht, nur eine Kochecke, die durch einen Raumteiler abgetrennt war. Ein rundes Tischchen bot Platz für zwei Personen. Hannah warf rasch eine Decke darüber. »Such dir ein Polster aus, das dir gefällt, und hol es her«, schlug sie vor.

Während des Frühstücks redeten wir über Belangloses, stellten fest, dass wir beide nicht übermäßig sportbegeistert waren, dass unsere politischen Vorlieben auf dem weiten Feld zwischen Angela Merkel und Sarah Wagenknecht hin und her irrten und dass wir bei den nächsten Wahlen doch wieder unsere Kreuzchen bei den Grünen machen würden.

»Du hast mir frische Unterwäsche versprochen«, erinnerte ich Hannah.

»Kommt sofort«, sagte sie und rannte aus der Wohnung. Ein paar Minuten später kam sie zurück und hielt zwei Unterhosen und ein Unterhemd in der Hand. Weißer Feinripp – nicht unbedingt mein Geschmack.

»Regine hat es nicht übers Herz gebracht, die Unterwäsche ihres Mannes wegzuwerfen«, erklärte sie. »Aber sie hat gesagt, wenn ich etwas brauche, kann ich mich bedienen.«

»Du meinst, ich soll die Sachen eines Toten anziehen?«

»Er hat sie ja nicht angehabt, als er gestorben ist. Probier doch gleich, ob sie dir passen. Ich schau dir so lang in die Augen.«

Sie sah mir in die Augen, während ich Schlafanzug und Unterwäsche auszog und mir die frische Wäsche überstreifte. Anschließend schaute sie sofort nach unten. »Passt doch«, stellte sie fest. Dann küsste sie mich. Lange und intensiv.

Ich wurde das seltsame Gefühl nicht los, dass ich gerade geprüft worden war. Und, dass ich mit fliegenden Fahnen bestanden hatte.

Wir hatten ziemlich viel Zeit mit dem Frühstück verloren. »Meine Güte, gleich halb neun«, rief ich. »Ich muss mich schnell waschen und anziehen, sonst komme ich zu spät zur Besprechung.«

»Wo musst du denn hin?«

»Konrad-Adenauer-Straße.«

»Dann mach noch schneller«, drängte Hannah. »Ich komme mit. Ich will noch eine Zeit lang mit dir zusammen sein. Anschließend hole ich meinen Roller von Gerd Österle zurück. Die Straßen sind wieder frei.«

»Es wird aber knapp«, sagte ich, während ich versuchte, mich in aller Eile zu waschen.

»Dann rennen wir eben«, gab Hannah zurück.

Ich schaffte es gerade noch rechtzeitig zur Besprechung.

Da das Kriminalkommissariat Tübingen keinen ausreichend großen Besprechungsraum besaß, hatte Ebner sich einen von der Verkehrspolizeidirektion geborgt. Der Raum war voll von Menschen. An einem Ende des Tischs saß Hackerle zusammen mit seinen Mitarbeitern: Fred Unglert und Silke Maurer. Ich setzte mich zu ihnen. Auf den restlichen Stühlen saßen Hauptkommissar Schmal, der zur Kriminalinspektion 1 in Esslingen gehörte, und seine Leute. Ein Stuhl am Kopfende des Tischs war frei. Kriminaldirektor Ebner war noch nicht da.

Niemand im Raum fühlte sich wohl. Die gesamte Hackerle-Truppe war unglücklich, weil wir mit Schmal zusammenarbeiten mussten. Bei jeder Gelegenheit verkündete Schmal lautstark, dass Hackerle wegen seiner schlechten Gesundheit nicht mehr in der Lage sei, seine Aufgaben wahrzunehmen, und dass er sich frühpensionieren lassen solle. Überhaupt seien seine Arbeitsmethoden veraltet. Schmal war ebenso sauer. Er war es gewohnt, seine Dienstgruppe alleine nach außen zu vertreten, doch Kriminaldirektor Ebner hatte darauf bestanden, dass alle anwesend waren. Schmals Leute waren verunsichert, weil sie nicht gewohnt waren, in einer Besprechung mit dem obersten Chef zu sitzen.

Der Kriminaldirektor erschien als Letzter.

Er begann mit der üblichen Vorgesetztenrede, betonte, wie wichtig es sei, diesen Mordfall zügig aufzuklären, um das Vertrauen der Bevölkerung nicht zu enttäuschen. Glücklicherweise fasste er sich kurz. Dass alle Anwesenden gemeinsam eine Sonderkommission bilden sollten, erwähnte er eher am Rande.

»Sie wissen, wie viel für uns auf dem Spiel steht«, schloss er. Das betraf hauptsächlich ihn selbst. Durch die Polizeistrukturreform war er Leiter der Kriminalpolizeidirektion Esslingen geworden. Zuvor hatte er die Tübinger Kriminalpolizei geleitet. Da Tübingen zu einem Kriminalkommissariat degradiert worden war, gehörten wir weiterhin zu seinem Verantwortungsbereich. Die Strukturreform wurde trotz einiger Nachbesserungen immer noch von vielen Seiten heftig kritisiert. Ein ungelöster spektakulärer Mordfall wäre Wasser auf die Mühlen der Kritiker und würde die Zahl seiner Unterstützer im Innenministerium deutlich verringern.

»Als Erstes müssen wir eine Entscheidung über den Namen unserer Sonderkommission treffen«, fuhr Ebner fort. »Für unsere Arbeit ist das natürlich irrelevant, aber wir brauchen einen griffigen Namen, der bei der Presse ankommt und den sich die Zeitungsleser leicht merken können. Hat jemand Vorschläge?«

»Brautmoden«, sagte Hackerle spontan.

»Hmm… klingt langweilig und auch nicht sehr seriös«, meinte Ebner.

»Modekette«, rief Schmal in die Runde.

»Das ist viel zu abstrakt«, entgegnete der Kriminaldirektor rasch.

»Minivan«, schlug Unglert vor. »Schließlich wurde die Frau in einem Minivan vom Typ Citroën C4 Picasso erschossen.« Von einem Autofan wie ihm musste ja ein solcher Vorschlag kommen.

Ebner gefiel die Idee. »Das ist nicht schlecht«, sagte er. »Ein bisschen langweilig, aber sehr neutral, es gibt einen klaren Hinweis auf den Tatort und verleitet nicht zu Spekulationen.«

»Wie wäre es mit Picasso?«, schlug ich vor.

»Klingt nach Schleichwerbung«, brummte Schmal.

Doch Ebner war Feuer und Flamme: »Gut. Das klingt

viel besser. Irgendwie persönlich. Und vor allem klingt es nach Tübingen. Die Ausstellungen der Kunsthalle haben schließlich internationales Renommee. Minivan – das würde vielleicht zu Plochingen passen.«

Eine kleine Spitze gegen Schmal, der dort wohnte.

»Weitere Einwände?« Ebner wartete einen Moment, dann sagte er: »Gut. Somit ist es amtlich. Wir installieren hiermit die Sonderkommission Picasso unter Leitung von Hauptkommissar Hackerle.«

Es war typisch für ihn, dass er diese Personalentscheidung in einer Art und Weise verkündete, als sei sie die unwichtigste Nebensache der Welt.

Schmal sackte förmlich in sich zusammen, wagte aber nicht, etwas zu sagen. Er hatte mit gutem Grund erwartet, dass er die Leitung übernehmen würde. Mit acht Leuten, die auf sein Kommando hörten, war seine Dienstgruppe mehr als doppelt so groß wie die von Hackerle.

Doch Ebner hatte eigene Kriterien. Der zurückhaltende Hackerle, der mit einer Gymnasiallehrerin verheiratet war, entsprach seinem eigenen Naturell besser als der nassforsche Junggeselle Schmal.

Es war unklar, warum Ebner die Dienstgruppe Hackerle nicht wieder auf Sollstärke gebracht hatte, nachdem dieser im vergangenen Jahr vier seiner Mitarbeiter aus den verschiedensten Gründen verloren hatte: Pensionierung, Beförderung, Versetzungswunsch der Liebe wegen, Selbstständigkeit als Privatdetektiv. Drei der Stellen waren unbesetzt geblieben, auf die vierte war ich eingestellt worden. Möglicherweise fürchtete Ebner, Hackerles Gesundheit würde noch mehr leiden, wenn er ein größeres Team leiten müsste. Es blieb Ebners Geheimnis, wie er diese verquere Personalstruktur mit einer Mini-Dienstgruppe, die thematisch zur Kriminalinspektion 1 in Esslingen gehörte und mit dem Rest des Kommissariats Tübingen kaum etwas zu tun hatte, beim Innenministerium durchbekommen hatte.

Unmittelbar nach Verkündigung der Personalie erhielt Hackerle das Wort. Der berichtete knapp, was er bisher erfahren hatte. Ich hatte alles schon in der vergangenen Nacht gehört.

»Ein klassischer Raubüberfall also«, fasste Ebner zusammen. Seine Stimme klang zweifelnd.

»Ich habe schon mit mehreren Familienangehörigen gesprochen«, warf ich ein. »Ein familiärer Hintergrund erscheint wenig wahrscheinlich. Die meisten Mitglieder der Familie Österle waren zur Tatzeit im Esszimmer versammelt. Die Aussagen sind in dieser Hinsicht konsistent. Seltsam ist allerdings die Familienstruktur. Die Familie Österle besitzt ein kleines Imperium aus Modeläden, das von Alex Österle, seiner Ex-Frau und von der Toten gemeinsam geleitet wurde. Die Ex-Frau lebt in der Nachbarschaft und gehört nach wie vor zur Familie. Die Österles sehen sich als seriöse Geschäftsleute, verhandeln aber sehr hart. Alex Österle, der Firmengründer, wurde mindestens einmal von jemandem körperlich bedroht, der sich als betrogen ansah. Alex Österle galt außerdem in der Vergangenheit als Casanova mit Vorliebe für sehr junge Frauen.«

Hannahs Vermutungen über Gerd Österle und seinen inneren Zensor sprach ich nicht an. Schließlich handelte es sich um weiter nichts als Spekulationen.

»Das familiäre und geschäftliche Umfeld der Toten wäre also auch zu untersuchen«, meinte Ebner. »Wie verteilen wir die Arbeit?«

Gerade als Hackerle sich räusperte und versuchte etwas zu sagen, fuhr der Kriminaldirektor fort:

»Der Raubüberfall und die Befragung der Zeugen, die

in der Nähe des Tatorts waren, passen am besten zum Profil der Dienstgruppe Schmal. Die Familie der Toten einschließlich der Ladenkette der Familie Österle würde ich Herrn Hackerle und seinen Mitarbeitern zuordnen. Die beiden Dienstgruppen werden weitgehend unabhängig voneinander arbeiten.«

Schmal lehnte sich zurück. Die Verteilung der Aufgaben schien ihm zu gefallen. Er glaubte also an einen Raubüberfall.

Doch Ebners nächster Satz ließ ihn auffahren.

»Falls Herr Hackerle zusätzliche Mitarbeiter benötigt, so kann er diese von Herrn Schmal anfordern.«

Schmal erhob sich, ging auf Ebner zu und begann, leise auf ihn einzureden. Ebner schien genervt, vor allem als auch Hackerle auf ihn zuging.

Nachdem sie fünf Minuten heftig miteinander diskutiert hatten, schickte Ebner die beiden Hauptkommissare auf ihre Plätze zurück und verkündete seine endgültige Entscheidung.

»Die Aufgabenverteilung bleibt so wie vorher festgelegt. Herr Hackerle kann weiterhin Mitarbeiter von Herrn Schmal anfordern. Allerdings müssen die Abordnungen von mir genehmigt werden. Herr Schmal entscheidet selbst, welche Mitarbeiter er entbehren kann.«

Ebner war ein Meister der verqueren Personalplanung, das stand fest. Mit seiner Entscheidung hatte er sowohl Schmal als auch Hackerle vergrätzt. Schmal wusste, dass Hackerle bei Ebner stets ein offenes Ohr fand und dass der Kriminalrat alle seine Personalanforderungen genehmigen würde. Hackerle wusste, dass Schmal immer nur seine unfähigsten Leute abstellen würde.

Nachdem Ebner die Besprechung beendet hatte, gingen wir in unsere eigenen Räume zurück. Eigentlich ging es nur um einen Raum: Hackerles Team war so klein, dass es in ein einziges Zimmer passte. Hackerle besaß zwar ein eigenes Büro, doch das benutzte er nur, wenn er Personalangelegenheiten zu erledigen hatte oder ein vertrauliches Gespräch führen musste. Ansonsten saß er mit uns zusammen. Ein rascher Austausch von Informationen war für ihn wichtiger als Privatsphäre.

Zunächst berichtete ich über die beiden Gespräche, die ich geführt hatte, und über die seltsame Rolle, die Christine Österle, die Ex-Frau des Firmenchefs, spielte.

»Da davon auszugehen war, dass die Angehörigen unter einer erheblichen psychischen Belastung stehen, wurde ich von einer Notfallseelsorgerin begleitet, Frau Hannah Ensinger«, schloss ich.

»Meine Güte, die Superkratzbürste«, entfuhr es Unglert spontan.

Hackerle ignorierte den Einwurf. Unglert war bekannt dafür, dass er alle halbwegs attraktiven Frauen anbaggerte, obwohl er mit seinem Bauch und seiner Halbglatze keineswegs angenehm anzusehen war. Von Hannah hatte er wohl eine besonders heftige Abfuhr erfahren.

Ich hatte nicht die Absicht, Unglerts Bemerkung einfach so stehen zu lassen. »Die Zusammenarbeit mit Frau Ensinger war jederzeit problemlos«, stellte ich klar.

»Noch weitere Erkenntnisse?«, fragte Hackerle.

Ich zögerte einen Moment, doch dann berichtete ich, dass Nicole und Christine Österle behauptet hatten, es seien nur fünf Personen beim Essen gewesen, dass ich in der Küche aber sechs gebrauchte Sektgläser entdeckt hatte.

»Eine gute Beobachtung«, lobte Hackerle. »Damit sind die nächsten Aufgaben klar: Frau Maurer und Herr Balck besuchen Herrn Österle in der Uni-Klinik am Schnarrenberg. Ich gehe davon aus, dass er nach der Visite am Morgen entlassen wird. Beeilen Sie sich also, ehe die Familie wieder vereint ist und sich absprechen kann. Herr Unglert, Sie beginnen Ihre Untersuchungen im Brautmodenhaus. Es ist wegen Trauer geschlossen. Ich habe aber schon arrangiert, dass alle Mitarbeiter, die gestern anwesend waren, auch heute dorthin kommen.«

Ich überließ Silke Maurer das Steuer, als wir zur Uniklinik hochfuhren. Ich arbeitete gern mit der älteren Kollegin zusammen. Obwohl sie schon die Tage bis zu ihrer Pensionierung zählte, war ihr Arbeitseifer deutlich größer als der von Unglert. Was aus der Dienstgruppe Hackerle werden sollte, wenn auch sie noch wegging, war ungewiss. Silke war die einzige Mitarbeiterin, die sich mit Hackerle duzte. Sie hatte mir berichtet, dass ich frühestens in zwei Jahren damit rechnen konnte, dass mein Chef mir das Du anbieten würde. Silke selbst war sehr zugänglich, erzählte allerdings nie etwas über ihr Privatleben. Immerhin wusste ich, dass sie in einer stabilen lesbischen Beziehung lebte.

»Wenn dieser Alex Österle so heftig auf die Nachricht vom Tod seiner Frau reagiert hat, wäre es vielleicht sinnvoll, einen Seelsorger oder eine Seelsorgerin dabei zu haben«, meinte Silke. »Hast du die Nummer von dieser Frau, mit der du gestern unterwegs warst?«

Die hatte ich natürlich.

In der Klinik wollte man uns wegen der anstehenden Visite zunächst nicht zu Alex Österle vorlassen, doch Silke legte sich ins Zeug, erreichte schließlich, dass die Ärzte erst am Ende der Visite bei ihm vorbeischauen würden.

»Auf diese Superkratzbürste bin ich einigermaßen gespannt«, sagte sie, während wir auf Hannah warteten.

Im nächsten Moment betrat die Superkratzbürste den Raum, ging direkt auf mich zu und gab mir einen laut hörbaren Schmatz auf den Mund. »Deine Kollegin darf ruhig wissen, dass zwischen uns schon etwas läuft«, sagte sie und legte die Arme um mich.

Silke fing an zu lachen. »Du bist mir ja einer«, sagte sie. »Gestern Abend hast du dich noch darüber beklagt, dass du in Tübingen niemanden kennengelernt hast, und jetzt das. Hast du dein Talent als Blitzaufreißer entdeckt?«

»Vielleicht ist er einer Blitzaufreißerin in die Hände gefallen«, gab Hannah zurück. »Als Seelsorgerin muss man sich ranhalten. Die meisten Männer sind schon weg, wenn sie das Wort nur hören. Bei denen, die nicht ganz so schnell sind, muss man rasch zugreifen.«

Wir vereinbarten, dass Hannah Herrn Österle kurz auf unseren Besuch vorbereiten würde, dass wir aber anschließend allein mit ihm sprechen würden.

Als Hannah im Krankenzimmer verschwunden war, fragte Silke: »Ist das wirklich eine Pfarrerin?«

Ich erklärte ihr, dass nicht alle Notfallseelsorger Pfarrer waren, dass Hannah eine Sozialarbeiterin mit einer Zusatzausbildung war.

»Ich weiß ja nicht, wie weit eure Beziehung in dieser einen Nacht gediehen ist«, meinte Silke. »Aber langweilig wird es dir mit ihr sicher nicht.«

Wie weit unsere Beziehung gediehen war, hätte ich auch gerne gewusst.

Hannah war nicht lange bei Herrn Österle.

»Er wirkt einigermaßen gefasst«, berichtete sie anschließend. »Er hat wohl in der Nacht viel geweint, aber jetzt geht es ihm besser. Ich bleibe in der Nähe, falls ich noch gebraucht werde.«

Ehe wir ins Krankenzimmer gingen, sagte Silke noch: »Pass auf, ich lasse dich reden. Du wirst dich dran gewöhnen müssen, wenn ich nicht mehr da bin. Es gibt manche

Befragungen, da kann man Unglert einfach nicht hinschicken.«

Als wir das Zimmer betraten, reagierte Alex Österle kaum. Dank seiner silbernen Haare und seiner markanten Gesichtszüge sah er selbst im Krankenhausbett noch attraktiv aus. Anfangs klang seine Stimme brüchig, wie die eines viel älteren Mannes. Im Laufe der Zeit wurde er jedoch munterer und souveräner.

Wir befragten ihn zunächst nach dem Verlauf des Abends und er bestätigte die Angaben seiner Ex-Frau und seiner Tochter.

»Es gibt da eine kleine Unstimmigkeit«, sagte ich. »Nach Ihrer Beschreibung waren fünf Personen beim Abendessen, aber als ich in der Küche war, sah ich sechs Sektgläser an der Spüle stehen.«

»Das ist mir unerklärlich«, behauptete Alex Österle. »Aber vielleicht hat jemand nach dem Essen noch Lust auf ein weiteres Glas Sekt gehabt. Es war noch ein Rest in der Flasche. Zu dem Zeitpunkt waren die Sektgläser sicher schon abgeräumt. Vielleicht hat sich die betreffende Person einfach ein neues Glas aus der Anrichte geholt.«

»Aber wer das war, wissen Sie nicht mehr?«

Alex Österle schüttelte den Kopf. Die Reaktion kam mir zu schnell, ganz als hätte er sie sich schon vorher überlegt. Für mich war offensichtlich, dass er log.

Ich wechselte das Thema.

»Ihr Sohn hat uns erzählt, dass Sie einmal körperlich angegriffen wurden, weil der Sohn eines Geschäftspartners sich um sein Erbe betrogen sah«, berichtete ich. »Könnte der Überfall auf Martha damit zusammenhängen?«

»Unwahrscheinlich«, meinte Alex Österle. »Es ist drei oder vier Jahre her, und es war nur ein einziger Vorfall.

Ich habe ihn nicht einmal angezeigt, ich wollte nicht noch mehr Stress mit diesem Menschen.«

Ich bat ihn, mir trotzdem den Namen zu geben, und hakte nach: »In letzter Zeit ist nichts Ähnliches mehr passiert?«

»Nein«, sagte Österle. »Wir sind seriöse Geschäftsleute. Da geht man nicht mit Fäusten aufeinander los und schickt sich auch keine Drohbriefe.«

»Es ist also in letzter Zeit nichts vorgefallen?«

»Neulich wurde bei uns wieder eine Schaufensterscheibe eingeworfen. Schon zum zweiten Mal in den letzten Monaten. Aber das ist in einigen Geschäften in der Reutlinger Innenstadt passiert. Ich habe mir keine Gedanken deswegen gemacht.«

»Aber Ihr Sohn hat uns berichtet, dass Sie in letzter Zeit seltsam bedrückt gewirkt haben.«

»Ich war natürlich wegen der Kosten für die Schaufensterscheiben verärgert. Wir haben eine Glasbruchversicherung mit Selbstbehalt. Und es gibt jedes Mal eine Menge Aufwand und Telefoniererei, wenn so eine Scheibe kaputt ist. Das steckt man in meinem Alter nicht mehr so leicht weg. Vielleicht hat Gerd mich einmal erlebt, als ich in einem richtigen Tief war.«

»Und das war alles?«

Er überlegte einen Moment. »Ich habe mir auch Sorgen gemacht, weil es Martha schlecht ging. Irgendetwas hat sie bedrückt, aber sie wollte mir nicht sagen, was es war.«

»Haben Sie eine Idee?«

»Vielleicht hat Ihnen schon jemand erzählt, dass Martha nicht nur sehr schön war, sondern auch eine ausgesprochen gute Seele. Wenn sie zum Beispiel Ärger mit einem Mitarbeiter oder einer Mitarbeiterin im Brautmodenhaus gehabt hätte, dann hätte sie versucht, die Lage selbst zu klären, ehe sie mir etwas sagt.« Er zögerte einen Moment, dann legte er sich fest: »Ja – ich denke, das war es. Es gab Probleme im Brautmodenhaus, und sie wollte nicht, dass die Angestellten Schwierigkeiten deswegen bekommen.« Doch im nächsten Moment war er sich schon nicht mehr so sicher. »Aber es kann auch etwas ganz anderes gewesen sein. Letztes Jahr war sie beispielsweise die ganzen Weihnachten über traurig, als sie gelesen hat, dass ein Bettler im Tübinger Stadtpark erfroren ist.«

»Warum das?«

»Sie hatte den Mann gesehen, hatte auch beschlossen, ihm eine warme Jacke zu bringen, und es dann vergessen. Solche Versäumnisse gingen ihr oft noch wochenlang nach.«

Das klang alles ziemlich vage. Ich wechselte das Thema.

»Hatte Martha Verwandte?«, fragte ich.

»Ihre Eltern sind schon tot«, berichtete Alex Österle. »Sie hat noch eine ältere Schwester. Sie lebt mit ihrem Mann in Hamburg. Aber der Kontakt war in letzter Zeit nicht allzu eng. Sie hat sich vielleicht zwei oder drei Mal im Jahr mit Martha getroffen.«

Gerade als wir gehen wollten, rief uns Alex Österle noch einmal zurück: »Jetzt weiß ich vielleicht, was mein Sohn gemeint hat. Ich war tatsächlich einmal sehr erregt, habe mich beinahe gefürchtet.«

»Was ist passiert?«, fragte ich.

»Eigentlich gar nichts. Ich habe den Mann wiedergesehen, der mich damals bedroht hat. Dabei hatte ich gedacht, er sei weggezogen.«

»Hat er Sie wieder bedroht?«

»Nein. Der Mann hat mich gegrüßt. Ziemlich freundlich sogar. Aber irgendwie – jedes Mal, wenn ich ihn sehe, bekomme ich es mit der Angst zu tun.«

Hannah hatte draußen auf uns gewartet. Als wir herauskamen, ging sie sofort auf mich zu. »Vielleicht können wir uns ja heute Abend gleich wieder treffen. Können wir was über WhatsApp ausmachen?«

»Okay, gerne«, sagte ich. »Wo ist der Helm, den du gestern bei Österles ausgeliehen hast?«

»Ich habe ihn an meinem Motorroller. Ich wollte grade hinfahren, um ihn nach Kirchentellinsfurt zurückzubringen.«

»Gib ihn lieber mir«, bat ich. »Meine Kollegin und ich bringen ihn zurück. Wir wollen ohnehin noch einmal bei Österles vorbeischauen.«

»Und der Helm ist ein guter Vorwand«, lachte Hannah. »Also gut. Ich bringe ihn euch. Wartet hier so lange auf mich.«

»Ihr seid gestern gemeinsam auf ihrem Motorroller zurückgefahren?«, fragte Silke überrascht, als Hannah weg war.

»Ja. Die Kollegen haben mich am Tatort vergessen, und die Superkratzbürste hat mich freundlicherweise nach Tübingen mitgenommen.«

»Die haben dich vergessen?«, fragte Silke.

»Ja.«

»Das glaub ich keine Sekunde. Sie haben dich absichtlich zurückgelassen, weil es ihnen stinkt, dass sie dich immer abholen müssen. Willst du dir nicht endlich ein alltagstaugliches Auto anschaffen?«

»Auf keinen Fall«, gab ich zurück.

»Dickkopf!«, lachte Silke.

Gerade in diesem Moment kam Hannah zurück. »Ich liebe Dickköpfe«, sagte sie und küsste mich rasch auf beide Wangen.

Silke und ich waren kaum auf dem Weg, als mich schon eine WhatsApp-Nachricht von Hannah erreichte.

Ich möchte dich bald wieder treffen.
Kann ich dich heute von der Arbeit abholen?

Ich würde mich freuen!

Ich würde dich dann nach Hause bringen.

Mit dem Motorroller?

Zu Fuß.
Es soll wieder schneien.

Aber es sind doch mindestens fünf Kilometer!

Ich fände eine
abendliche Schneewanderung
mit dir schön.

Ebenso.

Wir haben einiges zu besprechen.
App mich an, wenn du so weit bist.
Es macht nichts, wenn es spät wird.

Als wir bei Nicole Österle und ihrem Freund klingelten, kam Kevin Lauber an die Tür. Gut für uns. Er würde bei einer Befragung leichter einknicken als seine Verlobte, die von ihrer Mutter sicher ein gewisses Maß an Härte und Entschlossenheit geerbt hatte.

Wir sprachen ihn sofort auf das zusätzliche Sektglas an.

Kevin Lauber zuckte die Schultern. »Ich kann mir höchstens denken, dass Tom dahintersteckt. Er meint immer, dass er nicht genug bekommt, obwohl er Christines und Marthas Liebling ist. Vielleicht hat er nach dem Essen ein zweites Glas aus der Anrichte geholt und sich den Rest Sekt eingeschenkt. Aber das ist pure Spekulation, gesehen habe ich es nicht.«

Offensichtlich hatte die Familie schon eine Sprachregelung zu diesem Thema.

Wir gingen zum Haus von Christine Österle, teilten ihr mit, dass ihr Ex-Mann sich gut erholt habe, und stellten ihr die gleiche Frage. Auch sie erzählte uns das Märchen von der Person, die sich nach dem Essen ein zweites Glas geholt hatte. Sie vermutete, es sei Kevin Lauber gewesen.

Wir verzichteten darauf, Tom Österle zu befragen. Er war sicher schon von seiner Mutter instruiert worden, was er zu sagen hatte.

»Ich habe Hunger«, sagte Silke anschließend. »Können wir was essen gehen?«

»Wenn ich dienstlich unterwegs bin, ziehe ich mir normalerweise was Billiges rein«, sagte ich. »Hast du einen Vorschlag?«

»Kennst du den Unckel?«, fragte Silke. »Ein preiswerter Italiener, ganz in der Nähe der Neuen Aula. War früher mal eine Tübinger Traditionsgaststätte. Wenn man die Preise bedenkt, ist die Qualität ganz okay.«

»Klingt gut«, meinte ich.

Wir fuhren zurück und fanden sogar einen Parkplatz, der nicht zu weit entfernt war.

Silke hatte das Lokal gut beschrieben. Genau das Richtige für ein schnelles Mittagessen. Anschließend ließen wir uns noch etwas Zeit für einen Cappuccino. Ich fand es angenehm, mit Silke dazusitzen, auch wenn wir uns nicht allzu viel zu erzählen hatten. Doch wir waren nicht lange ungestört. Silkes Handy läutete. Hackerle.

»Die Spurensicherer haben schon Ergebnisse«, berichtete er. »Sie haben gerade angerufen. Sie würden jetzt gerne Feierabend machen. Könnt Ihr vielleicht noch rasch nach Esslingen fahren, damit sie euch mehr erzählen?«

»Muss das sein?«, klagte der Chef des Spurensicherungsteams, als Silke und ich bei ihm aufkreuzten. »Müssen wir alles noch mal erzählen? Vorher war schon jemand von der Schmal-Truppe da und hat die gleichen Fragen gestellt.«

Das hatte Hackerle sicher nicht angeordnet. Schmal hatte also seine Leute losgeschickt, ohne Hackerle zu fragen. Er hatte ihn nicht mal informiert.

»Es muss sein«, bekräftigte ich. »Direkter Auftrag vom Chef der Sonderkommission.«

»Ich kann euch nicht viel erzählen«, sagte der Spurensicherer. »Zur Tatzeit lag am Tatort kein Schnee. Wir haben also keine besonders guten Fuß- oder Reifenspuren. Außerdem hat ein Arzt in der Nachbarschaft die Schüsse gehört. Als er sicher war, dass die Täter verschwunden waren, rannte er zum Auto und hat versucht, zu helfen. Da er nicht richtig an die Tote herankam, hat er einen Nachbarn gebeten, sie aus dem Fahrersitz zu heben. Etwas später kam auch noch ein Rettungswagen angefahren. Ihr könnt euch vorstellen, wie viel brauchbare Spuren da hinterher noch zu finden waren.«

»Aber ihr habt trotzdem etwas gefunden«, vermutete ich. Ich kannte den Chef der Spurensicherer ein bisschen und wusste, dass er zuerst einmal über die Schwierigkeiten bei der Beweisaufnahme jammern musste, ehe er zur Sache kam.

»Es ist uns gelungen, den Ablauf des Überfalls einigermaßen sicher zu rekonstruieren«, behauptete er. »Das lag daran, dass die Straßen von K'furt ganz unschwäbisch dreckig waren. Anscheinend ist die Straßenreinigung mit der Arbeit nicht nachgekommen.«

»Das könnte ja daran liegen, dass die Gemeindeverwaltung ganz schwäbisch sparsam ist«, vermutete ich.

»Mag sein«, sagte der Spurensicherer unwillig. »Jedenfalls fuhr die spätere Ermordete, Martha Österle, auf der anderen Straßenseite zur Bank und hat dann gewendet, vermutlich, weil sie bei der Kälte einen möglichst kurzen Fußweg zum Bankbriefkasten haben wollte. Offenbar ist ihr ein anderes Auto gefolgt. Es hat das Wendemanöver nicht mitgemacht. Gerade als Martha Österle aussteigen wollte, hat das andere Auto ebenfalls angehalten. Der Beifahrer sprang heraus, hat die Frau erschossen und die Tasche mit dem Geld an sich genommen. Das Ganze hat wahrscheinlich nur ein paar Sekunden gedauert.«

»Fuß- und Reifenspuren?«, fragte ich.

»Fuß- und Reifenspuren im Straßendreck«, klagte der Spurensicherer. »Glaubst du, da könnten wir etwas Genaues sagen? Immerhin konnten wir Spurweite und Radstand des anderen Autos einigermaßen bestimmen. Es muss irgendein Kompaktwagen gewesen sein. Am besten passt ein Mercedes A-Klasse, aber dafür würde ich nicht die Hand ins Feuer legen.«

»Schuhabdrücke vom Täter?«

»Wir haben einen einzigen Schuhabdruck, den wir mit einiger Wahrscheinlichkeit dem Täter zuordnen können, und der ist äußerst unvollständig. Flache Schuhe ohne besonderes Profil. Vermutlich niedriger Absatz. Ich würde sagen, Schuhgröße 41 oder 42.«

Sommerschuhe, Größe 41 oder 42, mit einem flachen

Absatz. Ein relativ kleiner Mann kam dafür genauso in Frage wie eine große Frau.

»Die Waffe?«, fragte ich.

»Wir haben eine Hülse Kaliber 9 mm gefunden. Ich habe inzwischen mit der Gerichtsmedizin telefoniert: Das Projektil in der Brust von Martha Österle passt zum Kaliber der Hülse. Wir konnten sie natürlich noch nicht kriminaltechnisch untersuchen, aber ihr wisst, wie viele Waffen mit diesem Kaliber es gibt. Falls nicht schon mal ein Verbrechen mit ihr verübt wurde, haben wir keine Chance, die Tatwaffe zu identifizieren.«

Der Täter hatte die Patronenhülse nicht mitgenommen. Das sprach dafür, dass er entweder kein Profi war, oder dass er rasch hatte vom Tatort verschwinden müssen.

Ich war fertig mit meinen Fragen, doch Silke meldete sich zu Wort: »Irgendetwas Auffälliges in dem Minivan, in dem die Frau gefunden wurde?«

Der Spurensicherer sah sie gequält an: »Wir waren in der eiskalten Nacht dort und sind um sieben Uhr am Morgen wiedergekommen, als unsere Kollegen alle noch im Bett lagen. Jetzt brauchen wir ein bisschen Erholung. Der Minivan kann warten.«

Als wir ins Kommissariat zurückkamen, war Unglert auch gerade erst angekommen. Vermutlich hatte er sich irgendwo ein ausgiebiges und zeitintensives Mittagessen gegönnt. Wie üblich brannte er darauf, von seinen Ergebnissen zu berichten.

»Es ist uns gelungen, die Abläufe im Brautmodenhaus während der letzten Stunden vor der Schließung nahezu lückenlos zu rekonstruieren«, begann er.

Als ich ihn so reden hörte, wusste ich, dass er nicht viel

herausgefunden hatte. Unglert versuchte immer, Misserfolge hinter einer übertrieben präzisen, geschraubten Ausdrucksweise zu verstecken. Es klang dann so, als wollte er einen besonders komplizierten schriftlichen Bericht verfassen. In Tübingen, wo die Hälfte aller Polizeimitarbeiter nicht richtig Hochdeutsch konnte, fiel seine Sprechweise besonders auf.

»Das Brautmodenhaus war wegen des Todesfalls geschlossen«, berichtete Unglert weiter. »Aber alle Mitarbeiter, die gestern Nachmittag gearbeitet haben, waren anwesend. Das war vom stellvertretenden Filialleiter, einem älteren Mann namens Anton Bauschert, so veranlasst worden. Außer Herrn Bauschert haben wir zwei Verkäuferinnen und eine Auszubildende angetroffen. Der Mord an Frau Österle hat alle sehr mitgenommen. Sie war offensichtlich beim Personal sehr beliebt.«

Die tatsächlichen Ergebnisse waren wie erwartet mager.

»Am Tatabend waren drei junge Türkinnen im Brautmodenhaus, die von ihrem Vater gleichzeitig verheiratet wurden, außerdem ein Mädchen von der Alb«, erklärte Unglert. »Alle waren gewillt, für ihre Hochzeit viel Geld auszugeben. Die jungen Frauen haben das gesamte Personal stundenlang in Anspruch genommen. Besonders das Mädchen von der Alb war sehr schwierig. Sie hat darauf bestanden, dass einige Näh- und Anpassungsarbeiten, die nötig waren, sofort vorgenommen werden. Sie wollte ihre Kleider, die Brautschuhe und die Accessoires gleich mit nach Hause nehmen. Außer den Kundinnen und ihrem Anhang hat niemand in der letzten Stunde vor Geschäftsschluss das Brautmodenhaus betreten. Niemand vom Personal hatte Zeit und Muße, um aus dem Fenster zu sehen und relevante Beobachtungen zu machen.«

»Wie erklären sich die hohen Bareinnahmen?«, fragte Hackerle. »Heutzutage zahlt doch jeder per Karte.«

»Das traf an diesem Abend nicht zu. Der türkische Familienvater hat mit Fünfzig- und Hunderteuroscheinen im Wert von über 6000 Euro bezahlt. Mir wurde übereinstimmend bestätigt, dass diese Zahlungsart bei Türken nicht ungewöhnlich ist. Insgesamt lagen die Bareinnahmen an diesem Tag bei etwa 9000 Euro. Der Betrag ist viel höher als im täglichen Durchschnitt.«

»Und das Mädchen von der Alb?«, wollte Hackerle wissen.

»Auch sie hat bar bezahlt. Zwei der Verkäuferinnen haben sie als naiv bezeichnet. Die junge Dame war offensichtlich der Ansicht, es sei nicht romantisch, wenn man ein Brautkleid mit der EC-Karte bezahlt. Sie hat sogar über zehntausend Centstücke dagelassen, um ihre Brautschuhe zu bezahlen.«

»Centstücke?«, wunderte ich mich.

»Sie hat mit der Angestellten an der Kasse darüber gesprochen. Sie hat jahrelang Cents gesammelt, um ihre Brautschuhe zu bezahlen. Das war anscheinend früher hier in der Gegend so üblich«, erklärte Unglert.

»An den Brauch kann ich mich erinnern«, bestätigte Hackerle. »Junge Mädchen hatten oft eine Schublade voll von Pfennigstücken. Ich wusste nicht, dass es so etwas heute noch gibt.«

Unglert wiederholte seine frühere Einschätzung: »Die junge Frau wurde als naiv und romantisch beschrieben.«

»Und die Centstücke liegen jetzt noch im Brautmodenhaus?«, fragte ich.

»Nein«, sagte Unglert. »Frau Österle hat sie in einer Einkaufstüte mit sich geführt, als sie den Laden verlassen hat.«

»Aber die Kollegen von der Spurensicherung haben nichts über eine solche Tüte gesagt«, wandte ich ein.

»Die Täter müssen sie mitgenommen haben«, meinte Hackerle. »Das ist schon seltsam. Die Tüte muss an die zehn Kilo gewogen haben. Ein Wunder, dass sie nicht durchgekracht ist.«

Ich fragte: »Name und Adresse der Kunden, wie steht es damit?«

»Über das Mädchen von der Alb ist weiter nichts bekannt«, erklärte Unglert. »Der türkische Familienvater hat seinen Namen angegeben, weil zwei der Brautkleider noch geringfügig geändert werden müssen. Er heißt Demir. Seine Adresse wurde nicht notiert. Aber er wollte in der kommenden Woche mit seinen Töchtern wiederkommen, damit sie die geänderten Kleider anprobieren können. Martha Österle schien ihn zu kennen, aber die anderen Mitarbeiter des Brautmodenhauses haben ihn noch nie gesehen.«

»Wann wollen die Demirs kommen, um die Kleider abzuholen?«, fragte Hackerle.

»Es wurde nichts vereinbart. Offensichtlich hat man ihnen versprochen, dass die Kleider bis Dienstagabend geändert sind.«

»Wir müssten doch in der Lage sein, Herrn Demir über das Melderegister zu finden?«, schlug ich vor.

»Das habe ich bereits versucht«, sagte Unglert. »Allein in Reutlingen kommt der Name achtmal vor, und es ist ja keineswegs sicher, dass er dort lebt. Er hat keinen Wohnort angegeben. Demir muss einer der häufigeren türkischen Namen sein. Es hat wohl keinen Sinn, jetzt am Wochenende noch weitere Nachforschungen anzustellen.«

Ich merkte, dass Silke Mühe hatte, nicht in Lachen auszubrechen. Unglerts Unwille, Überstunden oder Wochenendarbeit zu machen und sein Geschick, sich davor zu drücken, waren legendär. Silke, die kurz vor der Pension stand, konnte Unglerts Faulheit lustige Seiten abgewinnen. Für Hackerle und mich war sie eine große Belastung. Der Hauptkommissar hatte schon lange keine Lust mehr, sich Unglerts immer gleiche Märchen über wichtige Basket- oder Volleyballturniere anzuhören, zu denen er seine drei Kinder am Wochenende fahren musste. Meist ließ Hackerle Unglert am Samstag ohne Nachfrage gehen, egal wie dringend der Fall gerade war.

Diesmal ließ er ihn nicht so leicht davonkommen. »Wir sind hier zu viert. Ich finde, es kann nicht allzu lange dauern, wenn wir bei allen Gemeinden aus der Gegend nach einer Familie Demir mit mindestens vier Mitgliedern suchen.«

Ich fand ohnehin, dass Unglert nicht genügend nachgedacht hatte. Ladenbesitzer kennen sich oft gegenseitig. Wenn Martha Österle Herrn Demir kannte, dann war er wahrscheinlich ebenfalls Geschäftsmann und hatte seinen Laden in Reutlingen, nicht allzu weit vom Stammhaus der Österles. Ich schaute im Telefonbuch nach und hatte sofort Erfolg. In Reutlingen gab es ein Reisebüro, dessen Inhaber ein gewisser Bülent Demir war.

Ich rief an. Herr Demir war selbst am Apparat. Ich fragte, ob er mit seinen Töchtern am vergangenen Tag Kunde im Brautmodenhaus in Metzingen gewesen sei.

»Ja. Warum? Gibt es irgendwelchen Ärger?« Seine Stimme klang gereizt.

»Es ist etwas Schreckliches geschehen«, sagte ich. »Es steht noch nicht in den Zeitungen, aber Frau Österle, die Geschäftsführerin, ist am gleichen Abend ermordet worden, als sie die Bareinnahmen zur Bank bringen wollte.«

»Und? Sollen wir etwas damit zu tun haben?« Nun klang Demir ernstlich verärgert.

»Davon gehen wir nicht aus. Aber wir halten es für möglich, dass der Täter in der Nähe auf Frau Österle gelauert und sie anschließend mit dem Auto verfolgt hat. Von den Angestellten hat niemand etwas beobachtet. Sie mussten nach Geschäftsschluss aufräumen und haben das Haus ziemlich spät verlassen. Möglicherweise könnten Sie oder eine Ihrer Töchter den Täter gesehen haben.«

»Hm, mir ist nichts aufgefallen. Ich war damit beschäftigt, auf meine Töchter aufzupassen. Damit wir uns nicht missverstehen: Die drei können normalerweise gut auf sich selbst aufpassen. Aber an diesem Abend waren sie außer Rand und Band. Sie haben sich benommen wie junge Mädchen. Auch heute sind sie noch total aufgeregt. Ich hoffe, sie werden bald wieder normal.«

Herrn Demirs Deutsch war beinahe perfekt. Dass es nicht seine Muttersprache war, merkte man nur daran, dass er einzelne Worte falsch betonte.

»Könnte eine Ihrer Töchter etwas beobachtet haben?«, fragte ich.

»Es würde mich wundern. Sie waren alle so aufgeregt. Am ehesten käme Yasmina infrage«, meinte er. »Sie ist die Älteste und die Vernünftigste. Ihre Anprobe hat auch am kürzesten gedauert. Alles hat sofort perfekt gepasst. Vielleicht hat sie sich gelangweilt und aus dem Fenster geschaut.«

»Wann können wir sie sprechen?«

»Yasmina ist heute in Köln, um mit ihrem Verlobten die Eheringe auszusuchen. Außerdem will sie ihn besser kennenlernen. Sie kommt erst am Dienstag spät abends zurück.«

Also wohl eine arrangierte Ehe.

»Es gab eine weitere Kundin im Brautmodenhaus. Können Sie sich an sie erinnern?«

»Die war genauso aufgeregt wie meine beiden jüngeren Töchter. Die drei haben immer zusammen gekichert. Die Filialleiterin hat gesehen, wie mich das alles nervt und hat mir einen Kaffee angeboten. Eine sehr freundliche Frau. Ich kenne sie ein bisschen. Die Familie Österle hat ebenfalls ein Geschäft hier in der Innenstadt.«

»Haben Sie mit ihr geredet? Hat sie irgendetwas gesagt? Hat sie einen seltsamen Eindruck auf Sie gemacht? Hatte sie vielleicht vor etwas Angst?«

»Ich konnte nicht lange mit ihr reden. Ayshe, meine zweite Tochter, hat ein Brautkleid anprobiert, das zu tief ausgeschnitten war. Ich wollte nicht, dass meine Tochter so aufs Standesamt geht. Auch wenn sie einen Deutschen heiratet. Ich habe eine Zeit lang gebraucht, um sie zu überzeugen, dass es nicht passt.«

»Und die andere Kundin? Haben Sie vielleicht zufällig erfahren, wie sie heißt oder woher sie kommt?«

»Keine Ahnung. Sie war schwanger, aber in Deutschland heiraten viele Mädchen ja erst, wenn sie schon ein Kind erwarten. Oder noch später.«

Wir vereinbarten, dass wir am Mittwoch zu Herrn Demir ins Reisebüro kommen würden. Er wollte vorher seine beiden jüngeren Töchter befragen, machte sich aber nicht viele Hoffnungen, dass er etwas Sinnvolles aus ihnen herausbekommen würde.

Es war sechs Uhr, als Hannah mich von der Arbeit abholte.

Die Sonne war schon untergegangen, und es wurde rasch dunkel.

Hannah hakte sich sofort bei mir ein. Es dauerte nicht lange, bis wir einen gemeinsamen Rhythmus beim Gehen gefunden hatten. Ich war schon ein paar Mal zu Fuß nach Hause gelaufen und schlug meinen gewohnten Weg ein, der durch Derendingen führte, einen gemütlichen Stadtteil Tübingens mit vielen älteren Häusern. Die Gehsteige waren vorschriftsmäßig geräumt, doch ansonsten war der Schnee überall liegengeblieben.

Ein paar Minuten liefen wir schweigend nebeneinander her, genossen unsere Nähe, dann sagte Hannah: »Ich denke, es gibt einiges, was wir übereinander herausfinden sollten.« Ihre Stimme klang energisch. »Am besten, ich fange mal mit dem Fragen an: Wer bist du eigentlich?«

»Das weißt du doch«, sagte ich verwirrt. »Sohn eines Autohändlers, Polizist … Ich habe dir erzählt, wo ich herkomme.«

»Dann muss ich meine Frage wohl präzisieren: Du wachst in einem fremden Bett auf, in deinen Armen liegt eine attraktive Frau, sie macht dir ein Kompliment, und du antwortest sofort mit einer dummen Bemerkung. Ich war noch nie mit George Clooney im Bett, aber ich wette, nicht einmal der hätte sich das getraut. Und bitte behaupte nicht, du findest mich nicht attraktiv oder du seist schwul. Ich habe gefühlt, wie dein Körper auf mich reagiert.«

»Du weißt doch, dass ich immer in den unpassendsten Momenten dumme Bemerkungen mache. Ich habe dir von meiner Bewerbung erzählt. Außerdem war es die Wahrheit. Deine Haare haben wirklich seltsam gerochen.«

»Das taugt bestenfalls als halbe Erklärung. Ich will die andere Hälfte auch wissen.«

»Vielleicht habe ich Übung«, schlug ich vor.

»Du sagst also, du wachst öfter mal mit einer attraktiven Frau in deinen Armen auf und begrüßt sie mit einer dummen Bemerkung.«

»In letzter Zeit leider nicht mehr so oft«, gab ich zu. »Und es war immer dieselbe attraktive Frau.«

»Erzähl.«

»Da gibt es nicht viel zu erzählen. Ich kam gemeinsam mit meiner Freundin an die Polizeiakademie in Wiesbaden. Dorit und ich waren zuvor bei der Polizei in Gießen und wir hatten schon seit beinahe einem Jahr eine gemeinsame Wohnung. In Wiesbaden fanden wir ein Zimmer in einem Studentenwohnheim, aber das war nicht für ein Paar gedacht, sondern für zwei einzelne Personen. Wir legten uns gemeinsam in eines der Betten und versuchten herauszufinden, wie wir trotz der Enge komfortabel schlafen konnten. Beim Aufwachen lag Dorit in meinen Armen, so wie du heute Morgen, und wir fanden es beide sehr schön. Ansonsten gefiel uns die Zeit an der Akademie nicht besonders. Einige Kurse waren ziemlich nervig, das Wohnheim eine Bruchbude, die Zimmer viel zu hellhörig, wir hatten äußerst selten Sex. Wir haben lieber das Wochenende abgewartet und uns die ganze Woche auf unser Zuhause gefreut. Damit das Leben in Wiesbaden ein bisschen erträglicher wird, haben wir uns angewöhnt, jeden Tag mit einer dummen Bemerkung oder mit einem Witz zu beginnen.«

»Diese Dorit sah mir vermutlich sehr ähnlich.«

»Ihr seid beide etwa gleich groß und gleich schlank. Als engagierte Polizistin war sie natürlich sportlicher und hatte etwas kräftigere Arme. Aber mit dir hat sich sofort alles richtig angefühlt.«

»Ich weiß nicht, ob ich das als Kompliment werten soll, aber mir ging es genauso«, meinte Hannah. »Für mich hat es sich sofort richtig angefühlt, in deinen Armen zu liegen.« Dann hakte sie nach: »Diese Dorit und du, ihr hattet anscheinend eine harmonische Beziehung. Warum seid ihr auseinandergegangen?«

»Es gab keinen Streit, aber unsere Lebensplanung hat nicht zusammengepasst. Ich wollte gern in ein ruhiges Kommissariat auf dem Land. Dorit wollte die Kriminalität an vorderster Front bekämpfen, träumte von einer Karriere beim LKA. Eine Zeit lang haben wir unsere Beziehung auf Sparflamme weitergeführt, als eine Art Ein-Bett-WG. Wir haben überlegt, wie wir beruflich doch noch auf einen gemeinsamen Nenner kommen können, und wir hatten auch schon einige Ideen. Wenn Dorit nicht plötzlich ihren Traummann kennengelernt hätte, wären wir heute wahrscheinlich verheiratet.«

»Was machte diesen Mann so traumhaft?«

»Er war schon dort, wo sie hinwollte. Er war Staatsanwalt, noch ziemlich jung, hatte aber schon einen gewissen Ruf als erfolgreicher Kämpfer gegen die organisierte Kriminalität.«

»Damit wäre wenigstens ein Rätsel gelöst«, meinte Hannah. »Ich hatte sofort das Gefühl, wir würden uns schon seit Jahren kennen, und ich habe mich gefragt, warum. Wir haben beide schon einmal in einer glücklichen Partnerschaft gelebt, in der viele Dinge ähnlich liefen. Ein unglaublicher Zufall. Ich könnte natürlich auch ganz fromm sagen, es ist eine Fügung.«

Ich wartete kurz, dann sagte ich: »Ich muss dir die gleiche Frage stellen. Wer bist du eigentlich?«

»Du weißt schon eine ganze Menge über mich«, meinte Hannah. »Was willst du noch wissen?«

»Als ich heute Morgen im Team deinen Namen erwähnt habe, hat mein Kollege Fred Unglert spontan gerufen: Meine Güte, die Superkratzbürste. Was hast du mit ihm gemacht?«

»Der Name sagt mir nichts. Beschreib ihn mir.«

»War mal Kraftsportler, hat heute einen ziemlichen Bauch. Dreiviertelglatze, hat nur noch einen schmalen Haarkranz. Faulpelz, macht dauernd Frauen an.«

Hannah lachte kurz auf. »Ich glaube, ich weiß, wen du

meinst. Wir haben uns einmal bei einem Unfall getroffen, zu dem aus irgendeinem Grund die Kripo gerufen wurde. Er hat mir sofort Storys erzählt über Notfallseelsorgerinnen, die bei ihrer Arbeit sexuell attackiert wurden. Anscheinend hat er gedacht, dass ich sofort Schutz suchend in seine Arme fliehe. Ich habe ihm erklärt, dass wir da einige Gegenmaßnahmen kennen. Eine Methode ist zu warten, bis der Typ seinen Hosenlatz öffnet und seinen Schwanz rausstreckt. Genau in diesem Moment greift man an seinen Hosenbund und zieht mit aller Kraft den Reißverschluss zu, bis der Kerl laut aufjault.«

Es war schon ziemlich dunkel, aber ich sah, dass Hannah mir den Kopf zuwandte. »Das war nicht gelogen. Ich kenne eine Pfarrerin, die sich tatsächlich mal auf die Weise gerettet hat, als ein trauernder Angehöriger ganz unerwartet zudringlich wurde.« Sie lachte jetzt richtig los. Lang, laut, melodisch. »Dein Kollege hat natürlich nicht begriffen, was ich ihm damit sagen wollte. Da habe ich ihm erzählt, dass wir die Methode mit unserem Kursleiter üben wollten, dass der sich aber geweigert hat. Auch das war nicht ganz gelogen. Der Mann war ziemlich unbeliebt. Einige Teilnehmerinnen hätten ihm am liebsten tatsächlich den Schwanz eingeklemmt.«

Jetzt musste ich auch lachen.

»Dein Kollege hat immer noch nichts begriffen. Da habe ich behauptet, dass ich stattdessen mit meinem Freund geübt habe. Ich habe ihn mit meinem treuherzigsten Blick angeschaut und ihm erzählt, dass mein Freund mich ein paar Wochen später verlassen hat, und ich kann mir bis heute nicht erklären, warum. Dieser letzte Teil war gelogen, das muss ich zugeben.«

»Du bist unmöglich«, rief ich. »Ich könnte mich vor Lachen im Schnee kugeln.«

»Warum tust du’s dann nicht?«

Inzwischen hatten wir Derendingen verlassen und waren auch durch Weilheim spaziert, einen Tübinger Ortsteil, der mir bisher nur durch seinen Supermarkt in Erinnerung geblieben war. Nun war neben uns ein freies Feld. Ich kannte den Weg und wusste, dass Hundebesitzer hier gerne ihre Tiere Gassi führten. Ich legte mich in den Schnee und machte ein paar Rollen rückwärts und vorwärts. Sport war nie meine Leidenschaft gewesen, aber Bodenturnen hatte ich geliebt. Ich konnte nur hoffen, dass sich unter dem Schnee weder Steine noch Hundekot verbargen. Sehen konnte ich in der Dunkelheit praktisch nichts.

»Zufrieden?«

Ich war kaum aufgestanden, da fiel mir Hannah um den Hals und küsste mich lange und intensiv: »Du hast es wirklich gemacht. Du bist genauso verrückt, wie ich gehofft habe.«

Eine Zeit lang sprachen wir nichts.

Dann sagte Hannah: »Jetzt muss ich dir leider etwas gestehen. Wir können uns die nächsten Tage nicht sehen. Ich habe eine Freundin, die eine Boutique in Paris besitzt. Ich habe ihr schon vor Monaten versprochen, dass ich sie kommende Woche besuche.«

»Kannst du deinen Urlaub nicht verschieben?«

»Eigentlich wollte ich schon heute Mittag fahren, aber ich wollte dich unbedingt vorher noch einmal sehen. Ich kann meinen Urlaub nicht weiter verschieben. Nächste Woche sind Faschingsferien, da kann ich weg. Danach ist wieder Schule, und ich werde wieder gebraucht. Außerdem gibt es einen Termin in Paris, den ich unbedingt einhalten will. Morgen Mittag muss ich endgültig los, es geht nicht anders.« Sie packte meinen Arm: »Verstehst du, eigentlich wäre jetzt die Zeit, in der wir uns besser kennenlernen sollten. Schöne Schneespaziergänge, romantische Abende, romantische Nächte, ein paar Mal gemeinsam frühstücken, du lernst ein paar von meinen Bekannten kennen und dann überlegen wir uns allmählich, was aus uns werden soll. Aber ich muss jetzt weg, und ich möchte nicht zu viele lose Enden hinter mir zurücklassen.«

Ich versuchte zu verstehen, was sie mir sagen sollte. »Du meinst, wir sollen uns vorher nicht mehr sehen?«, fragte ich enttäuscht.

»Wenn du mich zum Bahnhof begleiten könntest, wäre ich sehr glücklich. Geht das?«

»Sehr gerne.«

»Ich dachte, bei Mord wäre die Kriminalpolizei rund um die Uhr im Einsatz.«

»Hackerle hat beschlossen, dass wir morgen freinehmen sollen. Was wollen wir viel erreichen? Wir haben keine heiße Spur und die meisten Leute reagieren genervt, wenn die Polizei am Sonntag bei ihnen aufkreuzt und Fragen stellt. Schmal, der Hauptkonkurrent von meinem Chef, wird seine Leute sicher in der Gegend herumschicken, aber viel wird dabei nicht herauskommen.«

Hannah merkte, dass ich nicht ganz zufrieden war und versuchte, mir noch einmal ihren Standpunkt zu erklären: »Verstehst du, ich habe Angst, dass wir in eine Art Checklistenmodus geraten, wenn wir vor meiner Abreise noch zu viel gemeinsam unternehmen. Romantisches Abendessen mit Candlelight: abgehakt. Sex: abgehakt. Meine Vermieterin Frau Bode kennengelernt: abgehakt. Meine beste Freundin kennengelernt: abgehakt. Und wenn einer der Punkte auf der Checkliste nicht ganz so funktioniert, wie wir gehofft haben, sind wir ratlos.«

Sie griff nach meinem Arm. »Es war so schön, neben dir

aufzuwachen«, sagte sie. »Es ist so lange her, dass ich ohne Wenn und Aber glücklich war, als ich neben einem Mann aufgewacht bin. Ich habe solche Angst, dass es schiefgeht, wenn wir jetzt einen Fehler machen.«

Sie war kurz davor loszuheulen, dann überlegte sie es sich anders. Sie blieb stehen, wartete geduldig, bis ich sie in die Arme nahm, dann küssten wir uns. Ihre Lippen waren die einzige Wärme in der kalten, dunklen Umgebung.

Ein paar Minuten lang sprachen wir beide nichts, dann fingen wir an, über Belangloses zu reden und darüber, was uns gefiel und was uns nicht gefiel. Wir fanden eine Menge Übereinstimmungen und ein paar Abweichungen.

Ich fragte sie nach dem Treffen mit Gerd Österle, als sie den Motorroller abgeholt hatte. Doch sie hatte nichts zu erzählen. Er war kurz angebunden gewesen, hatte nicht über den Tod seiner Stiefmutter geredet.

»Aber ich bin mir sicher, dass es diesen inneren Zensor gibt«, behauptete Hannah. »Er kämpft mit ihm, und wenn wir den richtigen Augenblick abpassen, lässt er etwas heraus, das uns weiterbringt.«

Sie schien sich inzwischen für einen Teil des Ermittlerteams zu halten.

Als wir uns meiner WG-Wohnung näherten, wurde ich unruhig. Ich wollte Hannah nicht so einfach ziehen lassen.

»Können wir nicht noch einmal gemeinsam aufwachen?«, schlug ich vor. »Gemeinsam aufwachen und weiter nichts?«

»Du meinst, wir sollten uns brav nebeneinander unter meine Lieblingsdecke legen und darauf warten, dass wir morgen beim Aufwachen genauso glücklich sind wie heute?«

Ich nickte.

»Du weißt schon, dass das eine abgefahrene Idee ist?«

Abgefahren war noch sehr milde. Blödsinnig hätte besser gepasst. Wieso kam ich dauernd auf solchen Schwachsinn?

Den Rest des Wegs schwiegen wir.

Als wir angekommen waren, fragte Hannah: »Lohnt es sich, deine Wohnung anzusehen?«

»Eigentlich nicht. Ich habe noch nicht mal alle meine Comics ausgepackt.«

»Dann renn schnell hoch und hol deine Übernachtungssachen.«

Ich sah sie verständnislos an.

»Falls du es noch nicht gemerkt hast: Ich liebe abgefahrene Ideen«, sagte Hannah.

Wir fuhren mit dem Bus zurück nach Tübingen.

Ich befürchtete, dass diese zweite Nacht unangenehm und peinlich würde. Hannah ging es wohl genauso. Jedenfalls dauerte es ewig, bis sie aus dem Badezimmer kam.

Dass es dann doch nicht so kam, lag daran, dass sie so gut roch. Sie hatte ihre Haare wie versprochen mit einem wohlriechenden Öl gewaschen, und ihre Haut duftete nach Aprikosen. Ihre Gegenwart erregte mich weitaus mehr als am Vortag. Es gelang mir trotzdem, einigermaßen rasch einzuschlafen. Der Grund war wohl, dass ich sie schon in den Armen hielt, und, dass ich gelernt hatte, zu warten. Das Jahr, das Dorit und ich in dem hellhörigen Studentenwohnheimzimmer verbracht hatten, zahlte sich aus.

SONNTAG

Der Sonntagmorgen verlief nach Drehbuch. Wir erwachten in derselben Haltung wie tags zuvor, wieder im Abstand von wenigen Minuten.

Hannah erwachte wieder mit einem Ruck, wandte ihren Kopf zu mir und sagte: »Es ist wunderschön, mit dir aufzuwachen.«

»Deine Haare riechen gut«, antwortete ich.

Sie gab zurück: »Ich habe sie auch mit Arganöl-Shampoo gewaschen.«

Ich hatte zwar nach wie vor keine Ahnung, was Arganöl war, aber es hörte sich teuer an. »Du musst aber Geld haben«, sagte ich. Ein besserer Spruch fiel mir auf die Schnelle nicht ein.

»So viel Geld habe ich nicht, aber du bist es mir wert«, gab Hannah zurück. »Vier Euro neunundneunzig die 300-Milliliter-Flasche.«

Sie fing an zu lachen. Ihr wunderschönes, langes, helles Lachen. Ich konnte nicht genug davon bekommen. Auch wenn sie mich auslachte.

Ein paar Minuten später sprang sie aus dem Bett und verkündete: »Heute sollten wir duschen. Zeit haben wir ja genug.«

An diese plötzliche Munterkeit würde ich mich gewöhnen müssen – hoffentlich.

Die Dusche war ebenfalls gewöhnungsbedürftig. Sie befand sich nicht im Badezimmer, sondern im Wohnzimmer. Tür und Seitenwände waren aus Glas.

»Das war die Idee von Regines Tochter, die früher hier gewohnt hat«, erzählte Hannah. »Sie wollte unbedingt eine Badewanne und eine Dusche in ihrer Wohnung. Aber im Badezimmer war nicht genug Platz, und sie wollte auch keine Wände versetzen. Also hat sie einfach eine Komplettdusche ins Wohnzimmer gestellt. Für den Zu- und Ablauf hat sie ein Loch in die Badezimmerwand hauen lassen.«

»Ich gehe normalerweise nackt vom Bad in die Dusche und zurück«, sagte sie dann. »Ich schlage vor, du machst es genauso. Es hat ja wohl keinen Sinn, so zu tun, als hätten wir kein Verhältnis.«

Sie lief ungeniert nackt vor mir hin und her, beeilte sich dabei nicht sonderlich, sodass ich Zeit hatte, sie von allen Seiten zu betrachten. Wie schon tags zuvor fand ich nichts an ihrem Körper, das mir nicht gefallen hätte.

Als ich die Dusche verließ, war Hannah immer noch nackt. Sie kam auf mich zu und küsste mich. Als sie bemerkte, wie mein Körper auf ihre Zärtlichkeit reagierte, schob sie mich sanft auf die Schlafzimmertreppe zu.

»Wir haben ja nur beschlossen, dass die Nacht sexlos sein soll«, sagte sie. »Über den Morgen haben wir nichts vereinbart. Übrigens: Bitte erschrick nicht. Ich bin sehr laut«, ergänzte sie noch, ehe sie mich auf das Bett schob.

Später lagen wir noch lange beieinander, umarmten uns ruhig und sprachen nichts.

Schließlich sagte ich: »Du warst wirklich sehr laut. Frau Bode muss alles mitbekommen haben. Ich weiß gar nicht, wie ich es anstellen soll, an ihrer Wohnung vorbei nach unten zu schleichen.«

»Das musst du nicht«, antwortete Hannah mit sanfter Stimme. »Ich frühstücke jeden Sonntag mit ihr. Heute frühstücken wir zu dritt.«

Ich ließ sie sofort los, wäre aus dem Bett gesprungen, wenn Hannah mich nicht kräftig an den Armen festgehalten hätte.

»Es geht nicht anders«, sagte sie. »Keine Angst, du bist nicht zur Besichtigung freigegeben. Aber ich will, dass du wiederkommst. Und du hast gesehen, dass die Wohnung von Regine nicht gut abgetrennt ist. Wenn sie vom Erdgeschoss in den ersten Stock will, muss sie das gleiche Treppenhaus benutzen wie wir. Sie muss wissen, wem sie da begegnen könnte. Außerdem hat sie gestern für uns das Frühstück besorgt. Du kannst nicht einfach weggehen, ohne Dankeschön zu sagen. Ich habe dir schon erzählt, dass wir eine Art Witwen-WG sind. Besser, sie sieht dich jetzt, als sie kennt dich nur vom Hörensagen. Ich bin sicher, du wirst dich mit ihr verstehen.«

Nachdem wir uns angezogen hatten, folgte ich Hannah voll böser Vorahnungen ins Erdgeschoss.

Statt einer Begrüßung rief Frau Bode: »Ach, Sie sind das!«

Als Hannah verwirrt schaute, ergänzte sie: »Ich habe dir doch von dem netten jungen Mann mit dem schönen alten Peugeot erzählt, den ich letzten Herbst im Parkhaus getroffen habe.«

Es war eine Szene, an die ich mich nicht gern erinnerte. Ich kannte mich in Tübingen noch nicht aus, hatte beschlossen, mich etwas in der Altstadt umzusehen und versuchte, meinen alten Peugeot im Parkhaus beim Nonnenhaus abzustellen. Doch die Einfahrt war den Planern etwas zu eng geraten. Gleich in der ersten Kurve der Auffahrt blieb ich hängen. Die Autofahrer hinter mir begleiteten meine Versuche, das Auto vom Bordstein wegzubekommen, mit einem Hupkonzert.

Plötzlich stand eine ältere, aber erkennbar noch sehr

rüstige Dame neben mir, klopfte an die Scheibe und sagte: »Ich kann gar nicht mit ansehen, wie Sie das Auto malträtieren. Lassen Sie mich fahren.«

Ich rutschte entnervt auf den Beifahrersitz, die Dame stieg ein, und mit zwei Lenkbewegungen hatte sie das Auto freibekommen.

Während sie entspannt um die engen Kurven fuhr, sagte sie: »Das ist ja ein Peugeot 304. Als ich meinen Ehemann kennengelernt habe, hatte er auch so einen, allerdings die kleinere Variante, den 204. Auch in Himmelblau, so wie dieser hier. Wir haben uns beim Fahren immer abgewechselt. Ein wunderbares Auto. Wir haben es so geliebt. Es war bloß ziemlich rostanfällig. Woher haben Sie denn den? Er ist ja noch richtig gut erhalten.«

»Mein Bruder sammelt Oldtimer«, stammelte ich.

»Seine Liebe zu Autos hat sich wohl nicht auf Sie übertragen«, meinte die ältere Dame, von der ich nun wusste, dass sie Hannahs Vermieterin war.

Mein Angebot, sie zu einem Kaffee einzuladen, hatte sie damals abgelehnt. Sie bot mir aber an, ich könnte mein »schönes Auto« zu sehr günstigen Bedingungen in ihre Garage stellen. Sie hatte mir auch einen Zettel mit ihrer Telefonnummer mitgegeben, doch statt Namen und Adresse hatte sie nur vermerkt: »Kostenloser Stellplatz für Peugeot 304«.

»Mein Angebot gilt noch«, sagte Frau Bode. »Trockene Garage, völlig kostenfrei für Sie, einzige Randbedingung: vier gemeinsame Ausflüge im Jahr. Ich bestimme das Ziel, irgendwo in Baden-Württemberg. Das Benzin zahlen Sie, und Sie laden mich zum Kaffee ein. Sollten wir zu Mittag essen, zahle ich. Und natürlich will ich jedes Mal eine Strecke selbst fahren. Dass ich mit dem Auto umgehen kann, wissen Sie ja.«

»Leider gilt immer noch, was ich Ihnen damals gesagt habe«, gab ich zurück. »Ich habe meinen Stellplatz für den ganzen Winter gemietet, und ich kann aus dem Vertrag nicht so ohne Weiteres heraus.«

»Sie können ihr schönes Auto trotzdem zu mir bringen«, bot Frau Bode an. »Es kostet Sie ja nichts. Ihr Vermieter hat sicher nichts dagegen, wenn sein Stellplatz leer steht. Und Hannah fährt auch gerne mit. Jedenfalls, wenn Sie sie ans Steuer lassen.«

»Das geht mir alles ein bisschen schnell«, jammerte ich. »Wir haben uns erst am Freitagabend kennengelernt.«

Ich merkte, wie Hannah plötzlich anfing zu schlucken.

»Jetzt muss ich dir noch etwas beichten«, presste sie schließlich heraus. Ihre Stimme klang verzagt. »Gestern Abend habe ich mich drum gedrückt. Bitte versprich, dass du wenigstens bis zum Ende des Frühstücks dableibst, wenn du alles erfahren hast. Wenn du danach aufstehst und sagst, du willst es gar nicht erst mit mir versuchen, kann ich dir nicht böse sein.«

Sie war kurz davor, in Tränen auszubrechen.

»Es ist beinahe sieben Jahre her, dass ich meinen Mann verloren habe«, berichtete sie dann. Sie sprach jetzt sehr hektisch: »Ich habe es kaum verkraftet. Ohne psychiatrische Behandlung wäre ich wohl nie aus meinem tiefen Loch herausgekommen. Ich habe über ein Jahr lang nur getrauert, habe niemanden an mich herangelassen. Auch später habe ich die meisten Männer, die sich für mich interessiert haben, roh abgebürstet. Vielleicht kommt daher mein Ruf als Kratzbürste. Gelegentlich habe ich mich auf einen Mann eingelassen, aber es war total unbefriedigend. Drei Mal habe ich ernstlich versucht, eine neue Beziehung aufzubauen, immer mit einem Mann, der André ein bisschen geähnelt hat. Jedes Mal sind wir nach wenigen Monaten gescheitert, und jedes Mal war es meine Schuld. Es waren alles annehmbare Männer, und ich habe sie übel verletzt. Ich habe mich bei der Trennung schrecklich betragen. Ich schäme mich heute noch dafür. Es war nicht ihre Schuld, dass sie nicht so waren wie André.‹ Sie holte tief Luft: »Ich habe eingesehen, dass ich nicht von der Erinnerung an André loskomme, dass ich jeden Mann mit ihm vergleiche, und es geht jedes Mal schlecht für den Mann aus. Ich … ich kann nichts dagegen machen. Da habe ich beschlossen, dass ich mich ganz auf meinen Beruf konzentrieren will. Ich habe angefangen, mich in der Notfallseelsorge zu engagieren. Ich wollte nicht noch mehr Männer unglücklich machen und mich selbst dazu. Aber jetzt sitze ich hier, und du sitzt neben mir. Ich möchte mit dir zusammen sein, aber ich habe Angst.«

Sie fing ernstlich an zu weinen. Nach einiger Zeit griff sie gedankenverloren nach einem Croissant und fing an zu essen. Ich tat es ihr nach.

»Was ist jetzt anders als damals?«, fragte ich schließlich.

»Damals habe ich nach einem Ersatz für André gesucht. Diesmal habe ich gar nichts gesucht. Du lagst plötzlich in meinem Bett, und ich verstehe bis jetzt nicht, wie du da hineingekommen bist.«

»Ich denke, er hat es gemacht wie üblich«, mischte sich Frau Bode ein. »Er hat sich auf die Matratze gesetzt, den Oberkörper zurückgelegt, die Beine hochgenommen und dann die Decke über sich gezogen. Es gibt andere Methoden, aber die erfordern alle ein bisschen Akrobatik.«

Gegen ihren Willen musste Hannah lachen. Sie sprach weiterhin sehr schnell: »Irgendwann muss meine Trauer doch mal vorbei sein. Du bist überhaupt nicht wie André. Du siehst ihm nicht ähnlich, du bist kein Frauenschwarm, du hast nicht seine coole Art, du wirkst eher ein bisschen unbeholfen. Keine Gefahr, dass ich dich mit ihm vergleiche. Aber bei vielen Dingen, die mir an ihm gefallen haben, da bist du genauso wie er. Und du bekommst Dinge auf die Reihe, die er nie lernen musste. Ich habe nie in seinen Armen einen Heulanfall bekommen.«

»Ach Hannah«, sagte Frau Bode. »Manchmal bist du einfach zu intellektuell. Ich merke doch, dass ihr beide füreinander brennt. Ganz hell. Ich kenne ein paar von deinen früheren Versuchen – es war nie so. Mach dir keinen Kopf.« Sie drehte sich zu mir. »Und Sie machen sich bitte auch keinen Kopf.«

Hannah sah jetzt mich an. »Ja, ich brenne. Ich möchte so gern mit dir sein. Aber immer wieder verlässt mich der Mut. Es ist so oft schiefgegangen, und immer war es meine Schuld. Diese Frau in Paris, sie ist meine beste Freundin. Sie muss mir Mut zusprechen, damit ich nicht einfach davonrenne.«

Sie fing wieder an zu weinen. »Jetzt ist es Erleichterung«, brachte sie hervor. »Aber du darfst mich trotzdem in den Arm nehmen.«

Als sie sich etwas beruhigt hatte, sagte ich: »Deine Freundin ist nicht der einzige Grund, warum du diese Woche nach Paris musst.«

»Ich weiß nicht, wie du dahintergekommen bist, aber es ist wahr. Ja, ich will das Grab von André besuchen. Am Dienstag sind es genau sieben Jahre, dass er gestorben ist. Damals war ich einundzwanzig. Ich weiß, er hätte nicht gewollt, dass ich einsam und traurig sterbe.«

Anschließend war es, als hätte jemand eine schwere Last von uns beiden genommen. Als Frau Bode mit einer Sektflasche und drei Gläsern kam, protestierten wir nicht.

Gegen Ende des Frühstücks wurde Hannah wieder nervös: »Normalerweise gehe ich mit Regine am Sonntag zur Kirche. Heute wollte ich schon deshalb hin, weil ausnahmsweise die Klinikpfarrerin hier predigt. Sie ist eine Freundin von mir, und sie koordiniert auch die Notfallseelsorge.«

»Ich gehe mit«, entschied ich. »Ich will schließlich deine Freundin kennenlernen. Wir müssen ja nicht sagen, dass …«

Vom Gottesdienst in der Eberhardskirche und von der Predigt der Pfarrerin bekam ich nicht viel mit. Ich war zu aufgewühlt.

Hinterher sagte Hannah: »Die Predigt war großartig, das musst du zugeben.«

An diesem Morgen hätte ich alles zugegeben.

Anschließend warteten wir auf dem Vorplatz. Die Pfarrerin kam heraus, um uns zu begrüßen. Sie war ziemlich klein, hatte ein freundliches rundes Gesicht und strahlende blaue Augen. Man konnte sie nicht als dick bezeichnen, doch wegen ihrer geringen Körpergröße wirkte sie pummelig.

Hannah stellte mich vor: »Kommissar Stefan Balck von der Tübinger Kripo. Ich habe ihn bei meinem letzten Einsatz kennengelernt. Er ist erst seit ein paar Monaten hier und sucht eine passende Kirchengemeinde. In Bühl, wo er im Moment wohnt, hat er keinen Anschluss gefunden.«

Die Pfarrerin ließ sich keinen Moment täuschen. Sie fühlte zunächst Hannah, dann mir an die Stirn und sagte: »39,5 Grad würde ich sagen. Alle beide.«

Die Umstehenden schauten befremdet, vor allem als Frau Bode hemmungslos anfing zu lachen.

Ehe Hannah zum Zug musste, nahmen wir noch ein schnelles Mittagessen in einem Café in der Altstadt zu uns. Auf dem Weg zum Bahnhof wechselte ihre Stimmung noch ein paar Mal zwischen Heulen und Glückseligkeit. Beim Einsteigen war sie wieder fröhlich.

Für den Sonntagnachmittag hatte ich keinen Plan.

Ich beschloss, mich dem Fall zu widmen. Ich hielt es immer noch für möglich, dass die Österles in ihn verwickelt waren. Ich musste mehr über sie erfahren. Am zugänglichsten erschien mir Gerd Österle, der ältere Stiefsohn der Toten. Ich überlegte mir einen Vorwand, unter dem ich ihn sprechen konnte.

Er hatte mir eine Festnetz- und eine Handynummer gegeben, doch er meldete sich auf keiner von ihnen.

Wo konnte man einen Tübinger Wissenschaftler am ehesten am Sonntagnachmittag treffen? Ich beschloss, die einzige alteingesessene Tübingerin anzurufen, die ich kannte.

Frau Bode freute sich, so schnell wieder von mir zu hören.

»Was ist er, sagen Sie?«, fragte sie, nachdem ich ihr die Lage erklärt hatte. »Doktorand? Bei den Naturwissenschaften?«

»Mathematik«, korrigierte ich.

»Die gehören heute auch zur Naturwissenschaftlichen Fakultät«, belehrte mich Frau Bode. »Also, als mein Sohn den Doktor gemacht hat, in Chemie, da ging er die letzten Monate beinahe jeden Sonntag zur Uni.« Man konnte ihrer Stimme anhören, wie stolz sie war.

»Ich kann wohl schlecht den ganzen Tag vor dem Mathematischen Institut herumlungern«, wandte ich ein.

»Da haben Sie recht. Die Betonklötze auf der Morgenstelle sind keine Augenweide«, gab Frau Bode zu. »Vielleicht machen Sie einfach einen Spaziergang zum Neuen Botanischen Garten. Der ist direkt neben den naturwissenschaftlichen Instituten und ein beliebtes Ausflugsziel für Familien. Er ist auch im Winter sehenswert. Es gibt dort mehrere große tropische Gewächshäuser mit seltenen Pflanzen. Richtig heimelig, wenns draußen zu kalt ist. Vielleicht haben Sie Glück und treffen ihren Mathematiker auf dem Weg.«

Das erschien mir dann doch zu unsicher. Aber Frau Bode hatte mich auf die richtige Idee gebracht. Ich schaute im Internet nach und fand rasch die Mitarbeiterliste des Mathematischen Instituts. Gerd Österle war samt Diensttelefonnummer dort vermerkt. Er ging sofort an den Apparat und freute sich anscheinend, von mir zu hören.

»Heute läuft bei mir sowieso nichts zusammen«, klagte er. »Ich habe versucht zu arbeiten, ich muss aber dauernd an Martha denken. Ich denke, ich gehe besser heim. Können Sie in die Quenstedtstraße kommen?«

Das konnte ich natürlich.

Ich musste ein paar Minuten vor der Tür auf Gerd Österle warten. Als er kam, ließ er mich sofort ein und bot mir einen Kaffee an.

»Ich habe inzwischen mit Ihrem Vater geredet«, begann ich das Gespräch. »Sie haben am Freitagabend erzählt, dass er in letzter Zeit seltsam ängstlich gewirkt hat. Er hat behauptet, bei ihm sei eigentlich nichts, aber es sei ihm in der letzten Zeit deshalb nicht gut gegangen, weil Martha ungewöhnlich nervös war. Anscheinend hat sie alle seine Versuche, mit ihr darüber zu reden, abgeblockt. Haben Sie eine Ahnung, was es gewesen sein könnte?«

»Da fällt mir nichts ein.«

»Hatte Martha eventuell eine dunkle Stelle in ihrer Vergangenheit, die mit ihrem Tod zu tun haben könnte?«

Ich hatte diese Frage eigentlich nur als Eröffnung vorgesehen, um ihn weiter über die Familienverhältnisse der Österles auszufragen. Seine Antwort überraschte mich.

»Ich bin mir ziemlich sicher, dass es eine solche dunkle Stelle gibt.«

»Erzählen Sie.«

»Martha ist in Hamburg aufgewachsen. Dort hat sie auch die Mittlere Reife gemacht, danach eine Ausbildung zur Einzelhandelskauffrau. Anschließend hat es über ein Jahr gedauert, bis sie angefangen hat zu arbeiten. Und das hat sie gleich mit einem Ortswechsel verbunden. Ihre erste Stelle war in München. Ich bin mir einigermaßen sicher, dass sie bis dahin München kaum gekannt hat.«

»Hatte sie eine Erklärung dafür?«

»Angeblich hat sie mit ihrem damaligen Freund eine Weltreise unternommen. Aber es gibt keine Bilder von dieser Reise, keine Souvenirs, überhaupt nichts.«

»Für mich klingt das nach einer verkorksten Beziehungsgeschichte«, meinte ich. »Vielleicht hat sie die Stadt gewechselt, damit sie ihrem Ex-Freund nicht mehr über den Weg laufen kann. Ich weiß von ein paar Leuten, die sich auf einer Reise so verkracht haben, dass sie sich hinterher spinnefeind waren. Die haben dann auch alle Erinnerungsstücke weggeworfen.«

»Irgendwie glaube ich, dass mehr dahintersteckt. Eine weitere komische Sache: Marthas Verhältnis zu Katja, ihrer Schwester. Einerseits gehen sich die beiden immer ein bisschen aus dem Weg. Andererseits ist es ganz offensichtlich, dass sie einander mögen. Man könnte meinen, sie hätten eine gemeinsame Leiche im Keller.«

Gerd Österle merkte plötzlich, was er gesagt hatte. »Entschuldigung, das ist so eine dumme Redensart von mir – das war natürlich schrecklich unpassend.«

»Haben Sie irgendeine Idee, was zwischen den Schwestern passiert sein könnte?«

»Nein. Ehrlich gesagt, ich habe bis jetzt nicht viel darüber nachgedacht. Wenn es etwas in Marthas Vergangenheit gab, über das sie nicht reden wollte, dann war das ihre Sache. Aber jetzt, da sie tot ist und da es anscheinend etwas gibt, das sie in den letzten Wochen sehr beunruhigt hat – vielleicht hat es ja doch mit dem Mord zu tun.«

Ein toller Brocken, den mir Gerd Österle da hingeschmissen hatte. Falls wir die Schwester nicht dazu bringen konnten, mit uns über das Thema zu reden, hatten wir keinen brauchbaren Ermittlungsansatz. Die Geschichte, wenn es denn eine gab, lag beinahe zwanzig Jahre in der Vergangenheit. Die Aufbewahrungsfristen für praktisch alle Arten von Unterlagen waren längst überschritten. Menschen, die Martha Österle in ihrer Jugend gekannt hatten, würden sich schwer auffinden lassen und sich nur undeutlich an sie erinnern.

»Gibt es in Ihrer Familie jemanden, der mehr wissen könnte als Sie?«

»Falls es wirklich ein dunkles Geheimnis ist, dann kommt mein Vater sicher nicht infrage. Meine Mutter auch nicht. Am ehesten könnte noch Nicole etwas wissen. Sie und Martha waren in der letzten Zeit so etwas wie Freundinnen.«

Damit konnte ich auf mein eigentliches Thema kommen: die Beziehungen der Familienmitglieder untereinander. Gab es in der Familie möglicherweise jemanden, der Martha so gehasst hatte, dass er sie am liebsten tot gesehen hätte? Und hätten die übrigen Familienmitglieder ihn oder sie gedeckt?

Ich fragte: »Sie verstehen sich wohl nicht so gut mit den anderen?«

»Das stimmt so nicht. Wenn wir zusammen sind, kommen wir gut miteinander aus. Aber ich passe nicht recht dazu. Für praktische Dinge habe ich kein großes Talent.

Schon in der Volksschule war das Rechnen mein einziger Trost. Ich habe an so vielen Rechen- und Mathe-Wettbewerben teilgenommen, wie ich konnte, und ich habe auch einige davon gewonnen. Dass ich Mathe studieren würde, wusste ich schon vor dem Abi.«

»Und Ihre Eltern waren damit einverstanden, dass Sie nicht in der Firma mitarbeiten wollen?«

»Sie waren nicht glücklich, aber sie hatten ja ihre anderen Kinder. Bei Nicole war damals schon klar, dass sie später in das Unternehmen eintreten würde. Wenig später kam dann Martha in die Familie. Tom wäre wohl auch geeignet, falls ihm seine Gesundheit nicht wieder einen Streich spielt.«

»Eigentlich müssten Sie Ihrer Mutter in der Familie am nächsten stehen«, meinte ich. »Sie sind ein Zahlenmensch, und Ihre Mutter war lange Zeit diejenige, die dafür gesorgt hat, dass die Geschäftszahlen stimmen.«

»Ja, als Kauffrau. Ich denke aber völlig anders als ein Kaufmann. Ich liebe Zahlen, weil sie schön sind. Ob sie positiv oder negativ sind, groß oder klein, ist mir egal. Nein – ich bin meiner Mutter nicht sehr ähnlich. Sie liebt ihre Familie, sie würde alles für die Familie tun. Auch für mich. In ihrem Hinterkopf läuft immer ein Computer mit. Ein Computer, der analysiert, ob sich das lohnt, was sie gerade tut. Ein Computer, der prüft, ob das Risiko zu hoch ist. Ein Computer, der andauernd versucht, die Zukunft zu berechnen. Ich könnte nicht so leben. Ich will nicht, dass alles berechenbar ist. Ich muss auch mal spielen, etwas riskieren, selbst wenn es mir hinterher leidtut.«

»Für einen Mathematiker eine seltsame Haltung.«

»Sie verstehen wohl nicht viel von Mathematik?«, vermutete Gerd Österle.

»Auf eine Zwei im Abi hab ich's gebracht«, sagte ich. Das war eines der Dinge, auf die ich stolz war. Unser Mathestar hatte Nerven gezeigt, musste am Schluss um seine Zwei kämpfen. Ich war cool geblieben und hatte meine Anmeldenote problemlos nach Hause gebracht.

»Schulmathematik hat mit dem, was wir machen, nicht viel zu tun«, erklärte Gerd Österle. »Einige Zweige der Mathematik beschäftigen sich beinahe ausschließlich mit den Grenzen der Logik und der Berechenbarkeit. Das sind mit die wichtigsten Forschungsgebiete in unserem Fach. Und glauben Sie mir, die Grenzen sind sehr eng. Man kann niemals sein Leben mit Berechnungen in den Griff bekommen. Kein seriöser Mathematiker würde so etwas versuchen. Aber meine Mutter glaubt, es sei möglich.«

Er machte eine Pause.

»Die Grenzen der Berechenbarkeit, die haben übrigens auch etwas mit meinem Promotionsthema zu tun, den chaotischen Systemen. Ich glaube, ich habe Ihnen schon das letzte Mal davon erzählt.«

»Sie meinen also, Ihre Familie ist auch so ein chaotisches System?«

»Um diese Frage seriös zu beantworten, müsste ich zuerst einmal ein mathematisches Modell für unsere Familie entwickeln«, meinte Gerd Österle. »Und das ist auch für die besten Mathematiker eine unlösbare Aufgabe. Aber ja, unsere Familie ist ein chaotisches System. Und, seit mein Vater in seine Midlife-Crisis gerutscht ist, sind wir noch etwas chaotischer als die meisten anderen.«

Ich versuchte, das Gespräch auf Nicole und Tom zu lenken, doch Gerd hatte an dem Thema kein Interesse. Schließlich merkte er meine Absicht und warf mich einigermaßen höflich hinaus.

Wenn Gerd Österle tatsächlich mit einem inneren Zensor kämpfte, so hatte dieser fürs erste den Kampf gewonnen.

Als ich am Abend heim in meine WG kam, waren die Hauptmieter der Wohnung, das zukünftige Ärztepaar, zu Hause.

Ich nutzte die Gelegenheit, um sie nach der Modekette der Österles auszufragen. Ich wusste, dass die Medizinerin eine Zeit lang in einem Kleidershop in der Tübinger Altstadt gejobbt hatte. Und tatsächlich: Es war der Laden der Österles gewesen.

»Diese Arschlöcher«, sagte sie spontan. »Die haben mich immer nur fertiggemacht. Die anderen Verkäuferinnen wurden gelobt, obwohl sie viel weniger engagiert waren als ich, und mich hat man nur geschimpft. Nach drei Monaten habe ich das Handtuch geworfen. Bei denen würde ich nie einkaufen.«

Warum hatten die Österles dann so viel Erfolg gehabt?

Im Zug nach Paris hatte Hannah mir einige WhatsApp-Nachrichten geschickt, doch jetzt wartete ich schon eine ganze Weile auf ein Lebenszeichen von ihr.

Endlich wurde ich erlöst.

Hast du schon Sehnsucht nach deinem verrückten Mädchen?

Ja, sehr. Und du?

Meine Freundin hat mich so freundlich aufgenommen, da habe ich ein paar Stunden lang kaum an dich gedacht.

Aber jetzt liege ich im Bett
und habe Sehnsucht nach dir.
Ich liebe es. Sehnsucht ist schön.

So abgeklärt war ich nicht.

Wann können wir uns wiedersehen?

Ich bin doch gerade erst angekommen, du Trottel!

Etwas später:

Falls du noch nicht dahintergekommen bist:
»Du Trottel« ist bei mir eine zärtliche Anrede.

Noch etwas später:

Ich muss ja was tun für meinen Ruf als Kratzbürste.

MONTAG

Hackerle hatte festgelegt, dass sich die Sonderkommission Picasso täglich um neun treffen sollte. Die gesamten Dienstgruppen Hackerle und Schmal waren anwesend. Kriminalrat Ebner war nicht mit dabei. Wie immer in den letzten Tagen des Karnevals war er in seiner Heimat in Köln und feierte mit. Da ließ er nicht mit sich reden, egal was in Tübingen gerade los war. Für die Mitarbeiter der Sonderkommission gab es dagegen keine Fasnacht, egal wie sie sich beschweren mochten. Nicht einmal für den Narrensturm auf das Rathaus gab Hackerle seinen Leuten frei. Er fand Fasching einfach ätzend. Eines der wenigen Dinge, bei denen Hackerle und Ebner nicht einer Meinung waren.

Die Besprechung begann damit, dass Silke und ich berichteten, was wir über die Familie und die Ereignisse im Brautmodenhaus herausgefunden hatten. Wir fassten auch die Ergebnisse der Spurensicherung zusammen, obwohl uns klar war, dass Schmal darüber bestens Bescheid wusste.

Anschließend referierte Schmal lang und breit über die Ergebnisse seiner Truppe. Sie hatten eine unglaubliche Zahl von Zeugen interviewt, die in der Umgebung des Tatorts wohnten, doch ihre Ergebnisse waren gleich null. Niemand hatte etwas gesehen. Einige Bewohner hatten den Schuss gehört, einige wollten auch gehört haben, wie ein Auto wegfuhr. Nur der Filialleiter der Bankfiliale hatte reagiert. Er war auf die Straße gerannt, hatte die Tote gefunden und die Polizei alarmiert. Ansonsten hatte auch er nichts beobachtet.

»Ist es glaubhaft, dass niemand etwas gesehen hat? Schweigen manche Leute vielleicht aus Angst oder weil sie nichts mit der Polizei zu tun haben wollen?«, fragte Hackerle.

»Unwahrscheinlich«, gab Schmal rasch zurück. »Das ist eine gutbürgerliche Wohngegend.«

»In Kirchentellinsfurt werden abends um neun die Gehsteige hochgeklappt, das weiß doch jeder«, ließ sich einer der Schmal-Leute hören und wurde von seinem Chef mit einem strafenden Blick bedacht.

»Übrigens«, sagte Hackerle. »Ich habe eine Beschwerde über Sie erhalten. Ein Anwohner fand es unerhört, dass Sie ihn am Sonntag um neun aus dem Bett geklingelt haben. Das können wir natürlich ignorieren – ein Fall für den Papierkorb.«

Schmal schaute wütend drein. Vielleicht war ihm aufgegangen, dass sich Hackerles letzter Satz genauso auf seine Befragungsaktion anwenden ließ.

Hackerle fragte: »Gibt es überhaupt noch Profi-Gangster, die Geschäftsleute auf dem Weg zur Bank überfallen? Seit größere Beträge meistens per Abbuchung oder per Kreditkarte bezahlt werden, ist das doch unrentabel geworden.«

»Das haben wir selbstverständlich überprüft und auch beim LKA angefragt. Der Kollege dort hat bestätigt, dass es im vergangenen Herbst mehrere Überfälle dieser Art im Raum Stuttgart gab. Es wurden vorwiegend Lebensmittelhändler überfallen«, erklärte Schmal.

»Und heute?«, fragte Hackerle.

»Es war eine Bande. Alle Mitglieder wurden gefasst. Wir haben überprüft, dass zur Tatzeit niemand von ihnen auf freiem Fuß war.«

»Es spricht also einiges dafür, dass es sich nicht um einen gewöhnlichen Raubmord handelt. Auffällig ist außerdem, dass der Mord an Frau Österle genau an dem Abend verübt wurde, als sie besonders viel Bargeld zur Bank bringen wollte«, sagte Hackerle. »Falls es sich wirklich um einen Raubüberfall handelt, muss wohl jemand vom Brautmodenhaus daran beteiligt sein, mindestens als Tippgeber. Wir müssen die Mitarbeiter genauer unter die Lupe nehmen. Ist jemand hoch verschuldet? Vorbestraft? Sonstige Auffälligkeiten?«

Die Aufgaben wurden neu verteilt. Schmals Truppe sollte sich weiterhin um das Thema Raubüberfall kümmern, gleichzeitig aber auch um mögliche Verwicklungen von Geschäftspartnern. Hackerles Team sollte sich weiterhin mit der Familie und den Angestellten des Brautmodenhauses beschäftigen.

Es würde darauf hinauslaufen, dass Silke und ich den größten Teil der Arbeit machen mussten. Unglert würde sich so weit als möglich vor Feierabendarbeit drücken und auch sonst nicht viel bewegen. Das war allen klar außer Unglert selbst, der den Wert seiner Arbeit ganz anders einschätzte.

Fred Unglert war in der ganzen Kriminalpolizeidirektion bekannt. Er war schon achtunddreißig Jahre alt und noch immer nicht zum Oberkommissar befördert worden. Bei seinem ersten größeren Fall hatte er seine Karriere unwiderruflich ruiniert. Er hatte eine Stelle beim Wirtschaftsdezernat im Landeskriminalamt ergattert, eine sehr anspruchsvolle Aufgabe für einen jungen, unerfahrenen Beamten. Es ging um unrechtmäßig erhaltene Subventionen und es gab Hinweise auf eine undichte Stelle im Wirtschaftsministerium. Unglert stellte rasch fest, dass drei höhere Ministerialbeamte bizarre sexuelle Vorlieben hatten, die auch für einen Erpresser interessant sein konnten. Er ermittelte weiter und ging dabei so ungeschickt vor, dass bald das gesamte Ministerium Bescheid wusste. Über die Betroffenen wurde im ganzen Ministerium getratscht. Alle drei waren exzellente Juristen, schwer zu ersetzen, und keiner von ihnen war in den Subventionsbetrug verwickelt. Alle drei verließen den Landesdienst. Einer wurde Unternehmensberater, der zweite machte eine Anwaltskanzlei auf und vertrat mit Vorliebe Bürger, die gegen Bauvorhaben des Landes prozessierten. Der dritte ließ sich zum Bundeswirtschaftsministerium versetzen, wo er alle Förderanträge aus Baden-Württemberg besonders kritisch prüfte. Der baden-württembergische Wirtschaftsminister war über das Vorgehen der Kriminalpolizei empört. Unglert hätte beinahe den Dienst quittieren müssen, doch nach einer langen Untersuchung entschied die Disziplinarkommission, dass er sich nichts hatte zuschulden kommen lassen. Er war lediglich unglaublich stümperhaft vorgegangen. Sein damaliger Chef wollte ihn so rasch als möglich loswerden. Hackerle und Ebner, damals Leiter der Kriminalpolizei in Tübingen, hatten ein großes Opfer gebracht, als sie sich bereit erklärten, Unglert zu übernehmen. Doch der wollte das nicht einsehen. Er glaubte immer noch, dass die beiden an seinem Karriereende schuld waren.

Eines konnte Fred Unglert allerdings: Aus Zeugenaussagen hörte er die unglaublichsten Details heraus. Manchmal wusste er genauer als der Zeuge selbst, ob dieser die Wahrheit gesagt hatte. Allerdings war sein Talent unzuverlässig. Bei attraktiven Frauen verließ es ihn meist völlig – jedenfalls so lange, bis sie ihn unsanft abblitzen ließen.

An diesem Tag schickte mich Hackerle zusammen mit ihm los, um die Angestellten des Brautmodenhauses zu überprüfen. Silke sollte weiterhin über die Österles recherchieren. Wie üblich, bestand Unglert darauf, den Dienstwagen zu steuern. Er fuhr gern etwas zu schnell und genoss es, dass bei Dienstfahrten keine Strafzettel ins Haus flatterten.

Wir beschlossen, uns zunächst um das Lehrmädchen zu kümmern.

Sie wohnte noch bei ihren Eltern, die am Stadtrand von Bad Urach ein Häuschen mit Garten hatten.

Als wir am Hause der Eltern läuteten, öffnete uns niemand. Das war uns durchaus recht. Von den Nachbarn würden wir einiges über den Charakter der jungen Dame erfahren können.

»Die sind älle bei dr Arbet«, sagte eine ältere Dame mit knallrot gefärbten Haaren, die in einem leicht verschmuddelten Hausanzug steckte und gerade dabei war, den Kies auf dem Gehweg zusammenzukehren, der während des letzten Glatteiswetters gestreut worden war.

»Wir wollten Fräulein Wingert das Protokoll ihrer Zeugenaussage zur Unterschrift vorlegen. Wissen Sie, wann sie heimkommt?«, fragte Unglert.

»A Zeugaaussage?«, wunderte sich die ältere Dame. Sie gehörte offensichtlich zu den Schwäbinnen, die ihren Dialekt nicht im Zaum halten konnten.

»Ich nehme an, dass Sie schon davon gehört haben«, antwortete Unglert. »Die Chefin des Brautmodenhauses, in dem sie ausgebildet wird, ist am Freitagabend bei einem Überfall erschossen worden.«

»Und Sie moinad, die hätt ebbes drmit zum do?«, fragte die ältere Dame interessiert.

»Davon gehen wir eigentlich nicht aus«, meinte Unglert. »Aber natürlich müssen wir alle Mitarbeiter im Brautmodenhaus über ihre Beobachtungen befragen. Vielleicht lag der Täter ja schon den ganzen Abend auf der Lauer.«

»Ach so«, sagte die ältere Dame. Das Thema schien sie nicht besonders zu interessieren.

»Im Vertrauen.« Unglert setzte sein freundlichstes Lächeln auf. »Uns interessiert natürlich, wie zuverlässig unsere Zeugen sind. Leider sind die meisten Menschen schlechte Beobachter. Sie kennen Fräulein Wingert sicher schon lange. Würden Sie sagen, dass man sich auf ihre Beobachtungsgabe verlassen kann?«

»Beobachtungsgabe?« Die Frau sprach das Wort hochdeutsch aus und betonte es, als sei es etwas Unanständiges. »Wenn se dia hätt, dann wär se ned an ihren jetziga Freund grota, den Lackaffe. Die hätt ned amol gmerkt, wenn a Dutznd Gangster mit Maschinapistola vor dem Modehaus auf und ab ganga wärad. I wett, die hot gar nix gsäa.«

Unglert fragte unverdrossen weiter: »Sie finden also, dass Fräulein Wingert einen zwielichtigen Freund hat?«

»Was hoißt do zwialichtig?«, giftete die Nachbarin. »An Lackaffa hot se, wo dauernd in Uniform rumlauft. Drbei isch er grad mal Fähnrich.«

Unglert ließ das so stehen, aber ich war etwas verwundert. Nach meiner Erfahrung kannten sich die wenigsten Frauen mit militärischen Dienstgraden aus.

Ich fragte: »Sie sind sich sicher, dass er Fähnrich ist?«

»Des kennad se mr glauba. Fähnrich, Leutnant, Hauptmann, Major, i kenn se älle. Und älle sind mir gleich osympathisch.«

»Hatten Sie früher etwas mit der Bundeswehr zu tun?«

»Ich han a Zeit lang im Allgäu glebt, näbr am Fliegerhorst. I han zu ra Bürgerinitiative ghört, wo gega da Fluglärm kämpft hot. I be d' Sprechere gwäa. Um dia in dr Kasern a bissle zum ärgra, send mr immer wieder vorstellig worra, noch jedem Manöver. Jeds Mol hot uns a andrer abgwimmelt. Afangs hot no a Oberstleutnant mit uns gschwätzt, dann a Hauptmann, und zum Schluss hot uns a Leutnant aus dr Schreibstub abfertiga dürfa. Drum kenn i älle Rangabzeicha. I han mi genau informiert.«

»Der Freund von Fräulein Wingert ist also Fähnrich bei der Luftwaffe?«, fragte Unglert.

»Heer«, sagte die alte Dame. »Sei Ausgehuniform isch ned blau, sondrn grau.«

»Und dieser Fähnrich gefällt Ihnen überhaupt nicht?«, fragte ich.

»Gwieß ned. So a Bua mit Stopplfrisur und glattrasiert, als däd ihm dr Bart no gar ned recht wachsa. Drbei hot die ganz Familie nie ebbes vom Militär ghalta. Ihre ältere Brüder hend boide vrweigrt, und die Eltra send voll drhintrgstanda.«

»Fräulein Wingert hatte also wegen ihres neuen Freundes Ärger mit ihren Eltern«, schloss ich.

»Gar koin«, giftete die ältere Dame. »Des isch ja des Empörende. Der Lackaff gfällt älle, sogar de boida Brüder. Die Leut hend gar koin Gschmack meh.«

Die Interviews mit den Nachbarn der beiden anderen Verkäuferinnen im Brautmodenhaus verliefen weniger unterhaltsam, aber genauso ergebnislos. Die eine führte offensichtlich ein völlig glückliches Familienleben, die andere hatte nach Aussage ihres Nachbarn, eines nicht gerade fröhlich aussehenden Frührentners, Schwierigkeiten mit ihrem heftig pubertierenden Sohn. Auf unsere Fragen bekamen wir nur heraus, dass der Sohn zu jeder Tages- und Nachtzeit mit seinem Moped durch die Siedlung knatterte, und dass er wie ein Schlot rauchte. Das reichte für den Nachbarn bereits aus, um eine halbe Stunde darüber zu schimpfen und die ganze Familie als eine Bande von Nichtsnutzen zu denunzieren.

»Und das Schlimmste: Der treibt sich auch mit Türken rum«, rief er.

Unglert und ich waren uns ausnahmsweise einig: Dieser geifernde, bösartige Mann verdiente unsere Aufmerksamkeit nicht. Wir ließen ihn einfach stehen, während er noch vor sich hin schimpfte.

Auf der Rückfahrt meldete sich bei mir der viel beschworene Kriminalisteninstinkt: Da war nichts zu holen. Die Angestellten im Brautmodenhaus waren unauffällig und gut ins bürgerliche Leben integriert. Unwahrscheinlich, dass jemand von ihnen etwas mit dem Überfall zu tun haben könnte.

Unglert war anderer Ansicht. »Mit dem Fähnrich, das ist eine interessante Spur«, sagte er. »Offiziersanwärter können mit Waffen umgehen, und sie brauchen dauernd Geld, das weiß jeder. Ältere Damen haben oft ein erstaunlich gutes Urteil über Menschen. Den jungen Mann müssen wir genauer unter die Lupe nehmen.«

Ich widersprach nicht.

Beim Mittagessen ließ ich sein selbstzufriedenes Gerede über mich ergehen, während ich über mein Leben nachdachte und über die unerwartete Wendung, die es seit Freitag genommen hatte.

Am Nachmittag versuchte Unglert zunächst, den Namen und den Standort des Fähnrichs herauszufinden, während ich per Internet weiter über die Mitarbeiter des Brautmodenhauses recherchierte. Außer Herrn Bauschert und den drei Frauen, die am Tattag dagewesen waren, gab es vier weibliche Angestellte, alle in Teilzeit.

Unglert fand rasch heraus, dass der Fähnrich in Calw

stationiert war. Voller Tatendrang stürzte er sich in einen Dienstwagen, um die Vorgesetzten des Fähnrichs und eventuell auch ihn selbst zu befragen.

Ich machte weiter mit meiner Internet-Suche. Doch auch nachdem ich sie auf die Angehörigen der Mitarbeiter ausgedehnt hatte, blieb das Ergebnis das Gleiche. Niemand war vorbestraft oder sonst polizeilich in Erscheinung getreten. Niemand hatte eine negative Beurteilung bei der Schufa. Auch sonst gab es keine Auffälligkeiten.

Dass Unglert kurz vor Dienstschluss schweigsam und mürrisch von seinem Ausflug nach Calw zurückkam, verstärkte meinen Eindruck: Pleite auf der ganzen Linie.

Silke hatte den ganzen Tag über die Familie Österle recherchiert, wusste inzwischen wohl alles, was im Internet über sie zu erfahren war. Als Hackerle mir eröffnete, dass ich morgen mit ihr zu einer erneuten Befragungsrunde aufbrechen sollte, war ich erleichtert. Nicht einmal, dass wir schon um halb acht mit Nicole Österle verabredet waren, konnte mich schrecken.

Den Tag über hatte Hannah nichts von sich hören lassen. Pünktlich zum Feierabend kam eine Nachricht über WhatsApp:

Hast du Sehnsucht
nach deinem verrückten, verliebten Mädchen?

Ja, sehr. Und du?

Auch. Aber du weißt ja –
Sehnsucht ist schön.

Eine Minute später:

Ich hoffe, du glaubst den Mist nicht,
den ich gerade geschrieben habe.
Sehnsucht ist scheiße.
Alle sind freundlich zu dir,
weil du so einen sehnsüchtigen Blick hast,
aber das ändert nichts daran,
dass du ganz woanders sein möchtest.
Und dauernd frage ich mich, was du gerade tust
und welche Frau du gerade anmachst.
Deine Kollegin kam mir ziemlich attraktiv vor.

Eine 62-jährige Lesbe?

Vor dir ist keine sicher.
Erst gestern hast du eine Pfarrerstochter verführt.

Tatsächlich – es war erst gestern gewesen. Mir kam es vor, als sei es eine Ewigkeit her.

Es war nicht die erste.

?

Allerdings war es an diesem Tag die Einzige,
falls ich mich nicht verzählt habe.

👊👊👊

Ich hatte nicht geahnt, dass Hannah sich so gut mit Emojis auskannte. Dass es eines mit einer zuschlagenden Faust gibt, war mir neu.

DIENSTAG

Am Dienstagmorgen fuhren Silke und ich gemeinsam zum Haus der Österles. Als wir bei Nicole Österle läuteten, passierte eine Zeit lang gar nichts. Schließlich öffnete sie uns im Morgenmantel die Tür. Sie wirkte erhitzt.

»Entschuldigen Sie meinen Aufzug, aber ich war gerade joggen und stand soeben noch unter der Dusche.«

Nicole Österle führte uns in das kombinierte Wohn-Esszimmer des Appartements, das sie mit ihrem Verlobten teilte.

»Wo ist Herr Lauber?«, fragte ich.

»Der ist noch joggen. Es dauert noch mindestens eine Viertelstunde, bis er nach Haus kommt. Er dreht immer noch eine Extrarunde, er ist stolz auf seine Fitness.«

Gut. Wenn er nicht dabei war, würde Nicole weniger Hemmungen haben, über eventuelle vertrauliche Unterhaltungen mit Martha zu reden.

»Dass ich heute joggen gegangen bin, ist ein Versuch von mir, so zu tun, als sei alles normal«, erzählte Nicole. »In den letzten Jahren sind Martha und ich jeden Montag früh zusammen gejoggt, und anschließend haben wir unsere Bikini-Figuren verglichen. Martha war stolz, dass sie als Enddreißigerin noch mit mir mithalten konnte, und ich war froh, dass ich überhaupt mit ihr mithalten konnte. Martha war schön, einfach hinreißend schön, egal was sie anhatte. Wenn bei ihr irgendwo auch nur ein Gramm Fett zu viel war, verschwand von ganz alleine ihr Appetit. Ich bin da nicht so glücklich dran, ich muss andauernd aufpassen, sonst kommen bei mir überall die Speckpölsterchen.«

Ich konnte bei Nicole Österle keinerlei Anzeichen für ein beginnendes Übergewicht erkennen. Sie war nicht so schlank wie Hannah, aber dafür hatte sie angenehme weibliche Rundungen an Po und Busen.

Ich fragte: »Dann gab es also Rivalität zwischen Ihnen und Martha?«

»Nein, das war nur Spaß. Und wir haben uns über Kevin lustig gemacht, dessen Augen immer wieder zu Martha gewandert sind, auch wenn er seinen Blick ganz fest auf mich richten wollte. Martha war wie eine große Schwester für mich. Sie war ja nur zwölf Jahre älter als ich. Wir haben viel gemeinsam unternommen und uns auch gegenseitig alles anvertraut. Kevin, mein Verlobter, durfte erst hier einziehen, nachdem Martha ihn für o.k. befunden hatte.«

Kevin Lauber tat mir allmählich leid. In eine Familie mit drei dominanten Frauen hineinzugeraten war sicher kein Zuckerschlecken.

Genau in dem Moment öffnete sich die Tür, und Nicoles Verlobter kam herein. Wenn er sich wunderte, dass seine Freundin im Morgenmantel von zwei Polizeibeamten ausgefragt wurde, so ließ er es sich nicht anmerken.

Ich wusste nicht, wie ich Nicole Österle diskret darauf hinweisen konnte, dass ihr Verlobter nicht bei der Befragung dabei sein sollte, doch Silke sprang ein. Sie sah den jungen Mann an und sagte:

»Wir wollten Ihre Verlobte gerade nach Dingen befragen, die Martha ihr vielleicht von Frau zu Frau anvertraut haben könnte. Wir würden solche persönlichen Dinge nicht zur Sprache bringen, wenn wir nicht in einer Mordermittlung stecken würden. Da können kleine Details oft sehr wichtig sein. Ich nehme an, dass auch Sie Diskretion wahren möchten.«

Sie lächelte Kevin Lauber an, wirkte plötzlich wie eine nette, freundliche Tante.

Der zog sich aus der Affäre, indem er verkündete: »Ich wollte ohnehin noch unter die Dusche.«

Ich brachte gleich eine Sache zur Sprache, die mir seit Samstag Kopfzerbrechen machte: »Ich habe inzwischen viel über Martha gehört. Anscheinend mochte sie jeder in der Familie, aber niemand hat sie als die Ehefrau Ihres Vaters akzeptiert. Gerd hielt sie für eine Art seelischen Mülleimer für die Probleme der übrigen Familienmitglieder. Sie haben in ihr eine ältere Schwester gesehen. Für Tom war sie anscheinend eine Art Tante, die man anbetteln konnte, falls die Mutter etwas nicht genehmigen wollte. Für Ihren Vater war sie nach Gerds Meinung nur eine junge, aufregende Geliebte. Hat sie nie unter der Situation gelitten?«

Nicole Österle überlegte einen Augenblick, dann sagte sie: »Ich denke nicht. Eine Person in der Familie hat nie einen Zweifel daran gelassen, dass Martha jetzt die Frau meines Vaters ist, und dass alle anderen das genauso sehen müssen. Und das war die einzige Person, auf deren Meinung es in unserer Familie ankommt: meine Mutter.«

Dann fragte ich, ob Martha denn in letzter Zeit auffällig nervös oder beunruhigt gewesen sei. Alex Österle hatte so etwas angedeutet.

»Hm, nein«, meinte Nicole. »Ein bisschen vielleicht. Aber es kann nicht besonders belastend gewesen sein. Falls es etwas Geschäftliches gewesen wäre, hätte sie mit meiner Mutter gesprochen, und bei einem privaten Problem mit mir.«

Ich berichtete ihr von Gerds Überlegungen wegen der Lücke in Marthas Biografie.

»Martha hat mir gesagt, dass sie darüber nicht reden will. Ich nehme an, dass sie auf dieser Weltreise überfallen oder vergewaltigt worden ist. Sie hat sich in einigen ziemlich unsicheren Ländern herumgetrieben. Vielleicht wurde ihre Freundin ja verletzt oder getötet.«

»Sie war also mit einer Freundin unterwegs?«

Gerd hatte behauptet, es sei ein männlicher Freund gewesen.

»Ich bin mir nicht sicher. Möglicherweise waren sie auch zu dritt.«

Auch das klang wieder nach einer Beziehungskiste. Falls sie wirklich zu dritt gereist waren, hatte der Mann vielleicht die beiden Frauen gegeneinander ausgespielt.

»Zeit für Bullshit-Bingo«, sagte Silke fröhlich, während wir zurückfuhren, um an der Morgenbesprechung teilzunehmen.

»Bullshit-Bingo?«, fragte ich.

»Hast du nie davon gehört? Jeder bekommt ein Blatt, auf dem die bekannten inhaltsleeren Phrasen stehen, die Vorgesetzte so von sich geben. Wenn jemand eines der Worte in der Besprechung hört, kreuzt er es an. Wer als Erstes eine Reihe oder Zeile voll hat, ist der Sieger.«

»Hackerle ist kein Phrasendrescher«, verwahrte ich mich.

»Aber dafür haben wir zwei von der Sorte in unserer tollen Sonderkommission«, meinte Silke. »Schmal und Unglert.«

»Unglert ist kein Vorgesetzter.«

»Wenn du nicht aufpasst, wird er sich als dein Vorgesetzter aufspielen, sobald ich weg bin. Schließlich ist er bei Weitem der Dienstältere.«

Die Besprechung lief ab, wie Silke erwartet hatte. Auch

ohne dass ich ein entsprechendes Blatt vor mir hatte, konnte ich in Schmals Vortrag eine Menge von Vorgesetzten-Phrasen identifizieren.

»Was ist mit dem Mann, der damals Alex Österle bedroht hat?«, fragte Hackerle.

»Wir wissen nicht, was aus ihm geworden ist«, gab Schmal zu.

»Wie kann das sein?«

»Er ist kurz nach dem Vorfall nach Salzburg gezogen. Wir haben dort schon angefragt, aber es wird eine Weile dauern, bis wir eine Antwort bekommen.«

»Es gibt also keine Erklärung, warum Alex Österle ihn hier gesehen hat?«

»Vielleicht ein Verwandtenbesuch.« Das Thema schien Schmal nicht sonderlich zu interessieren. »Ich habe ohnehin schon eine ganze Reihe weiterer Kandidaten.«

Er präsentierte eine Liste von Kunden, Lieferanten und sonstigen Geschäftspartnern, mit denen die Österles in den letzten zehn Jahren Probleme gehabt hatten.

»Ich musste ziemliche Überzeugungsarbeit leisten, damit Herr Österle diese Liste für mich erstellt, aber schließlich hat er es eingesehen«, verkündete Schmal stolz.

Hackerle grinste in sich hinein. Schmals Leute würden Tage und Wochen brauchen, um all diese Menschen zu überprüfen. Bis dahin würden sie sich hoffentlich nicht in unsere eigenen Untersuchungen einmischen.

Hinweise auf einen klassischen Raubüberfall gab es nach wie vor keine.

Als Nächster war Unglert an der Reihe. Er tat sich ziemlich schwer, seinen Misserfolg zuzugeben. Der Fähnrich, der ihm so verdächtig vorgekommen war, hatte einen Schreibtischposten in der Standortverwaltung Calw und lebte grundsolide. Alle seine Dienstbeurteilungen waren hervorragend, abgesehen von den Schießergebnissen. Die waren grottenschlecht, besonders mit der Pistole.

Hackerle referierte kurz, was die Ballistiker über die Tatwaffe herausgefunden hatten. Sie stammte von einer Waffenfabrik in Tschechien. Das in Frage kommende Modell war millionenfach an Polizeien, Armeen und Sicherheitsdienste in Dutzenden von Ländern ausgeliefert worden. Das verwendete Exemplar war nicht polizeibekannt.

Was Silke und ich über die Österles herausgefunden hatten, war ebenfalls nicht der Rede wert.

Gleich nach der Sitzung der Sonderkommission berief Hauptkommissar Hackerle eine Besprechung seines engeren Teams ein.

»Müssen wir weiter über die Mitarbeiter im Brautmodenhaus recherchieren?«, fragte er.

»Ich denke schon«, sagte Unglert entschieden. »Stefan hat mit seiner Internetrecherche ja nur die allgemein zugänglichen Informationen prüfen können. Über den Soldatenfreund des Lehrmädchens hätten wir nie etwas erfahren, wenn wir nicht bei ihr zu Hause gewesen wären. Und es gibt einige teure Hobbys, über die man nichts im Internet findet. Wenn zum Beispiel jemand sexsüchtig ist und immer wieder ins Bordell geht, wird er das kaum in Facebook veröffentlichen.«

»Gut, recherchieren Sie weiter«, entschied Hackerle resigniert. Es gibt nichts, was Unglert mehr interessieren würde als das Sexleben und die Beziehungskisten anderer Leute.

»Es gibt einen weiteren interessanten Aspekt«, mischte ich mich ein. Ich berichtete, was Alex Österle uns über Marthas Charakter erzählt hatte. »Wenn ein Angestellter Probleme gemacht hätte, dann hätte sie ihn zunächst direkt angesprochen und niemandem etwas darüber gesagt«, erklärte ich. Dass Nicole anderer Ansicht gewesen war, verschwieg ich.

»Was für Probleme könnten das denn gewesen sein?«, fragte Unglert.

»Zum Beispiel Unterschlagungen«, mutmaßte ich.

»Noch eine Aufgabe für Sie«, sagte Hackerle und sah Unglert an. »Stellen Sie den Mitarbeitern zunächst unverfängliche Fragen in diese Richtung, und gehen Sie das Thema dann direkt an.«

Unglert maulte zunächst, versprach dann aber, sich darum zu kümmern. Wie er das mit den unverfänglichen Fragen hinbekommen wollte, blieb sein Geheimnis.

Wir machten uns wieder an die Arbeit.

Ein IT-Experte aus der Kriminalpolizeidirektion in Esslingen hatte eine Liste der Gespräche erstellt, die Martha Österle von ihrem Handy aus geführt hatte. Ich brauchte etwa zwei Stunden, dann hatte ich alle Nummern identifiziert, mit denen sie im letzten Monat telefoniert hatte. Es schienen alles geschäftliche Kontakte zu sein – andere Filialen der Österle-Modekette, Lieferanten, Kunden, die Änderungen verlangt hatten, ein oder zwei Mal eine Bank. Die Mails auf ihrem Handy und die Chats, die sie über WhatsApp geführt hatte, waren ebenso belanglos.

Anscheinend hatte Martha Österle kein Privatleben gehabt, abgesehen von den abendlichen Treffen mit den anderen Familienmitgliedern. Oder aber sie hatte ihr geheimes Privatleben sorgfältig vor den anderen verborgen. Kurz vor Mittag läutete mein Handy. Christine Österle teilte uns mit, dass ihr Sohn Tom inzwischen in der Lage sei, unsere Fragen zu beantworten. Sie bestand aber darauf, dass sie dabei sein müsse.

Wir erwarteten uns nicht viel von dieser Befragung. Trotzdem fuhren Silke und ich gleich nach dem Mittagessen hin. Es gab kaum etwas, was wir sonst hätten erledigen können. Es war Faschingsdienstag, und überall in der Gegend fanden Umzüge statt. Der in Rottenburg war sogar überregional bekannt. Hilfe von unseren uniformierten Kollegen konnten wir nicht erwarten. Falls sie nicht in irgendeinem Karnevalsverein aktiv waren, hatten sie alle Hände voll zu tun, das Faschingstreiben in geordnete Bahnen zu lenken und alkoholbedingte Unfälle aufzunehmen. Sogar Schmal hatte zwei von seinen Leuten freigeben müssen.

Tom Österle glich äußerlich sehr seinem Bruder. Allerdings wirkte er, anders als Gerd, leicht eingebildet. Er wusste genau, dass er gut aussah und dass seine Eltern Geld hatten.

Silke befragte ihn zunächst nach dem Verlauf des Abends. Er bestätigte die Angaben, die wir schon von seiner Mutter und seiner Schwester bekommen hatten. Sie verzichtete darauf, ihn auf das überzählige Glas anzusprechen – wir würden doch wieder die gleiche Lüge zu hören bekommen.

Stattdessen fragte sie: »Und dann bist du früh zu Bett geschickt worden, habe ich gehört.«

Ein Ruck ging durch Toms Körper, dann sagte er: »Ja. Ich war zuerst ganz empört. Jetzt weiß ich natürlich, dass alle befürchtet haben, Martha könnte etwas passiert sein, und dass sie mich deshalb nicht dabeihaben wollten.«

Ich konnte mir nicht helfen: Die Erklärung klang einstudiert.

Silke fragte, ob wir uns Toms Zimmer ansehen dürften. Er führte uns bereitwillig in den ersten Stock. Es war offensichtlich, dass er stolz auf sein Zimmer war. Die Fläche betrug gut zwanzig Quadratmeter. Das Zimmer war äußerst großzügig eingerichtet. Sein Schreibtisch war breit und tief, gehörte eigentlich in ein Chefbüro. Ich hätte gewettet, dass der Arbeitsplatz seines Vaters bescheidener aussah. Die Breite von Toms Kleiderschrank hätte eher zu einer Frau mit Sammelleidenschaft gepasst als zu einem Teenager. Amüsiert stellte ich fest, dass sein Bett breiter war als das von Hannah, in dem wir uns zu zweit so wohlgefühlt hatten. Natürlich war auch seine Computerausstattung auf dem neuesten Stand. In einem separaten Raum hatte er eine Spielkonsole, die durch Körperbewegungen und Gesten gesteuert werden konnte.

»Unter dem Dach habe ich noch ein kleines Atelier«, sagte Tom stolz. »Ich male nämlich.«

Es war offensichtlich, dass Christine Österle die Wahrheit gesagt hatte: Was Tom nicht von ihr bekam, erhielt er von Martha, und umgekehrt. Falls sich ausnahmsweise beide Mütter hartleibig zeigten, konnte er sicher seinen Vater, seine Schwester, vielleicht sogar ihren Verlobten einspannen, um das Gewünschte doch noch zu bekommen.

»Ich habe noch eine Frage«, sagte Silke plötzlich. »Du bist vor drei Monaten in Reutlingen überfallen worden. Zusammen mit einem Freund. Was ist damals eigentlich passiert?«

»Ach, überfallen. So dramatisch war das nicht. Ich war mit einem Schulkameraden unterwegs. Ein Türke, total in Ordnung. Er interessiert sich auch für Malerei. Seine Eltern haben ebenfalls ein Geschäft in Reutlingen, sie wohnen auch dort. Manchmal treffen wir uns nach der Schule bei ihm. Später besuchen wir oft meine Eltern in unserem Stammhaus. Es gefällt ihm dort, er findet, neue Kleider riechen so gut. Als es passiert ist, war es schon Abend. Ich habe drauf gewartet, dass meine Mutter mit mir nach Hause fährt, aber es hat noch etwas gedauert.

Wir sind noch ein bisschen im Stadtpark spazieren gegangen, und dann waren da plötzlich diese Typen. Sie hatten wohl schon etwas getrunken, waren auf Krawall gebürstet. Vier oder fünf Jungen, alle etwa in unserem Alter oder ein bisschen älter. Einer von denen hat plötzlich geschrien: ›Diese Muttersöhnchen kaufen wir uns.‹ Dann sind sie auf uns los, haben Erkan und mir ins Gesicht geschlagen. Als Passanten gekommen sind, sind sie gleich weggerannt. Die Leute haben die Polizei gerufen, aber es war nicht der Rede wert.«

»Du hast die Angreifer nicht erkannt?«

»Ich denke, ein paar von ihnen waren Russlanddeutsche. Einer hat etwas in einer hart klingenden Sprache gerufen.«

»Wie waren sie gekleidet?«

»Nicht besonders auffällig. Jeans, Parkas, hohe Schuhe, aber keine Springerstiefel oder so.«

»Du sagst, nicht alle waren Russlanddeutsche.«

»Der Anführer, der die anderen aufgehetzt hat, hat sich im Hintergrund gehalten und die Schläger durch Rufe angefeuert. Seine Stimme klang, als wäre er hier aufgewachsen.«

»Und du hast keine Vermutung, wer es gewesen sein könnte? Das mit den Muttersöhnchen klingt, als hätte er euch gekannt.«

Tom zuckte mit den Achseln: »Ich habe wirklich keine Ahnung.«

Als wir uns verabschieden wollten, drängte Tom darauf, uns sein Atelier zu zeigen. Es nahm den halben Dachboden ein, hatte wohl an die dreißig Quadratmeter. Einige seiner Bilder hingen an Schnüren von der Dachschräge herab, ein paar weitere standen noch auf Staffeleien.

Sehr originell schienen mir Toms Werke nicht. Das

Bild, an dem er gerade arbeitete, war in Stil und Arrangement dem Porträt einer lesenden jungen Frau von Pierre-Auguste Renoir nachempfunden, das ich einst als Poster von einer Klassenfahrt nach Paris mitgebracht hatte. Ich hatte mir deshalb viel Spott von meinem Bruder anhören müssen. Er bevorzugte spärlich bekleidete Models, die sich dekorativ auf den Motorhauben von Sportwagen räkelten.

Immerhin war das Bild keine reine Kopie. Die junge Frau glich nicht der, die Renoir porträtiert hatte. Eine Klassenkameradin?

Ein Bild war verhüllt und lehnte verkehrtherum an einer der Seitenwände, sodass zufällige Besucher es nicht zu sehen bekamen. Ein Aktbild?

Auch Silke konnte sich für Toms Kunstwerke nicht begeistern. Wir verabschiedeten uns, so rasch es uns möglich war.

Anschließend befragten wir noch Christine Österle. Wie schon tags zuvor überließ Silke größtenteils mir die Gesprächsführung.

Ich sagte: »Ich habe am Freitag und am Sonntag Ihren Sohn Gerd besucht. Ich hatte den Eindruck, dass er ein etwas distanziertes Verhältnis zur übrigen Familie hat. Liegt es daran, dass er sich für ihre Geschäfte nicht interessiert?«

»Wir stehen ja nicht ohne Erben und Nachfolger da. Wir haben die Nicole, den Tom und die Martha.«

Dann fiel ihr ein, warum ich hier war, und sie sagte betroffen: »Die Martha ist jetzt ja tot.«

»Wären die drei überhaupt miteinander ausgekommen? Man hört doch immer, dass es in einer Firma, die von mehreren Erben gemeinsam geführt wird, bei jeder Entscheidung zu Streitereien kommt?«, fragte ich.

»Bei uns wäre das nicht passiert. Wir hatten schon lange

entschieden, wie die Verantwortung aufgeteilt werden soll. Alex und ich wollten uns zurückziehen, sobald Tom sein Studium abgeschlossen hat. Er will Betriebswirtschaft studieren. Danach sollte er sich ums Finanzielle kümmern. Er hat das gleiche Talent für Zahlen wie sein Bruder, ist aber mehr praktisch orientiert. Er ist nicht wie Gerd, der alle Zahlen gleich schön findet. Für Tom gibt es einen großen Unterschied zwischen positiven und negativen Zahlen. Für alles, was mit Einkauf und Mode zu tun hat, wäre die Nicole zuständig gewesen, und für das Personal die Martha. Die konnte es am besten mit den Leuten.«

Ich fragte: »Sie sind sicher, dass alle mit der Aufteilung zufrieden gewesen wären? Was Sie da beschreiben, ist ziemlich genau die klassische Rollenverteilung. Der männliche Partner kümmert sich um das Finanzielle, Frauen sind für die schönen Dinge und die menschlichen Beziehungen zuständig. Vielleicht hat Tom ganz andere Ansichten oder er entwickelt sich während des Studiums zum Künstler. Schließlich macht er gerade erst Abi. Vielleicht will er auch die Verantwortung für das Ganze übernehmen und die Firma alleine führen.«

Christine Österle war keinen Moment verunsichert. Sie zuckte mit den Achseln, dann meinte sie: »Tom hat sicher eine künstlerische Ader, aber Sie haben ja seine Bilder gesehen. Sehr originell ist er nicht. Modedesigner wäre vielleicht was für ihn, aber er weiß selbst, dass er nicht genügend eigene Ideen hat. Er könnte nie mit den Parisern oder mit den Mailändern konkurrieren. Er hat keinen Hang zum Extravaganten. Tom wird sich nicht davon abbringen lassen, in die Firma einzusteigen. Und er käme nie auf die Idee, Martha aus der Firma zu verdrängen. Tom mag Martha so sehr.«

Ich stellte jetzt die Frage, auf die ich die ganze Zeit hingearbeitet hatte, versuchte, sie möglichst beiläufig klingen zu lassen. »Was wäre eigentlich gewesen, wenn Martha noch ein Kind bekommen hätte? Hatten Sie auch dafür einen Plan?«

»Es war eigentlich geplant, aber es hat nicht funktioniert.«

»Es hätte Ihnen nichts ausgemacht?«

»Marthas Kind wäre ja erst volljährig geworden, wenn wir beide schon in den Siebzigern sind. Man hätte es als Juniorchef aufbauen können, wenn Martha in die Jahre kommt.«

»Und warum hat es nicht geklappt?«

»Wir hatten Alex' Blutdruckmittel in Verdacht. Es ist eine bekannte Nebenwirkung, dass manche Blutdruckmittel die Spermien schädigen. Aber sein Blutdruck ist schwer einstellbar. Wir wollten keine Änderung riskieren. Wir haben darauf gewartet, dass es vielleicht doch noch klappt.«

Sie fing plötzlich an zu weinen. »Und jetzt ist alles vorbei.«

Wohl, um von ihrem plötzlichen Ausbruch abzulenken, zeigte Christine Österle auf ein Bild, das auf der Anrichte stand. »Schauen Sie, das Foto haben wir im letzten Herbst vor unserem Haus aufgenommen, als Gerds Verlobte uns besucht hat. Damals waren wir noch alle so glücklich.«

Ich schaute das Bild interessiert an. Christine Österle, ihre Tochter Nicole und die Tote standen dicht beisammen. Mir fiel auf, wie sehr sich Nicole und ihre Mutter glichen. Die drei Männer auf dem Bild waren mühelos als Alex Österle und seine beiden Söhne zu identifizieren. Von Nicoles Verlobtem war nichts zu sehen. Die einzige Frau, die ich nicht kannte, war eine Blondine, die trotz der herbstlichen Stimmung – man sah schon eine Menge gefallene Blätter – immer noch Shorts trug. Sie musste wohl Gerds Verlobte sein. Mir fiel auf, dass alle Frauen ziemlich groß waren. Die Männer hatten alle eine gute Figur, waren aber bestenfalls durchschnittlich groß.

Als ich eine entsprechende Bemerkung machte, meinte Frau Österle: »Das ist leicht zu erklären. Alex hat sich immer nur für große Frauen interessiert, und Gerd hat den gleichen Geschmack wie sein Vater. Dass die Nicole nach mir geraten ist und Gerd und Tom eher nach meinem Mann, das ist natürlich Zufall.«

Wenn die Familie Österle tatsächlich in den Mord verwickelt war, würden uns die Fußspuren am Tatort nicht weiterhelfen. Vermutlich hatten alle Österles Schuhgrößen um die 42.

Eine Frage hatte ich noch: »Ihr Ex-Mann hat erwähnt, dass Martha in der letzten Zeit bedrückt, vielleicht sogar verängstigt wirkte. Wem hätte sie sich in einer solchen Lage wohl am ehesten anvertraut?«

»Hm, schwer«, meinte Christine Österle. »Wenn sie sich nicht einmal Alex anvertraut hat … Wir hatten ein gutes Verhältnis miteinander, aber so eng vertraut waren wir dann doch nicht. Am ehesten käme Nicole in Frage.«

Die hatten wir schon ergebnislos befragt.

Wir verabschiedeten uns. Sehr viel hatten wir nicht erfahren.

Gleich nachdem wir losgefahren waren, fragte Silke: »Hast du gemerkt, wie bockig Tom plötzlich war, als ich ihn nach dem Jungen gefragt habe, der die anderen bei dem Überfall aufgehetzt hat? Ich bin mir beinahe sicher, dass er gelogen hat. Er hat eine Idee, wer es gewesen sein könnte.«

»Und warum sollte er ihn decken?«

»Angst vor Mobbing und vor weiteren tätlichen Angriffen. Oder weil er ihn kennt und ihm trotz allem nichts Böses will.«

»Du meinst – es könnte ein Klassenkamerad sein?«

»Zum Beispiel.«

»Ich war völlig überrascht, als du den Überfall erwähnt hast«, sagte ich. »Ich hatte keine Ahnung.«

»Brave Schreibtischarbeit zahlt sich manchmal doch aus. Ich musste einige Akten durchforsten, bis ich darauf gestoßen bin. Eine Sache habe ich übrigens noch gar nicht erwähnt.«

Silke machte eine so lange Pause, dass ich ungeduldig »was?« rief.

»Der Klassenkamerad von Tom Österle, der mit ihm überfallen wurde, heißt Erkan Demir.«

»Ein Sohn des türkischen Geschäftsmanns, der mit seinen Töchtern im Brautmodenhaus war?«

»Ich denke schon. Du weißt doch, dass die Angestellten den Eindruck hatten, dass Martha Herrn Demir kennt. Wir sollten es morgen prüfen.«

Unser Chat vom Dienstagabend:

Hast du Sehnsucht nach deinem
verrückten, verliebten, verheulten
Mädchen?

Ja, sehr. Und du?

Auch.
Du weißt, warum ich heute geweint habe?

Ja.

Ich hätte dich mitnehmen sollen.
Wenn du bei mir bist, fühle ich mich
viel leichter, wenn ich heule.
Und hinterher geht es mir auch besser.

Vielleicht im nächsten Jahr?

Hannahs Antwort ließ ein paar Minuten auf sich warten:

Vielleicht.

Gleich darauf:

Lass ja die Tübinger Pfarrerstöchter in Ruhe!

Ich kenne nur eine,
und die ist gerade nicht greifbar.

Von Hannah 😝😝😝

Die Geschwindigkeit, mit der Hannah von Trauer zu Albernheit wechseln konnte, war atemberaubend.

MITTWOCH

Die Besprechung am Mittwochmorgen verlief wie erwartet. Unglert stand gerade davor, einen sensationellen Durchbruch bei der Suche nach Verdächtigen zu erzielen. Solche Ankündigungen bedeuteten meistens, dass er wieder einmal einem Hirngespinst nachjagte. Auch Schmal ging seine eigenen Wege. Er hatte sich in den Kopf gesetzt, dass es sich um einen klassischen Raubüberfall handelte, vielleicht um das erste Verbrechen einer ganzen Serie. Das würde erklären, warum die Täter sich mit einer relativ geringen Geldsumme begnügt hatten.

Das Einzige für mich Relevante war, dass ich von diesen Ergüssen Kopfschmerzen bekam.

Glücklicherweise rief mitten in der Besprechung der Gerichtsmediziner an, sodass uns eine weitere Diskussion erspart blieb. Die Obduktion der Leiche von Martha Österle war abgeschlossen, aber auf einen schriftlichen Bericht würden wir noch etwas warten müssen. Die Rechtsmedizin in Tübingen war kein eigenes Institut mehr. Sie war nur noch ein Lehrbereich innerhalb der Pathologie, das Personal äußerst begrenzt. Der zuständige Pathologe war aber bereit, mündlich Auskunft zu geben und unsere Fragen zu beantworten.

»Das ist ein Job für Sie«, sagte Hackerle und sah mich an.

Das Pathologische Institut war in der Nähe der Innenstadt untergebracht. Ich beschloss, zu Fuß dorthin zu gehen. Von der Konrad-Adenauer-Straße aus war es ein Spaziergang von einer halben Stunde.

Der Arzt, der Martha Österle obduziert hatte, war ein kleiner, lebhafter Mann um die Fünfzig, der alle seine Ausführungen mit weit ausholenden Gesten begleitete.

Den Anblick der Leiche ersparte er mir glücklicherweise.

Zunächst erläuterte er mit seiner flinken Stimme die Todesursache: »Frau Österle hatte nur eine einzige Schussverletzung, aber die war tödlich. Die Kugel ging von schräg oben in den Brustkorb und traf das Herz. Die Frau hatte zwei Löcher im Herzmuskel, eines vom Eintritt des Projektils, das andere vom Austritt. Ein relativ schneller Tod, sie hat vermutlich nicht mehr viel mitbekommen. Das will ich jedenfalls hoffen. Bei dem, was ich jetzt sage, kann ich mich irren, aber ich nehme an, dass der Schuss nicht sehr präzise gezielt war. Die Kugel hat die Brust in einem sehr flachen Winkel getroffen. Ihre Flugbahn war total verquer. Normalerweise hätte sie auf eine Rippe treffen müssen und wäre etwas abgebremst worden. Ob dies der Frau das Leben gerettet hätte, kann ich nicht sagen.«

»Sie meinen, der Mörder war kein guter Schütze?«, fragte ich.

»Dazu kann ich als Gerichtsmediziner nichts sagen. Das müsst ihr schon selbst herausfinden. Ich könnte mir aber vorstellen, dass der Mord nicht geplant war. Der Täter lief auf das Auto zu, hat die Pistole grob in Richtung der Toten gehalten, und die hat auf irgendeine Weise reagiert, die den Täter erschreckt hat. Daraufhin hat er abgedrückt. Das ist natürlich nur eine Spekulation, aber ich würde davon ausgehen, dass sich die Tat so oder so ähnlich abgespielt hat. Übrigens kannst du mich ruhig duzen. Ich duze alle, sogar die Staatsanwälte.«

»Eine weitere Erkenntnis«, begann er.

»Die Tote – war schwanger …«, vermutete ich.

»Wie kommst du darauf? Ganz im Gegenteil. Sie hatte ein Verhütungsstäbchen implantiert. Eine Schwangerschaft ist unter diesen Bedingungen beinahe ausgeschlossen.«

Von Verhütungsstäbchen hatte ich schon gehört. Sie wirken ähnlich wie die Pille, gelten aber als sicherer, weil man nicht vergessen kann sie einzunehmen und weil Erbrechen die Wirkung nicht stört. Sie werden in den Oberarm eingepflanzt und die Wirkung hält drei Jahre an.

Dass Martha sich ein Verhütungsstäbchen hatte einpflanzen lassen, war ein erster Riss im Bild der heilen Familie Österle. Ihrem Mann hatte sie davon offensichtlich nichts erzählt. Vermutlich glaubte er weiterhin, dass seine Blutdruckmedikamente für ihre Kinderlosigkeit verantwortlich waren.

Wie hätten er und die anderen Österles reagiert, wenn sie den wahren Grund gekannt hätten? Vermutlich nicht mit einem Mordkomplott, dafür waren sie zu beherrscht.

»Ich nehme an, über die frühere Schwangerschaft von Martha Österle weißt du schon Bescheid?« fragte der Pathologe dann.

»Eine frühere Schwangerschaft?«, fragte ich.

»Ja. Das kann ich beinahe mit Sicherheit sagen. Ihr Muttermund hat die querstehende Öffnung, die für Frauen typisch ist, die schon geboren haben.«

»Kein Zweifel möglich?«

»Es gibt immer anatomische Besonderheiten, aber für eure Ermittlungen solltet ihr davon ausgehen, dass Martha Österle schon einmal schwanger war und ihr Kind ausgetragen hat.«

»Können Sie – kannst du einen Zeitraum angeben?«

»Es ist sicher schon vor einigen Jahren passiert. Genauer kann ich es dir nicht sagen.«

Mir fiel sofort Gerd Österles Bemerkung über die Lücke in Marthas Lebenslauf ein.

»Könnten es beinahe zwanzig Jahre sein?«

Er zuckte mit den Achseln. »Vom medizinischen Standpunkt aus – ja. Wie lange es wirklich her ist, müsst ihr schon selbst herausfinden. Ich muss euch ja ein bisschen Arbeit übriglassen.«

Martha Österle hatte ein Kind gehabt! Ein Kind, von dem niemand wusste.

Das Thema ging mir nicht aus dem Kopf, während ich zum Kommissariat zurücklief.

Was war mit dem Kind geschehen? Eine frühe Adoption schien am wahrscheinlichsten. Von Gerd wussten wir, dass Martha unmittelbar nach Abschluss ihrer Ausbildung eine Lücke in ihrem Lebenslauf hatte. Wenn die Schwangerschaft in diese Zeit fiel, war Martha damals neunzehn oder zwanzig Jahre alt gewesen.

Es würde schwer sein, das Kind aufzuspüren. Vor zwanzig Jahren hatten viele Standesämter in Deutschland noch mit Papierunterlagen gearbeitet, und nicht alle Altdaten waren digitalisiert worden. Möglicherweise hatte Martha ihr Kind auch im Ausland zur Welt gebracht.

Plötzlich hatten wir einen Rattenschwanz an neuen Möglichkeiten.

Hatte einer der Österles Martha getötet, weil er ihr Verhalten als Verrat an der Familie ansah oder weil er Erbansprüche fürchtete? Hatte Martha dem Kindsvater ihre Schwangerschaft verheimlicht, und er hatte kürzlich durch Zufall davon erfahren? Hatte er sich dafür gerächt, dass Martha sein Kind weggegeben hatte?

Oder war das Kind selbst in den Mordfall verwickelt? Wenn Martha es unmittelbar nach ihrer Ausbildung geboren hatte, musste es inzwischen ungefähr achtzehn Jahre alt sein. In diesem Alter beginnen viele Adoptivkinder, nach ihren Wurzeln zu suchen. Wie würde jemand reagieren, der erfuhr, dass seine Mutter ihn verleugnete, dass sie in eine wohlhabende Familie eingeheiratet und sich nie um ihn gekümmert hatte?

Lauter offene Fragen. Einige davon konnte uns vielleicht Marthas Schwester beantworten. Sie würde zur Beerdigung anreisen.

Als ich Hackerle von der unerwarteten Wendung berichtete, entschied er, dass wir die Familie Österle zunächst nicht damit konfrontieren sollten. Wir würden die Ankunft der Schwester abwarten und gleichzeitig die Standesämter in allen größeren deutschen Städten kontaktieren.

Etwas später bekamen wir einen Anruf aus der Polizeidirektion Reutlingen. Ein Landstreicher war mit 12 861 Centstücken in eine Reutlinger Bank gekommen, um das Geld in handlichere Scheine umzutauschen. Die Bankleute hatten sofort die Polizei gerufen. Jetzt wartete der Vagabund in der Reutlinger Polizeidirektion auf sein Verhör.

Da Silke sich schon in die Anfragen an die Standesämter hineingekniet hatte, schickte Hackerle Unglert und mich dorthin.

Leider erfuhren wir kaum Neues. Der Landstreicher hatte die Centstücke in einem Müllcontainer in der Reutlinger Innenstadt gefunden. Er behauptete, er habe noch nie etwas vom Mordfall Österle gehört, und das war auch glaubhaft. Er stank so, dass vermutlich sogar die meisten anderen Obdachlosen seine Gesellschaft mieden. Unsere Reutlinger Kollegen waren froh, als sie ihn wieder laufen lassen durften. Die Spurensicherung erhielt die dankbare Aufgabe, die Geldstücke nach Fingerabdrücken zu untersuchen.

Als wir wieder im Kommissariat waren, studierte Unglert gleich einen Stadtplan von Reutlingen. Schließlich meinte er: »Der Fundort der Münzen ist nicht weit vom Hauptgeschäft der Österles entfernt.«

Das war kein sehr überzeugender Hinweis. Die Reutlinger Innenstadt ist nicht besonders groß.

Unglert spekulierte weiter: »Die Leute aus dem Hauptgeschäft und aus dem Brautmodenhaus kennen einander. Es müssen immer wieder Leute aus dem Haupthaus in Metzingen aushelfen und umgekehrt. An dem Abend wurde mehrmals zwischen dem Brautmodenhaus und dem Haupthaus hin und her telefoniert. Vielleicht hat da jemand eine Bemerkung wegen der hohen Bareinnahmen fallen lassen.«

»Lässt sich überprüfen, wer mit wem telefoniert hat?«, fragte Hackerle.

»Leider nicht so ohne Weiteres«, sagte Unglert. »Die Apparate werden von den Angestellten genutzt, so wie es sich gerade ergibt. Und da es am Freitagabend in beiden Häusern ziemlich hektisch zuging, weiß auch niemand, wer telefoniert hat, wann und aus welchem Grund.«

»Dann bringt uns diese Idee erst mal nicht weiter«, meinte Hackerle. »Wir haben so viele andere Spuren. Wir können jetzt nicht damit anfangen, auch noch die Angestellten im Haupthaus zu überprüfen. Vielleicht später, falls alles andere im Sand verläuft.«

Ich war trotzdem der Ansicht, dass uns der Fund ein Stück weitergeholfen hatte. Bisher hatte es so ausgesehen, als seien Metzingen und Kirchentellinsfurt die beiden Orte, um die herum sich das Verbrechen abgespielt hatte.

Nun hatten wir eine Spur nach Reutlingen. Der Überfall auf Tom Österle und seinen Freund Erkan war ebenfalls in Reutlingen geschehen.

Einen großen Vorteil hatte der Fund der Geldstücke jedenfalls: Wir hatten endlich etwas, das wir an die Medien verfüttern konnten. Hackerle rief umgehend beim Pressesprecher an und bat ihn, eine Mitteilung zu verfassen.

Die Anfragen an die Standesämter erwiesen sich als Knochenjob. Ich war froh, als Silke mich gegen fünfzehn Uhr daran erinnerte, dass wir bei der Familie Demir vorbeischauen wollten.

Als wir in der Reutlinger Innenstadt nach einem Parkplatz suchten, fiel Silke der Fahrer eines Streifenwagens auf.

»Den Kollegen kenne ich gut«, rief sie. »Er ist schon lange in Reutlingen. Ich frage ihn mal, ob er etwas über Demir weiß.«

Sie machte sich mit einem langen Hupton bemerkbar, sprang aus dem Wagen und unterhielt sich ungefähr fünf Minuten mit dem Streifenpolizisten.

»Der Kollege wusste gleich, von wem ich rede«, erzählte sie hinterher. »Demirs Fensterscheibe wird immer wieder mal eingeworfen.«

»Ausländerhass?«, fragte ich. Vor ein paar Tagen war ein großer Bericht über die NSU-Morde im Tagblatt erschienen.

»Vielleicht, aber dann sind es sehr zaghafte Neonazis. Mehr als die Fensterscheibe geht nie zu Bruch. Es gibt auch keine Nazi-Schmierereien an den Geschäften. Die Kollegen tippen eher auf eine Schülerbande, die Mutproben veranstaltet. Aber sie haben keinen Anhaltspunkt, wer dahinterstecken könnte.«

»Was halten sie von Demir?«

»Ein vornehmer, zurückhaltender Geschäftsmann. Er hat sich schon beinahe daran gewöhnt, dass seine Scheibe immer wieder zu Bruch geht.«

»Und seine Töchter?«

»Alle drei arbeiten im Reisebüro mit. Viel ist über sie nicht bekannt. Die Älteste soll ziemlich energisch sein.«

»Ich wundere mich, dass Demir mit seinen Töchtern zu einem deutschen Brautmodenhaus gegangen ist«, sagte ich. »Ich dachte immer, die Hochzeit in Weiß sei eine europäische Erfindung.«

»So ist es auch. Aber sie hat sich inzwischen in der ganzen Welt durchgesetzt. Fahr mal in die Türkei oder nach Tunesien und schau beim Fotografen ins Schaufenster. Du wirst lauter Bräute in Weiß sehen. In Japan braucht eine Braut, die nur ein bisschen auf sich hält, gleich drei Gewänder, einen Kimono, ein westliches Hochzeitkleid und noch etwas, das ich vergessen habe.«

Wir betraten das Reisebüro gemeinsam. Das Geschäft lief offenbar sehr gut. An drei kleinen Beratungstischchen saßen junge Frauen, ganz offensichtlich die Töchter Ayşe, Meryem und Yasmina. Es gab keinen Zweifel, wer von ihnen Yasmina war. Sie wirkte deutlich älter und reifer, auch etwas streng. Als Einzige trug sie ein Kopftuch. Alle drei berieten gerade Kunden. Einige weitere Kunden warteten. Die meisten waren Türken, aber ich sah auch einige Deutsche. Herr Demir saß leicht erhöht, sodass er das ganze Reisebüro im Blick hatte, und er tippte irgendetwas in seinen Computer ein. Vermutlich kümmerte er sich gerade um die Buchhaltung.

Wir gingen zu ihm hin und stellten uns vor. Er führte uns zu einem kleinen runden Tisch im Hintergrund und bot uns Tee an.

»Wir müssen leider etwas warten«, sagte er. »Yasmina bucht gerade die Heimreise für eine siebenköpfige türkische Familie. Es sind Stammkunden. Ich kann sie jetzt nicht unterbrechen.«

»Das ist kein Problem«, meinte ich. »Vielleicht können Sie mir ja vorher noch eine Frage beantworten, die mir bis heute unklar ist. Warum haben Sie eigentlich einen so großen Betrag in bar bezahlt? Sie haben über 6000 Euro für die Brautausstattungen ihrer Töchter ausgegeben und das Ganze in Fünfzig-, Hundert- und Zweihunderteuroscheinen bezahlt.«

»Ja. Es war viel Geld, aber ich will, dass man meinen Töchtern ansieht, dass es ihnen an nichts fehlt. Bei mir liegt oft viel Bargeld herum. Viele Kunden sind Landsleute, und einige von ihnen sind noch gewohnt, alles in Scheinen zu zahlen. Gerade an dem Tag hatte ich besonders viele Bareinnahmen. Ich war froh, dass ich nicht alles zur Bank bringen musste.«

Vermutlich war es dank der Zahlungsgewohnheiten seiner Landsleute auch möglich, die eine oder andere Einnahme an der Steuer vorbei zu schmuggeln. Aber davon wollten wir jetzt nicht reden.

»Ist es denn in der Türkei üblich, alle Töchter gleichzeitig zu verheiraten?«, fragte Silke. »Ich habe noch nie von dieser Sitte gehört.«

»Eigentlich ist es nicht üblich. Aber Ayşe ist jetzt zweiundzwanzig und Meryem schon fünfundzwanzig. Beide möchten dringend ihre Freunde heiraten. Normalerweise heiratet die älteste Tochter als Erste. Leider gilt es bei vielen Landsleuten immer noch als Makel, wenn eine Frau mit siebenundzwanzig noch nicht verheiratet ist. Ich sehe das nicht so, aber jedes Mal, wenn Yasmina zu den Großeltern fährt, wird sie von der ganzen Verwandtschaft bedauert. Allmählich wird ihr das peinlich. Darum habe ich für sie einen Ehemann gesucht.«

»Sie haben Yasminas Hochzeit arrangiert?«, fragte ich, obwohl ich das schon aus dem Telefongespräch erraten hatte.

»Ich weiß, dass das hierzulande nicht üblich ist. Aber ich will mich bald aus dem Geschäft zurückziehen und in die Türkei zurückgehen. Wir haben ein wunderschönes Haus in Izmir. Meine Frau lebt bereits dort. Yasmina soll das Reisebüro weiterführen, da braucht sie einen zuverlässigen Partner. Sie wird den zweiten Sohn eines Reisebürobesitzers in Düsseldorf heiraten.«

»Alleine kann sie das Reisebüro nicht führen? Trauen Sie ihr das nicht zu?«, fragte ich.

»Zu Hause in Izmir oder in Istanbul würde das wahrscheinlich funktionieren. Aber hier … Schauen Sie mich nicht so an, ich sage die Wahrheit. Sie haben nie erlebt, wie man von den Finanzbeamten behandelt wird, wenn man Türke ist und um eine Nachfrist bei der Steuererklärung bittet.« Er verzog den Mund und sagte: »Du abgeben Zettel, wenn Termin. Hier nicht Türkei, hier Deutschland, hier Vorschriften.«

Silke fing an zu kichern. Auch ich war überrascht. Mit einer Kabaretteinlage hatte ich nicht gerechnet.

Demir fuhr mit normaler Stimme fort.

»Es hilft einem überhaupt nichts, wenn man selbst perfekt Deutsch spricht. Wenn man als Türke einen Bankkredit braucht, um sein Geschäft zu erweitern, hat man es immer noch schwerer als ein Deutscher. Ich möchte nicht, dass Yasmina erfahren muss, wie eine türkische Frau behandelt wird, die versucht, in Deutschland alleine ein Geschäft zu führen.« Seine Stimme klang eisig. Herr Demir meinte es völlig ernst.

Ich fragte: »Und ihre Tochter akzeptiert diese arrangierte Ehe?«

»Yasmina denkt in diesen Fragen genau wie ich. Sie braucht einen Partner, der persönlich absolut zuverlässig und geschäftlich geschickt ist. Und er ist ein gutaussehender Mann von tadellosem Charakter. Yasmina wird mit ihm glücklich sein.«

»Und die Liebe?«, fragte ich.

»Ich weiß, hierzulande glaubt man, die Liebe schlägt ein wie ein Blitz, und niemand kann sich dagegen wehren. Ich habe es anfangs gar nicht für möglich gehalten, aber ich habe erfahren, dass es das wirklich gibt. Bei Meryem und ihrem Verlobten ist es tatsächlich so passiert. Hier in Deutschland glaubt man, Liebe muss immer so sein, sonst ist es keine echte Liebe. Das ist nicht wahr. Man kann Liebe erlernen. Liebe kann wachsen, wenn sich Mann und Frau in der Ehe kennenlernen. So war es bei meiner Frau und mir, und so wird es auch bei Yasmina und ihrem Verlobten sein.«

Nun meldete sich Silke wieder zu Wort: »Die Schwierigkeiten, von denen Sie geredet haben, diese Ausländerfeindlichkeit, denken Sie, dass der Vandalismus gegen Ihr Geschäft auch damit zu tun hat? Immerhin ist Ihre Fensterscheibe schon drei Mal eingeworfen worden?«

»Es gibt natürlich viel mehr Hetze gegen uns Türken seit einiger Zeit, aber ich bin mir nicht sicher. Es sind auch schon Scheiben in deutschen Geschäften zu Bruch gegangen. Erkan, mein Sohn, ist mit dem Sohn eines Modeladenbesitzers befreundet. Ihre Fensterscheibe wurde auch schon eingeworfen. Zum ersten Mal vor drei Monaten und jetzt wieder vor zwei Wochen.«

»Ihr Sohn wurde auch schon überfallen.«

»Ja. Beim Spazierengehen. Wieder zusammen mit seinem Freund. Darum denke ich, dass es vielleicht eher etwas mit Neid zu tun hat, wenn es überhaupt ein gezielter Angriff war. Viele Deutsche sehen nicht mehr ein, dass man sich anstrengen muss, wenn man Erfolg haben will. Sie glauben, Erfolg fällt vom Himmel, und sie sind neidisch, wenn ein Ausländer mehr Erfolg hat. Ich weiß von mindestens zwei anderen schönen Läden, wo auch die Scheiben eingeworfen worden sind.«

»Aber bei Ihnen wurde sie drei Mal eingeworfen.«

»Das stimmt.«

Neid auf erfolgreiche Geschäftsleute. Konnte das das Motiv für den Mord an Martha Österle gewesen sein?

»Passen Sie gut auf sich auf«, sagte Silke. »Auf sich und auf Ihre Familie.«

Wir würden morgen im Kommissariat diskutieren müssen, ob weitere Maßnahmen nötig waren. Sollte man alle Demirs und Österles unter Polizeischutz stellen? Aber was war mit den anderen Läden, deren Scheiben eingeworfen worden waren? Wir konnten nicht die halbe Reutlinger Geschäftswelt bewachen.

Yasmina war immer noch bei ihrer Beratung, und wir wussten eigentlich nichts mehr zu fragen. Herr Demir beendete die peinliche Situation, indem er uns Bilder von seinen Töchtern und ihren Verlobten zeigte und ihre guten Eigenschaften pries.

»Das ist Meryems Freund«, sagte er beim letzten Bild.

»Ein Deutscher?«, fragte ich.

»Ja, sie kennen sich aus der Schule. Sie gehen seit acht Jahren miteinander. Ich war anfangs nicht von ihm begeistert und so habe ich sie warten lassen – wahrscheinlich zu lange. Aber immerhin hat er jetzt einen guten Beruf. Er ist Elektroingenieur, er wird die Familie ernähren können. Und er hat akzeptiert, zum Islam überzutreten. Er wird ihr ein guter Ehemann sein.«

Es dauerte noch eine Weile, bis Yasmina ihre Beratung abgeschlossen hatte. Auch wenn sie ein Kopftuch trug, so merkte man doch sofort, dass sie eine sehr selbstbewusste und von sich überzeugte junge Frau war. Sie war wohl schon mit einer seriösen und leicht humorlosen Ausstrahlung und mit einer erstaunlichen Durchsetzungskraft geboren worden. Sie war ganz eindeutig die richtige Wahl für die zukünftige Geschäftsleitung.

Ihre Aussage war das lange Warten wert. »Ich wurde von Frau Österle persönlich bedient«, sagte sie ohne Umschweife. »Als ich eines der Kleider anprobierte, gab es plötzlich eine Unterbrechung. Ein junger, etwas ungepflegter Mann kam herein und fing an, mit Frau Österle zu sprechen. Die Begegnung war ihr anscheinend etwas peinlich, aber sie war sehr freundlich zu ihm. Sie ist sofort mit ihm ins Büro verschwunden und kam nach ungefähr fünf Minuten wieder. Ich fand das ziemlich unhöflich mir gegenüber und auch nicht sehr professionell.«

»Warum haben Ihr Vater und Ihre Schwestern nichts bemerkt?«

»Ayşe und Meryem waren am Herumalbern und mein Vater wäre am liebsten im Erdboden versunken, weil ihm das so peinlich war.«

»Haben Sie eine Ahnung, was Frau Österle und der Mann im Büro gemacht haben?«

»Ich weiß es nicht, aber ich habe gesehen, wie sie ihn beim Herausgehen geküsst hat.«

»Sie meinen, er war ihr Liebhaber?«

Ich war mir unsicher, ob man einer konservativen türkischen Frau wie Yasmina überhaupt eine solche Frage stellen konnte, doch sie zeigte sich auch diesem Thema gewachsen.

»Ich denke nicht. Ich weiß, wie ein leidenschaftlicher

Kuss aussieht. Ich weiß auch, wie er sich anfühlt.« Einen Moment lang klang ihre Stimme trotzig. »Es war eher ein Kuss unter Verwandten, wenn man sich für längere Zeit verabschiedet. Ich dachte mir, dass es vielleicht der Bruder von Frau Österle sein könnte, und dass er auf eine große Reise gehen will oder in eine andere Stadt zieht.«

Ich sagte nichts, aber ich wusste, dass Yasminas Vermutung falsch sein musste. Martha Österle hatte keinen Bruder.

»Fahren wir gleich ins Brautmodenhaus nach Metzingen«, schlug Silke vor, nachdem wir uns von Herrn Demir und seinen Töchtern verabschiedet hatten. Wir stiegen in den Wagen.

Ich hatte das Brautmodenhaus der Österles noch nicht gesehen und war über seine Lage verwundert. Es befand sich nicht in der Innenstadt mit ihren Nobel-Outlets, sondern in einem unansehnlichen Mischgebiet aus Gewerbe- und Wohnhäusern.

Ich war so überrascht, dass ich Herrn Bauschert, der die verstorbene Martha als Geschäftsführer vertrat, darauf ansprach.

»Das hier war mal das Outlet einer kleinen Textilfabrik. Man könnte auch sagen, es war eine große Schneiderei, die sich auf Brautmoden spezialisiert hatte.«

»Und Sie bieten weiterhin Outlet-Preise?«

»Ganz schaffen wir es nicht. Aber wir sind deutlich billiger als die Brautmodengeschäfte in den Innenstädten. Sofern nichts geändert werden muss, kann eine Frau schon für 1000 Euro eine sehr ordentliche Brautausstattung bekommen, Handtasche und Brautschuhe inklusive. Wenn sie 2000 Euro zur Verfügung hat, bekommt sie etwas ganz Besonderes.«

Als wir ihn nach dem ungepflegten Mann fragten, den Yasmina am Tatabend beobachtet hatte, wusste er sofort, von wem wir sprachen.

»Ich hatte keine Ahnung, dass Manni an dem Abend da war. Er muss hereingewitscht sein, als niemand auf die Tür geachtet hat.«

»Wer ist Manni?«, fragte ich.

»Frau Österles Ex-Freund. Sie hat ihm den Laufpass gegeben, als sie Herrn Österle kennengelernt hat.«

»Das muss über drei Jahre her sein«, sagte ich.

»Ja, aber Manni kommt noch gelegentlich her und bettelt sie um Geld an.«

Silke erkundigte sich: »Es geht ihm finanziell nicht gut?«

»Manni war ein kleiner Gauner. Frau Österle konnte nichts Besseres tun, als ihn ziehen zu lassen. Solange er noch mit ihr zusammen war, hat er wenigstens noch ein bisschen auf sich geachtet. Nachdem sie sich von ihm getrennt hat, hat er sich auf irgendein dubioses Geschäft eingelassen und ist ins Gefängnis gekommen. Danach ist es endgültig mit ihm bergab gegangen. Er hat angefangen zu saufen, ist in den Kneipen herumgezogen. Und immer wieder ist er ins Geschäft gekommen, um Martha anzubetteln.«

»Und, sie ließ sich das gefallen?« wollte Silke wissen.

»Es gab immer wieder Streit deswegen. Aber meistens hat sie ihm dann doch noch ein bisschen Geld gegeben.«

»Warum? Hatte Manni etwas gegen sie in der Hand?«, fragte ich.

»Das kann ich mir nicht vorstellen. Herr Österle wusste von ihrer früheren Beziehung. Manni tat ihr wohl leid. Sie haben sicher schon gehört, dass Frau Österle manchmal ein bisschen zu gutmütig war. Sie hat leicht ein schlechtes Gewissen bekommen. Vielleicht hat sie sich schuldig gefühlt, weil er völlig abgerutscht ist, nachdem sie ihn verlassen hat.«

Ich sagte: »Jedenfalls müssen wir unbedingt mit diesem Manni sprechen. Wie ist sein voller Name? Wo wohnt er?«

Herr Bauschert war ratlos: »Martha hat ihn immer nur Manni genannt. Ich glaube, er hat mal in Reutlingen gewohnt, aber ich weiß nicht, ob er noch dort lebt. Vielleicht kennt Herr Österle den vollen Namen.«

Silke telefonierte kurz mit Hackerle, dann meinte sie: »Heute fragen wir noch nicht bei Alex Österle nach. Er ist zwar seit Montag wieder daheim, aber er ist noch sehr angeschlagen. Der Chef meint, wir könnten eine Rekonstruktion versuchen.«

»Eine Rekonstruktion wovon?«

»Falls die Tat wirklich von einem Außenstehenden begangen wurde, muss er Martha Österle von Metzingen bis K'furt mit dem Auto verfolgt haben, und das bei Dunkelheit. Ich habe mich erkundigt. Martha Österle war eine rasante Fahrerin. Sie hatte einige Strafzettel wegen zu hoher Geschwindigkeit. Und sie ist am liebsten Nebenstraßen gefahren, mit vielen Kurven. Ist es überhaupt realistisch, dass jemand unter diesen Bedingungen an ihr dranbleibt?«

»Wie schnell kann man mit einem Citroën Picasso fahren?«

»Der vom Freitagabend hatte einen 165 PS-Motor. Es war der, den Martha am liebsten fuhr. Die anderen haben weniger PS. Er ist schon von der Spurensicherung freigegeben worden und steht gerade hier in der Garage. Ich habe schon mit Österles vereinbart, dass ich ihn fahren darf.«

»Und wer fährt unseren Dienstwagen?«, fragte ich.

»Du.«

»Weißt du, was für ein Autofahrer ich bin?«

»Ein durchschnittlicher, würde ich sagen.«

Ich fühlte mich eher unterdurchschnittlich. Ich gehöre zu den wenigen Männern, die freiwillig zugeben, dass sie nicht außergewöhnlich gut Auto fahren. Doch ich hatte keine Wahl. Silke stieg aus und verschwand in der Tiefgarage, die sich unter dem Brautmodenhaus befand.

Als sie mit dem Auto aus der Tiefgarage kam, wurde ich sofort von den Scheinwerfern geblendet und konnte überhaupt nichts erkennen. Sobald sie auf der Straße war, drückte sie voll aufs Gas. Ich versuchte, ihr zu folgen. Bis wir aus Metzingen heraus waren, mussten wir einige Ampeln passieren. An der dritten war für mich Schluss. Silke witschte gerade noch bei Dunkelgelb durch, doch ich musste eine Vollbremsung hinlegen, damit ich noch rechtzeitig zum Stehen kam, ansonsten wäre ich in den Querverkehr hineingerast. Auf dem freien Weg zwischen den Orten versuchte ich aufzuholen, doch es war aussichtslos. Einmal kam ich beinahe ins Schleudern, als ich eine Kurve zu schnell nahm. Einige Male glaubte ich, in der Ferne ein Auto zu erkennen, doch ich wusste nicht, ob es Silke war. Bei einer Ortsdurchfahrt wurde ich geblitzt.

Als ich in Kirchentellinsfurt vor der Bank ankam, stand Silke bereits vor dem Nachtschalter und tat so, als würde sie eine Geldbombe hineinwerfen.

Das Ergebnis der Rekonstruktion war klar: Wenn der Täter wirklich Martha Österle von Metzingen bis nach Kirchentellinsfurt verfolgt hatte, musste er ein sehr guter Autofahrer sein, und er musste auch noch Glück gehabt haben. Falls man bei einem Mord von Glück reden konnte.

Viel plausibler schien es, dass der Täter bereits in der

Nähe der Bank gewartet hatte. Was wiederum nur möglich war, wenn er in irgendeiner Verbindung zum Brautmodenhaus stand.

Während der Rückfahrt fragte Silke plötzlich: »Was macht eigentlich deine notfallaufreißerisch veranlagte Blitzseelsorgerin? Ist es zwischen euch schon wieder zu Ende?«

»Sie ist in Paris und besucht eine Freundin. Vielleicht steht sie gerade am Grab ihres Mannes und weint.«

»Am Grab ihres Mannes?«

»Sie hat sehr früh geheiratet, einen Franzosen namens André, und er ist sehr früh gestorben. Anscheinend ein Unfall. Gestern war sein siebter Todestag. Sie leidet immer noch unter dem Verlust.«

»Klingt nach einer schwierigen Beziehung.«

Ich schwieg. Das wusste ich selbst.

»Ich nehme an, sie kann ganz rasch zwischen total verheult und total cool umschalten«, hakte Silke nach.

»Woher weißt du das?«

»Dass deine Freundin unheimlich cool sein kann, habe ich selbst erlebt. Das mit dem Umschalten kenne ich aus eigener Erfahrung. Die Familie meiner Partnerin konnte ihre Veranlagung nicht akzeptieren und sie litt sehr darunter. Ich kenne diese dauernden Stimmungsschwankungen. Ich weiß, wie es ist, wenn die Partnerin plötzlich zu einem verheulten, hilflosen Bündel wird, das einem in den Armen hängt. Und wie es ist, wenn sie ganz rasch wieder die dominante Person in der Partnerschaft wird.«

Sie nahm ihren Blick für einen Moment von der Straße, drehte den Kopf zu mir und lächelte mich an: »Es ist schwierig, aber es kann gelingen. Und wenn es gelingt, kann es sehr schön sein.«

Unser Chat vom Mittwochabend:

Hast du Sehnsucht nach deinem
verrückten, verliebten, verheulten,
glücklichen Mädchen?

Ja, sehr. Und du?

Auch.
Es dauert nicht mehr lang,
dann sehen wir uns wieder.

Wann?

Sobald ich die Fußfessel durchgescheuert habe,
mit der meine Freundin mich an die Heizung
gekettet hat, damit ich nicht dauernd Richtung
Bahnhof davonlaufe.

Können wir telefonieren?
Ich möchte gern deine Stimme hören.

Geht nicht.
Meine Freundin hat mich auch geknebelt.

Musst du eigentlich so albern sein?

Für verliebte Mädchen in Paris
ist das neuerdings Vorschrift.
Sobald ich in Tübingen bin,
bin ich wieder ganz seriös.

Bitte nicht.

😍😍😍

Kurz darauf kam eine weitere Nachricht von Hannah. Aus den verschiedenen Smileys und Herzchen, die WhatsApp als Emojis anbot, hatte sie ein wahres Kunstwerk gebastelt.

DONNERSTAG

Am Donnerstag war Ebner endlich von seinem Karnevalsausflug zurück und nahm wieder an der Besprechung der Sonderkommission Picasso teil.

Tags zuvor hatten wir noch keinen brauchbaren Ermittlungsansatz gehabt, nun konnten wir uns vor Möglichkeiten kaum retten.

Zunächst Marthas Kind, wenn es denn lebend geboren war. Es konnte ein Grund für einen Rachemord sein, ebenso ein Mordmotiv für ein Mitglied der Familie Österle.

Dann gab es die Jugendlichen, die Schaufenster einwarfen und Kinder von erfolgreichen Geschäftsleuten terrorisierten.

Und schließlich war da noch Manni, der Ex-Freund von Martha, von dem wir ansonsten nichts wussten.

Außerdem mussten wir uns mit den Ideen von Hauptkommissar Schmal auseinandersetzen. Er hatte inzwischen angefangen, die Beamten vom LKA mit seinen Theorien zu bombardieren. Er glaubte nach wie vor, dass er einer Bande auf der Spur war, die weitere Überfälle plante. Doch so sehr die Kollegen in ihren Unterlagen wühlten: Nirgendwo in Baden-Württemberg hatte es in letzter Zeit ein derartiges Verbrechen gegeben. Es war doch ziemlich riskant, jemanden unmittelbar vor einer Bank zu überfallen. Man konnte versehentlich ins Blickfeld der Überwachungskamera geraten oder auf einen Kunden treffen, der noch spät Geld abheben wollte. Und warum war Martha für diese vergleichsweise geringe Summe ermordet worden? Vermutlich hätte es doch gereicht, sie einfach niederzuschlagen.

Schmal hatte die Leute vom LKA so lange genervt, bis sie sich mit ihren Kollegen in den anderen Bundesländern und im benachbarten Ausland in Verbindung setzten, um einen ähnlichen Fall zu finden. Bis jetzt ohne Ergebnis.

Gleich nach der Besprechung bekamen wir einen Anruf. Am Klingelzeichen erkannten wir, dass jemand von draußen unsere Hotline-Nummer gewählt hatte, die in der Zeitung angegeben worden war. Eine männliche Stimme meldete sich: »Hier Auto-Marder Gomadingen.«

Ich hatte noch nie erlebt, dass ein Automarder freiwillig bei der Polizei anrief.

Glücklicherweise klärte der Anrufer die Sache selbst.

»Franz Marder am Apparat. Ich habe heute die Meldung im Lokalteil Reutlingen gelesen. Die mit der Überschrift: Führen die Brautpfennige zum Täter? Ich habe den Artikel sofort meiner Sekretärin gezeigt – die hat sich nämlich an dem Freitagabend ihr Brautkleid gekauft. Ich habe mich daran erinnert, weil ich ihr deswegen früher freigeben musste. Sie war das Mädchen mit den Cent-Stücken. Sie glaubt, dass sie etwas Interessantes gesehen hat. Sie würde gerne eine Aussage machen.«

Hackerle schickte sofort Silke und mich los.

Ich war noch nie in Gomadingen gewesen. Es erwies sich als ziemlich kleiner, schmucker Ort, etwa dreißig Kilometer hinter Reutlingen. Ganz in der Nähe lag das Landgestüt Marbach. Von dem hatte ich schon gehört. Meine erste Freundin war eine Pferdenärrin gewesen.

Auto-Marder war ein ziemlich kleiner Betrieb, noch etwas kleiner als der meines Bruders. Er würde wohl nicht mehr lange gegen die großen Autohäuser in den umliegenden Städten ankommen können.

Die Tätigkeit der Zeugin war mit dem Wort Sekretärin sehr unzureichend beschrieben. Sie musste Rechnungen herausschreiben, Kunden in Empfang nehmen, Ersatzteile verkaufen und selbst aus dem Lager holen – sie war Mädchen für alles. Sie war auch eine schöne Braut: Lange, gelockte, blonde Haare, ein harmonisches, ziemlich rundes Gesicht, die üppigen Formen, die nie ganz aus der Mode kommen, und einen beginnenden Babybauch, der ihr gut stand.

Leider hatte sie auch einen ziemlich großen Mund, und den verwendete sie zum Reden. Nachdem sie uns lange und umständlich beschrieben hatte, warum sie sich für das Brautmodenhaus der Österles entschieden hatte – »meine Cousine, die was von Mode versteht, hat da auch ihr Brautkleid gekauft«, und ebenso gründlich über die Kosten für die Heirat gesprochen hatte – »meine Brautschuhe haben da nur 129 Euro gekostet, meine 15 000 Cents haben locker dafür gereicht, in Reutlingen hätte ich 179 Euro bezahlt, ich habe alle Preise verglichen, bei den Kleidern war der Unterschied noch größer« – kam sie endlich auf ihre Beobachtungen zu sprechen.

»In der Zeitung steht doch, dass man sich melden soll, wenn man etwas Verdächtiges gesehen hat. Und ich fand das gleich seltsam. Vor dem Modehaus sind andauernd Jugendliche mit dem Handy auf- und abgegangen. Das kam mir schon an dem Abend ganz komisch vor.«

»Waren es immer dieselben Jugendlichen?«, fragte Silke.

»Ich weiß nicht«, sagte die Zeugin. »Ist das denn so wichtig? Herr Marder hat mir den Zeitungsartikel vorgelesen. Da heißt es doch, die Polizei hat derzeit keinen konkreten Verdacht. Da muss es doch gut sein, wenn Sie jetzt möglichst viele neue Verdächtige bekommen.«

»Was war denn an den Jugendlichen so seltsam?«, hakte ich nach.

»Eben, dass sie dauernd auf und ab gingen.«

»Wie waren sie denn gekleidet?«

»Ganz normal. Parkas und so.«

»Jungen oder Mädchen?«

»Ich habe nur Jungen gesehen.«

Herr Marder begleitete uns zum Ausgang. Als wir außer Hörweite waren, sagte er: »Vielleicht hätte ich Sie warnen sollen.« Und dann, mit einem plötzlichen Gedankensprung: »Der zukünftige Ehemann muss Ihnen übrigens nicht leidtun. Das ist ein Typ, den kennt jeder hier im Dorf. Er redet noch mehr Scheiß als sie. Aber bei der Arbeit ist sie tüchtig und die Leute mögen sie. Tut mir leid, wenn Sie Ihre Zeit vergeudet haben.«

Silke und ich hielten unsere Zeit nicht für vergeudet. Jugendliche mit Parkas – das erinnerte uns an die Kerle, die Tom und Erkan überfallen hatten.

Der zuständige Beamte in Reutlingen erwies sich als unangenehmer Zeitgenosse, ein feister Oberkommissar irgendwo in den Vierzigern, der seine Uniform mit sichtlichem Stolz trug und unsere Anfrage als Störung empfand.

»Ich denke, das war nicht so schlimm«, beschied er uns. »Ich habe die beiden Jungen gesehen, die angeblich überfallen wurden. Schmächtige Abiturienten, die nie in ihrem Leben einen Finger krumm machen mussten. Typische Muttersöhnchen eben. Ich denke, das war nur eine Pöbelei, kein richtiger Angriff. Die haben in die Hose gemacht, als die Burschen auf sie zukamen.«

Muttersöhnchen – das war der Ausdruck, mit dem auch die Angreifer Tom Österle und seinen Freund bedacht hatten.

»Sie haben gar nichts unternommen?«, fragte Silke entsetzt.

»Da hilft Zuwarten am besten«, behauptete der uniformierte Kollege. »Es war bisher der einzige Vorfall dieser Art. Ich denke, die Typen hatten gerade ihren Rappel. Inzwischen haben sie gemerkt, dass sie Scheiße gebaut haben, und sie wissen, dass es nicht mehr so schnell vorkommen darf.«

»Aber in den Geschäften der Eltern wurde Schaufensterscheiben eingeworfen«, beharrte Silke. »Mehrmals.«

»Ich denke nicht, dass es da einen Zusammenhang gibt«, wehrte der Reutlinger Polizist ab. »Es sind auch andere Schaufensterscheiben zu Bruch gegangen.«

Wir fuhren frustriert zurück nach Metzingen, um die Angestellten des Brautmodenhauses zu befragen. Am Eingang kam uns sofort Herr Bauschert entgegen. Silke bat ihn, er solle das gesamte Personal zusammenrufen. Abgesehen von dem Lehrmädchen, das heute auf der Berufsschule war, waren alle Mitarbeiter vom Freitagabend wieder da.

Silke erzählte ihnen von den Beobachtungen der Kundin, fragte dann: »Hat jemand von Ihnen eventuell auch diese Jugendlichen in den Parkas gesehen?«

Herr Bauschert seufzte. »Dafür hätten Sie nicht alle Mitarbeiter zusammenrufen müssen. Das hätte ich Ihnen auch so sagen können. Schauen Sie.«

Er ging zum Fenster und zeigte auf den Eingang einer Kneipe auf der anderen Straßenseite. »Die Gaststätte gegenüber ist seit einiger Zeit eine angesagte Kneipe für die Jugend in Metzingen und in den umliegenden Dörfern. Der Wirt hat vor ein paar Monaten ein paar exotische Biersorten auf die Karte genommen – seitdem gibt es hier eine Szene von Kids, die sich für die coolsten Bierkenner halten. Er hat inzwischen seine Preise zwei Mal hochgesetzt. Das hat den Vorteil, dass sich die Jugendlichen nicht mehr total volllaufen lassen. Die meisten können es sich nicht mehr leisten.«

»Kennst du hier in Metzingen einen Kollegen, der uns vielleicht etwas über diese Kneipe erzählen kann?«, fragte ich, nachdem wir das Brautmodenhaus verlassen hatten.

»Natürlich«, sagte sie. »Den kenne ich sogar besonders lange. Wir haben im gleichen Jahr bei der Polizei in Tübingen angefangen.«

Als wir die Wache betraten, wo Silkes alter Kollege Dienst tat, ging er sofort auf sie zu. Die beiden begrüßten sich mit großem Hallo. Es dauerte eine Weile, bis sie unser Anliegen vorbringen konnte.

»Die Leute von der Drogenfahndung haben den Laden schon seit Langem unter Beobachtung«, berichtete Silkes Bekannter. »Sie vermuten, dass dort Drogen vertickt werden. Wenn nicht im Laden selbst, dann jedenfalls auf der Straße davor. Wo sich so viele Jugendliche treffen, muss eigentlich etwas in der Art passieren. Aber bisher gab es nichts Auffälliges. Ein paar Mal haben sie es mit Überraschungskontrollen versucht. Der eine oder andere hatte ein bisschen Hasch dabei, aber immer nur kleine Mengen, eindeutig für den Eigenkonsum. Einmal haben sie einen mit einer Partydroge erwischt, aber das ist praktisch unvermeidlich, wenn sich so viele Jugendliche treffen.«

Plötzlich fiel ihm etwas ein: »Letzte Woche gab es allerdings Stunk. Ein paar Typen haben angefangen, in der Kneipe Radau zu machen. Sie haben ein Mädchen angemacht und ihrem Freund eine reingehauen, als er sich deswegen beschwert hat. Der Wirt hat gleich die Polizei gerufen. Als die Kollegen kamen, waren die Typen schon weg. Der Wirt hat aber gesagt, er erkennt sie wieder, und falls sie noch mal kommen sollten, gibt er ihnen sofort Hausverbot.«

»Irgendwelche besonderen Kennzeichen?«

»Sie sollen Parkas und Stiefel getragen haben, aber das tun bei dem Wetter ja die meisten. Der Wirt meint, sie hätten Deutsch mit einem harten Akzent geredet.«

Wir waren kaum zurück, als schon wieder ein Anruf auf unserer Hotline-Nummer kam. Diesmal war der Streifenbeamte aus Reutlingen am Apparat, mit dem Silke tags zuvor gesprochen hatte.

»Hallo, ich schicke euch jetzt einen Kollegen vorbei, der in der Polizeiwache in Orschel-Hagen arbeitet«, sagte er und bat:

»Bitte fasst ihn nicht zu hart an.«

Ein rätselhafter Anruf. Ich hatte noch nie von Orschel-Hagen gehört. Als ich auf der Karte nachsah, stellte ich fest, dass es ein kleiner Stadtteil von Reutlingen war. Was konnte ein Kollege, der dort Dienst tat, zu unserem Fall beitragen? Warum sollten wir ihn nicht zu hart anfassen? Was hatte er ausgefressen?

Eine halbe Stunde später ging unsere Tür auf und ein ziemlich verzagter Polizist in Uniform trat ein. Hackerle bat ihn freundlich, sich zu setzen. Der Polizist begann zögernd, mit stockender Stimme, zu erzählen.

»Am Freitagabend tat ich allein Dienst in der Polizeiwache in Orschel-Hagen. Eigentlich hätte ein Kollege bei mir sein müssen, aber wegen dem Mord an Martha Österle musste er mit dem Streifenwagen nach Kirchentellinsfurt fahren. Die Kollegen aus der Polizeidirektion haben unsere Hilfe bei der Absicherung des Tatorts gebraucht.

Es war einfach zu viel los. Während ich allein war, kam ein ziemlich wütender junger Mann herein.«

»Wie sah er aus?«, fragte Hackerle. »Können Sie sein Alter etwas genauer eingrenzen?«

»Er war so etwa mittelgroß, blonde Haare, vielleicht auch hellbraun, und er trug Jeans. Sein Alter? Irgendwas in den frühen Zwanzigern. Könnte ein Student gewesen sein. Er sah nicht aus wie jemand, der schon was zu sagen hat, hat sich aber ziemlich aufgeplustert.«

»Was wollte er von Ihnen?«

»Er wollte Anzeige erstatten. Eine Stunde vorher war er von Kirchentellinsfurt nach Rommelsbach gefahren, und kurz vor Sickenhausen hat ihn ein Auto in den Straßengraben gedrängt.«

Wir waren alle wie elektrisiert – Sickenhausen, Rommelsbach, diese Orte lagen auf Martha Österles Fahrstrecke von Metzingen nach Kirchentellinsfurt. Bei der Rekonstruktion am Vortag waren Silke und ich durch beide Orte gefahren.

Unser uniformierter Kollege fuhr fort: »Der Mann sagte aus, zuerst sei ihm ein Auto entgegenkommen, das seiner Meinung nach ziemlich schnell fuhr. Ein paar Hundert Meter weiter kam dann noch eines, das raste wie verrückt, es war viel zu schnell für die kurvige Straße und konnte sich kaum auf der Straße halten. Der Zeuge musste in den Straßengraben fahren, sonst hätte es ihn gerammt.«

»Konnte er etwas über das Auto sagen?«, fragte Hackerle.

»Von der Größe her könnte es ein Golf gewesen sein, aber er hatte keine Zeit, es genauer anzusehen. Es war viel zu schnell weg. Er war zu erschrocken, er hat nicht auf den Typ geachtet. Und er hatte natürlich keine Chance, das Nummernschild zu lesen.«

»Und zur Farbe konnte er auch nichts sagen«, vermutete Hackerle. »Es war ja Nacht.«

»Das Auto geriet kurz in den Lichtkegel seiner Scheinwerfer. Er meint, es sei eine dunkle Farbe gewesen, vielleicht dunkelgrau oder schwarz.«

»Warum hat er sich so lange Zeit gelassen, bis er Anzeige erstattet hat?«, wollte Hackerle wissen.

»Er wusste nicht, wo die nächste Polizeiwache ist. Er hat zuerst in Sickenhausen und in Rommelsbach herumgefragt, bis ihm jemand gesagt hat, dass bei uns in Orschel-Hagen ein Polizeiposten ist. Handy hatte er anscheinend keines dabei, warum auch immer, oder er hatte vergessen, es zu laden. Als er bei mir ankam, war er unglaublich wütend.«

»Wie heißt der Mann? Wie können wir ihn erreichen?«, fragte Hackerle aufgeregt.

»Ich weiß es nicht«, sagte der Polizist. Es war ihm unglaublich peinlich.

»Wie kann das sein? Ich denke, er hat Anzeige erstattet?«, rief Hackerle.

»Er war so wütend, als er hereinkam. Ich habe versucht, ihn zu beruhigen. Ich habe ihm gesagt, er soll doch froh sein, dass ihm nichts passiert ist, und dass sein Auto nicht beschädigt ist. Da hat er plötzlich geschrien: ›Ich sehe schon, Sie wollen mir nicht helfen!‹ Dann ist er hinausgestürmt.«

»Seine Autonummer, seine Adresse, Sie kennen Sie nicht? Sie wissen überhaupt nichts über ihn? Sie haben keine Ahnung, ob er in Kirchentellinsfurt, in Sickenhausen oder vielleicht in Rommelsbach wohnt?« Hackerle war fassungslos.

»Ich bin ihm nicht nachgerannt. Die Nacht war kalt und grauslich, und er hat die Tür hinter sich zugeknallt.«

Wir wussten bestens, wie kalt und grauslich diese Nacht

gewesen war. Hackerle war trotz seiner Lungenprobleme über eine Stunde lang am Tatort gewesen. Unser wackerer Kollege hatte sich nicht einmal aus seiner Wache herausgetraut.

Als er gegangen war, dachten wir alle das Gleiche: Wir wussten jetzt, wie der Überfall stattgefunden hatte. Jemand hatte Martha Österle verfolgt, als sie vom Brautmodenhaus wegfuhr. Die Vermutung, dass ein Komplize in Kirchentellinsfurt schon auf der Lauer gelegen hatte, war falsch. Das sprach für einen Täter, der keine Verbindungen zur Familie Österle und zum Brautmodenhaus hatte. Einen Täter, der ziemlich verzweifelt gewesen sein musste, damit er sich auf eine solche Verfolgungsjagd einließ.

Zu Mittag verteilte Hackerle die Aufgaben neu. Unglert sollte nach den Jugendlichen suchen, die Tom Österle und Erkan Demir angegriffen hatten, während Silke und ich nach diesem ominösen Manni forschen sollten.

Am ehesten konnten uns die Österles Auskunft über Manni geben. Wir riefen in ihrem Stammgeschäft an. Christine Österle war selbst am Apparat. Sie kannte den vollen Namen von Marthas Ex-Freund nicht, versprach aber, ihren Mann zu fragen. Trotz seiner schlimmen körperlichen und seelischen Verfassung war Alex Österle bereits wieder bei der Arbeit.

Fünf Minuten später rief sie uns zurück.

»Es ist irgendein Allerweltsname, Maier oder Schmidt, vielleicht auch Müller oder Huber oder so«, berichtete sie. »Wir haben uns nie viel für ihn interessiert. Als Martha noch mit ihm zusammen war, war er nur lästig. Man hat sofort gemerkt, dass er nicht ganz seriös war. Wir waren froh, dass sie sich von ihm getrennt hat. Ihr Entschluss, sich zu trennen, hatte übrigens nichts mit meinem Mann zu tun. Die Liebesgeschichte zwischen ihr und ihm hat erst später begonnen.«

Frau Österle hatte allerdings einen Tipp für uns: »Reden Sie doch mit Nicole. Sie ist gerade in unserem Tübinger Laden. Wenn Martha mit irgendjemandem länger über Manni gesprochen hat, dann mit ihr.«

Silke und ich zogen wieder los. Sie ließ sich überreden, mit mir zu Fuß in die Altstadt zu gehen. Unser Ziel befand sich in einer kleinen Gasse zwischen der Stiftskirche und dem Wilhelmsstift, wo die wenigen verbliebenen katholischen Priesteramtskandidaten wohnten. Silke machte mich auf die vielen kleinen Läden aufmerksam, deren Auslagen zum Kauf von hübschen, aber nicht unbedingt notwendigen Dingen einluden. Ein Geschäft, das Kaffee, Tee und Schokolade verkaufte, gefiel mir so, dass ich spontan hineinging und für das Wiedersehen mit Hannah ein paar süße Tübinger Grüße erwarb.

Der Modeladen der Österles hatte zwei radikal verschiedene Schaufenster. Das eine richtete sich an Kundinnen, die Naturprodukte und fair gehandelte Kleidung bevorzugten, das andere an junge Frauen, die schicke Jeans und Shirts suchten, aber nicht viel Geld ausgeben konnten. Den Spagat, beide Kundenschichten zu bedienen, meisterten die Österles durch eine halbhohe Wand, die die Ladenteile voneinander abtrennte. Der Laden hatte auch zwei Eingänge. Jemand, der sich nicht auskannte, konnte meinen, es seien zwei verschiedene Geschäfte.

An diesem Tag war Nicole Österle im Stil der Naturliebhaberinnen gekleidet.

Im Laden war wenig los. Sie hatte sofort Zeit für uns.

Silke überließ wieder mir das Reden.

»Wir wollten Sie gerne wegen Marthas Ex-Freund befragen«, begann ich.

»Wegen Manni?«, fragte Nicole. »Das überrascht mich sehr. Ich kann mir überhaupt nicht vorstellen, was er mit dem Fall zu tun haben sollte.«

»Er war am Abend vor dem Mord in Marthas Brautmodenhaus. Wir müssen ihn dringend sprechen. Leider kennen wir weder seinen vollen Namen noch seine Adresse.«

»Sein Nachname … Martha hat ihn ein oder zwei Mal erwähnt. Ich glaube, es war ein Allerweltsname, Müller oder Schmidt oder so. Auf Anhieb fällt er mir jedenfalls nicht ein.«

»Wissen Sie vielleicht, wo er wohnt?«

Nicole Österle zuckte mit den Achseln: »Ich weiß nur, dass er in einem Wohnblock lebt, und zwar in der Reutlinger Gegend. Ich glaube, er wohnt nicht direkt in der Stadt – eher in Betzingen oder in Pfullingen.«

»Uns würde natürlich auch interessieren, wie sich das Verhältnis zwischen Martha und Manni nach ihrer Heirat entwickelt hat«, sagte ich.

Nicole Österle hatte aus meinen Worten die versteckte Frage herausgehört. »Sie glauben, zwischen Martha und Manni sei noch etwas gelaufen?«, fragte sie. »Da sind Sie auf dem Holzweg. Sie können sich nicht vorstellen, wie Manni nach seinem Gefängnisaufenthalt aussah. Er wäre nur noch für eine Missionarin von der Heilsarmee interessant gewesen oder vielleicht für eine Alkoholikerin. Er war total am Ende.«

»Martha hat ihm immer wieder Geld gegeben«, warf ich ein.

»Ich glaube, sie fühlte sich für ihn verantwortlich. Nachdem sie sich von ihm getrennt hatte, kam Manni ins Gefängnis. Wenn sie bei ihm geblieben wäre, dann wäre das vielleicht nicht passiert.«

»Den Zusammenhang verstehe ich nicht ganz«, sagte ich.

»Manni war ein windiger Geschäftsmann, ein Mensch ohne klare Prinzipien, der nie wusste, was er eigentlich tun sollte. Martha hat ihm klargemacht, dass sie nicht mit einem Kriminellen zusammen sein will, und so hat er sich bemüht, einigermaßen auf der richtigen Seite des Gesetzes zu bleiben. Er hat Versicherungen verkauft, war dabei sicher nie ganz seriös, aber kriminell kann man sein Vorgehen wahrscheinlich nicht nennen. Nachdem sie ihn verlassen hat, hat er sich mit Anlagebetrügern eingelassen. Er hat bei ihren Geschäften mitgemacht, und schließlich kam er ins Gefängnis.«

Sie sah mich empört an: »Sie glauben doch nicht im Ernst, er könnte etwas mit dem Mord zu tun haben?«

»Was ist daran so seltsam?«, fragte ich zurück.

»Manni konnte keiner Fliege was zuleide tun. Er war überhaupt sehr ängstlich. Zum Schluss war er einfach ein Wrack – körperlich wie seelisch. Er hätte niemals mit einer Pistole auf einen Menschen zielen können. Schon gar nicht auf Martha. Am Schluss war sie die Einzige, die ihm noch geholfen hat. Und selbst wenn er es geschafft hätte, mit der Pistole auf sie zu zielen, er hätte nie abgedrückt. Und wenn er abgedrückt hätte, er hätte sie nicht getroffen. Garantiert nicht.«

»Aber Sie haben bestätigt, dass Martha in den letzten Wochen vor ihrem Tod nervös war. Könnte es sein, dass sie Angst vor Manni hatte?«, fragte ich.

»Darüber habe ich inzwischen nachgedacht«, sagte Nicole. »Es stimmt, sie war ein paar Tage lang sehr nervös. Aber zum Schluss ging es ihr besser. Sie hat immer wieder mal vor sich hingeträllert. Das hat sie sonst nie gemacht. Sie muss sehr glücklich gewesen sein.«

Nun mischte sich Silke ins Gespräch: »Könnte es sein, dass Sie doch wieder etwas mit Manni angefangen hat?«

»Auf keinen Fall. Sie war mit Manni schon nicht glücklich, als sie zu uns kam. Er war ihr zu unzuverlässig.«

»Gab es vielleicht andere Männer in ihrem Leben, seit sie mit Ihrem Vater zusammen war?«, hakte Silke nach.

Ich erwartete beinahe, dass Nicole Österle empört das Gespräch abbrechen würde. Doch sie lachte nur laut auf und sagte: »Das können Sie nur fragen, weil Sie Martha nie gekannt haben. Martha war sehr gern verheiratet, und sie war die geborene Ehefrau. Eine stabile Beziehung zu einem seriösen Mann, das war es, was sie sich immer gewünscht hat. Sie hätte das nie für ein Liebesabenteuer aufs Spiel gesetzt.«

»Vielleicht nicht für ein Liebesabenteuer«, mischte ich mich ein. »Aber vielleicht für die große Liebe? Zwischen Martha und Ihrem Vater – das war vielleicht Liebe, aber es haben sicher viele Vernunftargumente mitgespielt. Wenn nun plötzlich ein Märchenprinz aufgetaucht wäre …«

Nicole dachte einen Moment nach, dann sagte sie: »Martha war nicht auf der Suche nach einem Märchenprinzen, sie war völlig glücklich mit meinem Vater. Sie war keine gute Schauspielerin. Ich hätte sofort gemerkt, wenn da etwas gewesen wäre.«

»Aber ihr plötzlicher Glücksausbruch letzte Woche … Wenn eine Frau, die sonst sehr beherrscht ist, plötzlich andauernd vor sich hinträllert …«, beharrte Silke.

Nicole ließ sich eine Weile Zeit mit der Antwort, dann sagte sie: »Nein, das war es nicht, da bin ich mir sicher. Wir haben nicht über ihr plötzliches Glücksgefühl gesprochen, aber es ging sicher nicht um einen Mann. Wenn es im Laden ruhig war, dann haben wir oft miteinander telefoniert und über unser Gefühlsleben gesprochen, auch über unsere Beziehungen und über Beziehungskrisen. Und die gab es zwischen ihr und meinem Vater immer wieder. Er ist ziemlich selbstbezogen. Wenn sie daran gedacht hätte, meinen Vater zu verlassen, dann hätte sie es mir erzählt. Falls es irgendwo auf dieser Welt einen Märchenprinzen gibt, der für Martha bestimmt war, dann hat sie ihn nie getroffen, und er wird ohne Partnerin sterben.«

Ich hatte nicht den Eindruck, dass Nicole log. Andererseits – viele Menschen täuschen sich darüber, wie gut sie ihre Familienmitglieder kennen. Doch wenn Martha und Nicole so viel miteinander geredet hatten, wusste diese ja vielleicht auch über andere Dinge Bescheid.

»Es gibt da etwas, was Sie vielleicht überraschen wird«, sagte ich. »Martha hat sich ein Verhütungsstäbchen einpflanzen lassen. Das war die Ursache dafür, dass sie kein Kind bekommen hat, nicht die Unfruchtbarkeit Ihres Vaters.«

»Das ist mir bekannt. Martha hat sich mir anvertraut.«

»Warum wollte sie unter keinen Umständen ein Kind?«

»Sie hat mir erzählt, dass sie Angst hatte, ein Kind mit Down-Syndrom zur Welt zu bringen. Sie war immerhin schon fünfunddreißig, als sie meinen Vater geheiratet hat, und er war fünfundfünfzig. Fünfunddreißig – das ist grade so das Grenzalter, ab dem das Risiko ziemlich groß wird. Und das Alter des Vaters spielt auch eine Rolle. Martha wusste, dass sie es nicht übers Herz bringen würde, ein Kind mit einem Gendefekt abzutreiben, aber sie wusste auch, dass es für die Familie sehr schwierig würde, mit so einem Kind umzugehen. Bei uns ist alles auf Erfolg und Effizienz getrimmt. Auch sie selbst hätte Schwierigkeiten gehabt, so ein Kind zu lieben.«

»›Sie hat mir erzählt …‹ Das klingt nicht so, als ob Sie ihr geglaubt hätten.«

»Martha hat nie etwas Genaues gesagt, aber sie hat gelegentlich Andeutungen gemacht. Sie wissen ja schon von Manni. Sie hatte offensichtlich ein Talent dafür, an ungeeigneten Männern hängenzubleiben. Die Partnerschaften, die sie vor Manni hatte, waren auch alle sehr unbefriedigend. Eine davon muss katastrophal gewesen sein. Ich bin mir nicht sicher, aber ich denke, sie wurde von diesem Mann schwanger, und er hat sie dazu gezwungen, das Kind abzutreiben. Ich denke, nach diesem Erlebnis hat sie beschlossen, nie mehr schwanger zu werden.«

Das passte zum Obduktionsergebnis. Nur, dass das Kind nicht abgetrieben worden war, sondern, dass es zur Welt gekommen und vermutlich zur Adoption freigegeben worden war.

»Etwas Näheres über diesen Mann wissen Sie nicht?«

»Nein, Martha hat immer abgeblockt, wenn die Rede auf ihn kam.«

Ich merkte, dass Nicole das Thema unangenehm war. Egal, wie ich fragte, ich würde nichts mehr aus ihr herausbekommen. Ich wechselte das Thema.

»Haben Sie eigentlich öfter Schwierigkeiten mit dem Personal?«

»Wie kommen Sie darauf?« Nicole Österle schien überrascht.

»Ich wohne in einer WG mit einem Medizinerpaar.« Ich nannte die Namen.

»Ach, die«, rief Nicole Österle. »Die hat nie begriffen, wie unser Geschäft funktioniert.«

Ich wartete, ließ sie reden.

»Sie hat hier in unserer Abteilung für fair gehandelte Kleidung aus Naturfasern ausgeholfen. Sie wissen sicher, dass es hier in Tübingen einen bekannten Modeladen gibt, der darauf spezialisiert ist. Es gibt ihn schon über zwanzig Jahre, und er ist der Marktführer für diese Art von Kleidung, die ich übrigens sehr liebe. Wenn wir diesem Laden Konkurrenz machen wollen, dann müssen wir uns den Kundinnen anpassen. Dazu gehört, dass wir nicht zu aufdringlich sind. Unsere Kundinnen sind keine Frauen, die rasch mal einen Rock oder einen Pullover kaufen. Dafür sind die Preise zu hoch. Eine Verkäuferin muss den richtigen Zeitpunkt finden, wann sie zur Kundin hingehen und eine Beratung anbieten soll. Das hat sie nie begriffen. Sie lief immer sofort hin und hat ein paar erlernte Sprüche heruntergeleiert. Sie wusste nicht, wann man noch abwarten muss und wann man aktiv werden soll. Ehrlich gesagt, ich würde nicht zu ihr in die Praxis kommen wollen. Sie agiert viel zu hektisch. Ich hätte Angst, dass sie viel zu rasch mit der chemischen Keule kommt und mir Antibiotika, Kortison, Schmerzmittel und was weiß ich alles noch verschreibt, obwohl die Krankheit vielleicht von alleine vergehen würde.«

»Sie würden also sagen, Sie haben kein generelles Problem mit dem Personal?«

»Es gibt immer wieder Verkäuferinnen, die kein Gefühl für die Kundinnen haben«, meinte Nicole Österle. »Einige, zum Beispiel eben diese Medizinstudentin, begreifen nicht, was ihr Problem ist, und sie reagieren verärgert. Aber, dass sich eine deswegen zu einem Mord hinreißen ließe … Nein, völlig unmöglich.«

Nicole Österle schüttelte vehement den Kopf.

Sobald wir im Kommissariat zurück waren, rief ich im Pathologischen Institut an. Ich hatte Glück. Der Arzt von gestern, der alle duzte, hatte Zeit für mich.

Ich erzählte ihm von Nicoles Vermutung wegen einer Abtreibung.

»Ich kann dir nur sagen, dass es sich um einen Geburtsvorgang gehandelt hat. Ich weiß natürlich nicht, ob das Kind lebend zur Welt kam. Spätabtreibungen werden oft vorgenommen, indem man künstlich einen Geburtsvorgang auslöst. Ich würde allerdings annehmen, dass das Kind schon beinahe lebensfähig war, als es zur Welt kam. Und außerdem: Frühgeburten können auch durch Stress oder durch körperliche Belastungen ausgelöst werden. Falls Martha Österle mit einem gewalttätigen Mann zusammengelebt hat, gibt es viele Möglichkeiten, was mit dem Kind passiert sein könnte.«

»Und du kannst keine davon ausschließen?«

»Spuren von körperlicher Gewalt konnte ich nicht feststellen. Sie hatte keine verheilten Brüche oder Ähnliches. Aber als schlauer Kriminalist weißt du ja sicher, dass es viele Arten von Gewalt gibt.«

Anschließend versuchte ich, Manni anhand der Informationen, die ich von Nicole erhalten hatte, aufzuspüren. Wenn er wegen Anlagebetrugs verurteilt worden war, musste es eigentlich möglich sein, ihn in den Polizeiakten zu finden. Seit einiger Zeit hatte das LKA eine Datenbank, mit der sich solche Recherchen im Handumdrehen machen ließen. Doch ich fand nichts. Keiner der vielen Manfreds, gegen die in den letzten sieben Jahren in Baden-Württemberg wegen Betrugs ermittelt worden war, passte.

Vielleicht hatte er seine Taten in einem anderen Bundesland begangen.

Am späten Nachmittag kam ein Fax aus Salzburg. Silke las es und sagte: »Interessante Info. Der Mann, der damals Alex Österle angegriffen hat, wohnt inzwischen wieder in Reutlingen.«

»Das müsste bei der Anfrage im Einwohnermeldeamt doch herausgekommen sein«, wandte ich ein.

»Er hat inzwischen geheiratet und den Namen seiner Frau angenommen. Er heißt jetzt Dinkelmann. Bei der Anmeldung hier hat er anscheinend seinen Geburtsnamen nicht angegeben.«

»Klingt nach einer absichtlichen Irreführung.«

Silke sagte nichts, werkelte ein paar Minuten an ihrem Computer und verkündete dann: »Der Mann ist polizeibekannt. Wurde ein paar Mal wegen Körperverletzung angezeigt, aber nur einmal verurteilt. Er war anscheinend Türsteher bei einer Bar und ist mit Betrunkenen, die Ärger gemacht haben, nicht gerade sanft umgegangen. Aber das Interessanteste ist: Zwei Wochen, nachdem er wieder nach Reutlingen gezogen ist, wurde die Fensterscheibe bei Österles eingeworfen.«

»Wir müssen mit dem Mann sprechen«, beschloss Hackerle. »Am besten, wir suchen ihn überraschend zu Hause auf.«

»Das wird heute wohl nicht funktionieren«, meinte Silke, nachdem sie nochmals auf ihren Bildschirm gestarrt hatte. »Der Mann ist inzwischen Wirt. Er hat eine Kneipe, die nur abends geöffnet hat.«

Kurz danach kam eine Chat-Nachricht von Hannah:

Hast du Sehnsucht nach deinem
verrückten, verliebten, verheulten, glücklichen,
sexhungrigen Mädchen?

Ja, sehr. Und du?

Auch.

Wann können wir uns wiedersehen?

Sehr bald.

Geht das etwas genauer?

Sobald du mit dem Dienst fertig bist
und an meiner Tür läutest, du Trottel.

Du bist schon da?
Ich hätte dich so gern vom Bahnhof abgeholt.

Ich wollte erst meine Haare waschen
und mein Gesicht mit Aprikosenkernpeeling behandeln.
Ich will nicht schon wieder Beschwerden
über meinen Geruch hören.

Heute würde mir dein Geruch
nicht einmal etwas ausmachen,
wenn du gerade eben in die Jauchegrube
gefallen wärst.

Habe keine Lust, das zu testen.

Gleich im Anschluss:

Hannah 💕💕💕 *Komm jetzt!!!* 🔥🔥🔥

Ich riss mich von der Arbeit los, so rasch ich konnte, und machte mich auf den Weg.

Hannah empfing mich so leidenschaftlich, wie sie per WhatsApp angekündigt hatte.

Über ihren Parisaufenthalt erzählte sie nicht viel.

Sie sagte nur: »Meine Freundin hat mir Mut gemacht. Sie kennt dich nicht, kann sich überhaupt nicht vorstellen, wer du bist, aber sie hat gemerkt, wie verliebt ich bin. Sie ist sich sicher, dass sich mein Herz nicht täuschen kann. Sie hat Vertrauen zu mir und meinen Gefühlen.«

Sie lachte kurz auf. »Mehr Vertrauen, als ich selbst habe.«

»Du kennst den anderen Grund, warum ich in Paris war«, sagte sie anschließend. »Das, was vor sieben Jahren passiert ist, belastet mich immer noch. Die ganzen Bilder von damals kommen wieder in mir hoch, sobald ich daran denke. In Paris war das dauernd der Fall. Bitte akzeptiere, dass ich nicht mit dir darüber reden kann. Es wird noch ziemlich lange dauern, bis ich so weit bin. Ich will nicht wieder in Tränen ausbrechen, wenn ich es versuche.«

Damit war das Thema abgeschlossen.

Ich erzählte Hannah von unseren Ermittlungen, auch wenn es gegen die Vorschriften war. Doch ich wusste, dass ich ihr vertrauen konnte.

Als ich auf Marthas Schwangerschaft zu sprechen kam, hakte sie plötzlich ein.

»Ich denke, ich verstehe, warum sie kein Kind mehr wollte. Bei ihrer Schwangerschaft muss etwas schrecklich schief gegangen sein. Entweder das Kind kam tot zur Welt oder sie wurde schwanger, weil sie vergewaltigt worden ist. Es ist für eine Frau sehr schwer, so etwas zu verarbeiten. Sie hat hinterher einfach nicht mehr den Mut gehabt, noch einmal ein Kind zu bekommen.«

Das entsprach so ziemlich den Vermutungen, die sich mir nach dem Gespräch mit Nicole aufgedrängt hatten. Aber Hannahs Antwort war mir etwas zu rasch gekommen.

»Du redest gerade von dir selbst«, stellte ich fest.

»Ja«, gab Hannah zu. »Damals, als André umgekommen

ist, habe ich auch mein Kind verloren. Ein Wunschkind, von Andrés Familie sehnlichst erwartet. Ich war im sechsten Monat. Die Ärzte sind sich nicht sicher, ob ich noch einmal versuchen soll, ein Kind zu bekommen. Nach dem, was mir passiert ist, ist das Risiko für eine Fehlgeburt ziemlich hoch. Ich glaube, ich würde es nicht ertragen, wenn ich noch einmal ein Kind verliere.«

Ich erwartete, dass Hannah wieder anfangen würde zu weinen, doch sie blieb gefasst.

Sie holte tief Luft. »So, jetzt kennst du mein letztes dunkles Geheimnis«, stieß sie hervor.

»Hast du auch helle Geheimnisse?«

»Das sind die Menschen, die mir geholfen haben, wieder ins Leben zu finden. Lauter großartige Menschen: meine Therapeutin, Frau Bode, ein paar Freundinnen. Allen voran meine Freundin aus Paris. Bitte verzeih, wenn du sie nicht gleich kennenlernen kannst. Aber ich möchte nicht dauernd an meine dunkelste Zeit erinnert werden, wenn ich bei dir bin.«

Es dauerte eine Zeit lang, bis ich einschlafen konnte. Hannahs Verlust und ihr Trauma gingen mir nicht aus dem Kopf. Warum konnte sie nicht darüber sprechen, was damals passiert war? War Andrés gesamte Familie ums Leben gekommen? Oder waren Hannahs Mann und ihr ungeborenes Kind einem Verbrechen zum Opfer gefallen? Und warum war das Kind so sehnlich von Andrés Familie erwartet worden? Hatten Hannah und André einem todkranken Elternteil den Wunsch erfüllen wollen, noch ein Enkelkind zu sehen?

Lauter Fragen, auf die ich keine Antwort hatte. Vielleicht Fragen, über die ich besser nicht nachdachte. Fragen, die mich nur noch mehr belasten würden, wenn ich die Antwort kannte.

Meine Gedanken drehten sich im Kreis, bis ich endlich doch einschlief. Nur wenig später wurde ich unsanft aus dem Schlaf geschreckt, als Hannah mich mit dem Ellenbogen anstieß.

»Ich wollte dich den ganzen Abend was fragen, aber ich habe es vergessen. Jetzt bin ich aufgewacht, mir ist es wieder eingefallen, und ich wollte es nicht noch mal vergessen«, entschuldigte sie sich.

»Worum geht es denn?«, fragte ich schlaftrunken.

»Habt ihr inzwischen mit dem Mädchen gesprochen?«

»Mit welchem Mädchen?«

»Habe ich dir nicht davon erzählt?«

»Ich weiß nicht, wovon du redest.«

»Scheiße«, sagte Hannah. »Ich wollte es dir eigentlich vor meiner Abfahrt erzählen, aber anscheinend habe ich es in der Hektik vergessen. Ich denke, ich weiß, wer damals in der Mordnacht die sechste Person beim Abendessen war.«

Dieses Thema hatten wir ganz aus den Augen verloren.

»Nein, du hast mir nichts gesagt. Wer war es?«

»Die Freundin von Tom.«

»Die Freundin von Tom?«

»Ich habe zuerst nicht daran gedacht, weil ich meinen Eltern gegenüber immer offen sein konnte. Mein Vater war sehr liberal, obwohl er Pfarrer war. Er stammte selbst aus einem Pfarrhaus und wusste, wie sehr seine beiden Schwestern unter der dauernden sozialen Kontrolle gelitten haben. Für ihn war immer klar, dass ich genauso viele Freiheiten haben muss wie die anderen Mädchen in meiner Klasse. Aber auch heute haben viele Eltern noch etwas dagegen, wenn die Tochter bei ihrem Freund übernachtet. Vielleicht hat das Mädchen seinen Eltern erzählt, dass sie über Nacht bei einer Freundin ist, und die Österles wollten sie schützen. Vielleicht ist sie noch minderjährig, dann hätten sie deswegen Schwierigkeiten bekommen können.«

»Bist du dir sicher?«

»Frau Österle hat uns ja praktisch mit der Nase darauf gestoßen.«

»Verstehe ich nicht.«

»Sie hat gesagt, Tom ist ein Filou wie sein Vater. Warum sie ihren Ex-Mann als Filou bezeichnet hat, ist wohl klar.«

»Du hast recht – natürlich. Ich habe auch nicht daran gedacht. Meine erste Freundin hatte auch ein ziemlich liberales Elternhaus.«

»Deine erste Freundin – das war diese andere Pfarrerstochter?«

»Ja.«

Hannah lachte los. Lang, laut und melodisch. Das schönste Geräusch, das ich an diesem Tag gehört hatte. »Anscheinend fällst du immer wieder auf die gleiche Sorte Frauen herein«, meinte sie.

»Anscheinend.«

»Ich werde alles tun, damit sich das nicht ändert.«

Es dauerte eine Weile, bis ich begriff, wie sie das gemeint hatte. Dann dämmerte ich wieder in den Schlaf hinüber.

FREITAG

Das Aufwachen am Freitag verlief nach dem schon bekannten Drehbuch. Wir erwachten in unserer üblichen Stellung. Hannah verkündete, wie schön es sei, so mit mir aufzuwachen. Ich lobte den Geruch ihrer Haare und sie behauptete, sie habe sie mit Arganöl-Shampoo gewaschen. Keinem von uns fiel eine dumme Bemerkung ein, doch das störte uns an diesem Morgen nicht.

Als wir beim Frühstück saßen, überraschte mich Hannah mit einem Vorschlag.

»Könnten wir das ganze Wochenende miteinander verbringen?«

»Solange der Fall nicht abgeschlossen ist, werde ich wohl keine freien Samstage haben«, wandte ich ein.

»Aber falls nichts Außergewöhnliches passiert, musst du sicher nicht bis spät in die Nacht arbeiten.«

»Das stimmt allerdings. Ich denke, ich kann mich einigermaßen rasch loseisen. Sollen wir anschließend einen Ausflug mit meinem Oldtimer machen?«

»Ich habe eigentlich gedacht, dass wir uns ein ganz normales gemütliches Wochenende machen, ohne viel Programm. Wir könnten ins Kino gehen und ein paar schöne Spaziergänge machen. Der Schnee soll ja bis Sonntag liegenbleiben.«

Sie wechselte das Thema: »Kannst du kochen?«

»Ich schneide gern Gemüse«, bot ich als Kompromiss an.

»Das passt«, meinte Hannah. »Mit meinen Kochkünsten ist es auch nicht weit her, aber ich kann einen guten Pizzateig machen. Wir könnten am Samstagabend eine Gemüsepizza backen und Regine dazu einladen. Oder ist Fleisch für dich wichtig?«

»Ich bin kein Vegetarier, aber wenn Fleisch plötzlich verboten würde, könnte ich damit leben«, erklärte ich.

»Ebenso«, sagte Hannah. »Dann ist es wohl abgemacht.«

An diesem Morgen war Schmal bester Laune.

»Ein Hauptkommissar Bittermann vom LKA hat sich mit mir in Verbindung gesetzt«, verkündete er mit triumphierender Stimme. »Seine Abteilung beobachtet mit Sorge, wie ein Unterweltsboss aus einem anderen EU-Land seine Aktivitäten in die ländlichen Gebiete Schwabens verlagern will. Reutlingen steht ganz oben auf seiner Liste.«

Schmals geschraubte Sprache bedeutete wohl, dass Bittermann ihn noch nicht eingeweiht hatte, worum es eigentlich ging.

Ich schaute Ebner an. Er sah genauso ratlos aus wie wir alle. Ganz offensichtlich hatte das LKA angefangen, in seinem Gebiet zu ermitteln, ohne ihn zu informieren. Das war eine sehr schlechte Nachricht. Viele meiner Kollegen fürchteten, dass die Polizeistrukturreform nur ein Anfang war, dass einige Leute in Stuttgart versuchen würden, noch mehr Kompetenzen der Polizei vor Ort an sich zu ziehen. Ihre Angst war anscheinend nur allzu begründet. Eine gute Nachricht für alle Karrieristen im LKA und für alle Ganoven. Falls es da überhaupt einen Unterschied gab.

»Ich werde heute in Stuttgart ein persönliches Gespräch mit Hauptkommissar Bittermann führen, um die Verbindungen zu unserem Fall und das weitere Vorgehen abzuklären«, berichtete Schmal weiter.

Bittermann hatte Schmal also zu sich zitiert und versuchte, an Ebner vorbei das weitere Vorgehen festzulegen. Schmal fühlte sich geehrt, hoffte, dass die Zusammenarbeit mit dem LKA ihn in Stuttgart bekannt machen würde, sodass er bessere Chancen hatte, dorthin versetzt zu werden. Ein Wichtigtuer in Esslingen weniger – für uns wäre es eine Erleichterung gewesen. Auf einen Wichtigtuer mehr in Stuttgart kam es nicht an. Es gab jetzt schon genug von ihnen. Dass Schmal ein gefährliches Spiel spielte, verstand er wohl selbst nicht. Ebner konnte Schmals Eigenmächtigkeit mit einer schlechten Beurteilung bestrafen, die seiner Karriere schaden würde. Aber vielleicht würde Ebner ja auch die Gelegenheit wahrnehmen, um den dauernden Quertreiber wegzuloben.

Inzwischen war der Leichnam von Martha Österle freigegeben worden. Die Beerdigung war für den heutigen Nachmittag angesetzt. Martha Österles Schwester war bereits tags zuvor angereist. Wir hatten sie für den Vormittag ins Kommissariat vorgeladen.

Katja Schnoor – so war ihr Name – war deutlich älter als Martha, vermutlich Mitte vierzig. Ansonsten glich sie ihrer Schwester sehr. Auch sie war eine Schönheit, der das Alter nicht viel anhaben konnte, und wie Martha hatte sie sich ihre jugendliche Figur bewahrt.

Eigentlich wäre Unglert der richtige Mann für diese Zeugenbefragung gewesen. Bekanntlich konnte er erstaunlich gut beurteilen, ob jemand die Wahrheit sprach. Doch hier ging es um ein Frauenthema und wir mussten fürchten, dass seine plumpe Art die Zeugin verschrecken könnte.

Mit etwas Bauchgrimmen beschloss Hackerle, dass Unglert trotzdem bei der Befragung dabei sein würde, dass allerdings Silke das Reden übernehmen sollte.

Hackerle selbst und ich beobachteten den Raum über eine Kamera.

Silke befragte die Zeugin sofort nach Martha Österles Schwangerschaft.

»Ich habe mir schon gedacht, dass Sie das fragen würden«, sagte Marthas Schwester. »Ich nehme an, man hat bei der Autopsie festgestellt, dass Martha schon einmal geboren hat.«

»Ja«, gab Silke zurück. »Und wir gehen davon aus, dass Sie wissen, was damals geschehen ist.«

»Das stimmt«, sagte die Schnoor. »Ich bin die Einzige, die davon wissen durfte.«

Sie fing an zu berichten.

»Vermutlich haben die Österles Ihnen erzählt, dass Martha nach Abschluss ihrer Ausbildung eine Weltreise mit einer Freundin unternommen hat. Das ist das, was unsere Eltern wissen durften, und es ist auch wahr, mit zwei Abweichungen. Die Weltreise war vorzeitig zu Ende. In Thailand haben Martha und ihre Freundin sich einer Aussteigerkommune angeschlossen. Die beiden hatten das von Anfang an so geplant. Und sie waren nicht zu zweit, sondern zu dritt. Es war noch ein Mann mit von der Partie. Ich habe ihn einmal gesehen und fand ihn total unsympathisch. Ein selbstgefälliger Schönling, sportlich, lässig, hielt sich für ultracool. Aber Martha und ihre Freundin waren in ihn verknallt und haben versucht, sich gegenseitig auszustechen. Natürlich hat er die Situation ausgenutzt. Nach ein paar Monaten hatte Martha eine schreckliche Idee: Sie beschloss, schwanger zu werden und hat aufgehört zu verhüten. Sie dachte, dass sie ihn so endgültig an sich binden könnte. Aber es kam genau umgekehrt. Martha vertrug die Schwangerschaft schlecht, wurde launisch und unförmig, und bald war sie bei dem Kerl ganz abgeschrieben. Nach der Geburt war sie total verzweifelt. Sie hasste die Aussteigerkommune, das primitive Leben dort, die mangelnde Hygiene und diesen Mann. Sie redete mit ihrer Freundin. Die versprach ihr, sich um das Kind zu kümmern. Sie würde es sogar als ihr eigenes ausgeben. Also verließ Martha bei Nacht und Nebel die Kommune, ließ ihren Sohn bei ihrer Freundin und ihrem Ex-Lover zurück und begann ein neues Leben. Unsere Eltern haben bis zu ihrem Tod nichts erfahren.«

»Und sie hat nie wieder etwas von ihrem Kind gehört?«, fragte Silke entsetzt.

»Ihre Freundin hat ihr noch ein paar Mal ein Bild geschickt, bei jedem Geburtstag, aber nach ein paar Jahren hörten die Briefe auf. Martha hat vermutet, dass die Freundin und ihr Lover nach Deutschland zurückgekehrt sind und ein bürgerliches Leben angefangen haben. Aber sie hat nie herausgefunden, wo. Einmal hat sie eine Anfrage beim Einwohnermeldeamt von Hamburg gestartet. Dort wohnen sie jedenfalls nicht.«

»Die Namen der Freundin und des Lovers?«, fragte Silke.

»Die Freundin hieß Karin. Der Nachname – sie hat während der Ausbildung im selben Modehaus gearbeitet wie Martha. Vielleicht können Sie den Namen auf diese Weise herausfinden. Der Lover hieß Fred.«

Die Zeugin konnte sich nicht erklären, wieso Silke plötzlich anfing zu grinsen.

»Der Sohn?«

»In ihren Briefen nannte die Freundin ihn Sonny, aber ich weiß nicht, ob er unter diesem Namen beim Standesamt eingetragen wurde.«

Nachdem Marthas Schwester gegangen war, fragte Hackerle als erstes Fred Unglert nach seinem Eindruck.

»Der Anfang der Geschichte war wahr«, befand der. »Da hat sie nicht gelogen. Aber am Ende – da stimmt was nicht. Sie weiß mehr über die Sache, als sie zugegeben hat. Sehr viel mehr.«

Falls sich der Verdacht gegen Manni nicht erhärtete, würde uns wohl nichts anderes übrigbleiben, als nach Marthas Sohn und dessen Stiefmutter zu suchen. Mit dem Bisschen an Informationen, das wir hatten, würde es sehr schwierig werden. Vermutlich hatte es wenig Sinn, die Schwester noch einmal vorzuladen. Sie hatte sich auf ihre Story versteift und würde nicht davon abgehen.

Wegen Manni konnten wir vorerst nichts unternehmen, doch immerhin konnten wir Josef Dinkelmann befragen, den Mann, der Alex Österle angegriffen hatte. Es war jetzt später Vormittag – genau der richtige Zeitpunkt für einen Überraschungsbesuch bei einem Kneipenwirt, dessen Lokal abends um fünf öffnete und erst um ein Uhr früh schloss. Dinkelmann wohnte in einem nicht mehr ganz taufrischen Mehrfamilienhaus in einem Außenbezirk von Reutlingen. Silke und ich fuhren hin.

Wie erhofft, war unsere Zielperson zu Hause und saß gerade beim Frühstück – allein. Dass Alex Österle Angst vor ihm gehabt hatte, war verständlich. Dinkelmann hatte einen beeindruckenden Brustumfang und mächtige Muskeln. Da er ein kurzärmliges T-Shirt trug, sahen wir, dass die Oberarme mit Grusel-Tattoos bedeckt waren. Allerdings hatte er auch einen ziemlichen Bierbauch.

»Ich kann mir nicht vorstellen, wieso die Polizei sich für mich interessiert«, sagte er zur Begrüßung.

»Sie haben vor drei Jahren Herrn Alex Österle tätlich angegriffen.«

Dinkelmann wurde sofort wütend.

»Wer behauptet so was?«, brüllte er. »Ich habe ihn kurz angehalten, als er in sein Geschäft gehen wollte, und ihm die Meinung gesagt. Vielleicht habe ich ihn auch kurz am Kragen gepackt. Aber das war's. Wenn ich wirklich zur Sache gegangen wäre, dann hätte er hinterher anders ausgesehen.«

Das hatten die Österles nicht so gesehen. Aber vielleicht hatte sie der Vorfall nur wegen Dinkelmanns enormer physischer Präsenz so erschreckt.

»Neulich wurde im Laden der Österles eine Fensterscheibe eingeworfen – in einem Nebengebäude. In dem Haus, um das Ihr Streit mit den Österles ging«, sagte ich. Vom Mord an Martha Österle wollte ich noch nicht sprechen.

»Und was soll ich damit zu tun haben?«

Er sprang auf und rückte mir so dicht auf die Pelle, dass sein Körpergeruch mir unangenehm in die Nase stieg. Ganz offensichtlich hatte er noch nicht geduscht. Ich sah, wie Silkes Hand an die versteckte Tasche ging, in der sie ihre Dienstpistole trug.

»Hören Sie zu«, blaffte Dinkelmann. »Wenn ich mich immer noch rächen wollte, weil man mich um mein Erbe betrogen hat, würde ich eine ganz andere Fensterscheibe einwerfen. Es waren nämlich nicht die Österles, sondern meine Schwester und ihr neunmalkluger Mann, mein Schwager. Sie haben sich im Grundbuch ein Wohnrecht für den ganzen ersten Stock eintragen lassen. Unter diesen Bedingungen ist das Haus kaum etwas wert. Als sie das Haus gekauft haben, mussten die Österles sich auch noch verpflichten, das Dach zu renovieren und die Isolierung zu verbessern, damit es meinem lieben Herrn Schwager nicht zu kalt wird.«

Ich wusste nichts zu sagen, aber Silke kannte sich offensichtlich mit der Materie aus: »Das ist doch eine Schenkung, die die Erbmasse schmälert. Dagegen hätten Sie gerichtlich vorgehen können.«

»Mein Schwager ist schlau. Meine Schwester hat meinen Vater in den letzten Jahren gepflegt. Das Wohnrecht soll der Ausgleich für diese Leistungen sein. Dabei ging es meinem Vater gar nicht so schlecht. Aber bei seinem Hausarzt und dem Gutachter hat er es so hingedreht, dass er schwer pflegebedürftig ist. Das konnte ich nicht widerlegen.«

Er schlug ein paar Mal mit der flachen Hand auf den Tisch, offensichtlich ein Versuch, seine Aggressionen im Zaum zu halten.

»Mein Vater hat mich praktisch zugunsten meines Schwagers enterbt«, fauchte er. »Darum habe ich auch den Namen meiner Frau angenommen. Ich wollte seinen Namen nicht mehr tragen.«

Als wir nach dem ergebnislosen Besuch bei Dinkelmann wieder im Kommissariat waren, sah Silke sich die Anzeige der Österles wegen des Steinwurfs noch einmal an. Ein Foto des kaputten Fensters lag bei. Wie man an den Rissen erkennen konnte, hatte der Stein das Fenster nahe der Oberkante getroffen – eine sehr unübliche Methode, um eine Scheibe einzuwerfen. Doch falls der Täter versucht hatte, eine Scheibe im ersten Stock einzuwerfen und sich bei der Flugbahn etwas verschätzt hatte, dann war ein Treffer an dieser Stelle sehr plausibel.

»Allerdings vorher wurde schon einmal versucht, diese Fensterscheibe einzuwerfen«, meinte Silke. »Da war Dinkelmann noch in Salzburg.«

Die Beerdigung von Martha Österle fand in Kirchentellinsfurt statt. Die Zahl der Neugierigen hielt sich in Grenzen. Der Friedhof war trotzdem brechend voll, denn es waren praktisch alle Angestellten der Österleschen Modeläden erschienen.

Hackerle, Unglert und ich standen ganz offiziell bei den Trauernden. Kaum einer der Trauergäste beachtete Silke Maurer, die sich unter die Reporter der Lokalpresse gemischt hatte, um die Anwesenden zu fotografieren.

Von der Schmal-Truppe war niemand zu sehen. Anscheinend hielt ihr Herr und Meister sich und seine Besprechung beim LKA für so wichtig, dass er völlig vergessen hatte, seinen Mitarbeitern Aufträge zu erteilen.

Alex Österle wirkte sehr mitgenommen. Er ging gebückt und langsam, sprach nur gedämpft und leise. Die meiste Zeit stützte er sich auf den Arm seiner Ex-Frau, die deutlich gefasster war. Auch Gerd und Nicole Österle wirkten einigermaßen gefasst. Kevin Lauber, der Verlobte von Nicole, sah etwas bedrückt, aber nicht sonderlich traurig aus. Tom war der Einzige, der seine Tränen nicht zurückhalten konnte. Während der Rede des Pfarrers weinte er unablässig.

Katja Schnoor, Marthas Schwester, sah ebenfalls aus, als ob ihr Marthas Tod sehr zu Herzen ginge. Sie war allein angereist. Das war etwas überraschend, da sie verheiratet war und einen Sohn und eine Tochter hatte. Vielleicht hatte es zwischen den beiden Familien Spannungen gegeben.

Unerwartete Besucher fielen uns nicht auf. Unsere Hoffnung, dass Manni, Marthas Ex-Freund, auftauchen würde, erfüllte sich nicht.

Nach dem Ende der Zeremonie strömten die Menschen sofort auseinander. Ein Leichenschmaus war nicht vorgesehen.

Hauptkommissar Hackerle nutzte die Gelegenheit, um Alex Österle beiseitezunehmen. Er berichtete, dass Marthas Ex-Freund am Abend vor dem Mord im Brautmodenhaus gesehen worden war.

»Ja, Nicole hat mir schon davon erzählt«, meinte Alex

Österle. »Aber ich weiß kaum etwas über ihn. Martha hat erzählt, dass er gelegentlich ins Modehaus kam und sie um Unterstützung anbettelte. Sie konnte kaum mit ansehen, wie er sich in der letzten Zeit gehen ließ. Sie hat öfters erwähnt, dass sie ihm gerne mehr helfen möchte. Ich muss zugeben, das Thema war mir immer peinlich, und ich habe nie genau zugehört.«

»Es wäre ungemein hilfreich, wenn wir seinen vollständigen Namen kennen würden«, meinte Hackerle.

»Ich weiß«, sagte Alex Österle. »Ich habe mir die Frage noch mal durch den Kopf gehen lassen, aber ich bin mir nicht einmal mehr sicher, ob ich ihn überhaupt jemals gehört habe. Martha hat ihn immer nur Manni genannt. Und Sie haben ja schon bei Nicole nachgefragt. Über solche Dinge hat Martha noch am ehesten mit ihr geredet. Wenn Nicole sich nicht erinnern kann …«

»Ein Foto von Manni würde uns vielleicht auch weiterhelfen«, sagte ich.

»Martha hat ein paar alte Fotoalben. Ich kann sie durchsehen. Aber viel Hoffnung habe ich nicht. Martha hat nicht viel fotografiert«, meinte Alex Österle.

»Ihre Tochter hält es für unmöglich, dass Manni etwas mit dem Mord zu tun haben könnte. Was denken Sie?«, fragte Hackerle.

»Ich habe ihn praktisch gar nicht gekannt. Ich glaube, er war einmal auf einer Betriebsfeier mit dabei, als er noch mit Martha zusammen war. Nach dem, was Martha mir über ihn erzählt hat, hat Nicole wohl recht. Manni war viel zu weich.«

Nun war es Zeit für meine Attacke.

»Warum haben Sie uns verheimlicht, dass Toms Freundin bei Ihnen zum Abendessen war, als Martha ermordet wurde?«, fragte ich.

Eigentlich hatte ich Alex Österle angesehen, doch seine Ex-Frau antwortete.

»Wir hätten uns eigentlich denken sollen, dass man vor der Polizei nichts verheimlichen kann«, meinte sie. Sie schien amüsiert, wurde dann aber sofort wieder ernst.

»Ich hoffe, Sie verstehen, warum wir Ihnen das am Abend des Mordes verschwiegen haben. Wir mussten Tom die Nachricht schonend beibringen. Wenn er noch am gleichen Abend erfahren hätte, dass Martha ermordet wurde, während seine Freundin bei ihm war, hätte er sich schrecklich schuldig gefühlt.«

»Wer ist das Mädchen?«

»Eine Klassenkameradin aus dem AEG.«

»AEG?«

»Das Albert-Einstein-Gymnasium in Reutlingen«, erklärte Frau Österle. »Hören Sie, ist es nötig, dass Sie mit ihr sprechen?«

»Wo ist die Schwierigkeit?«

»Ihre Eltern gehören irgendeinem frommen evangelischen Zirkel an. Sie haben zwar akzeptiert, dass ihre Tochter mit Tom zusammen ist, aber sie möchten nicht, dass allgemein bekannt wird, dass sie bei ihm übernachten darf.«

»Dass wir mit ihr reden müssen, lässt sich nicht vermeiden«, sagte ich. »Aber wenn sich kein Zusammenhang mit dem Mordanschlag auf Martha ergibt, werden wir die Sache selbstverständlich vertraulich behandeln. War sie denn auf der Beerdigung? Uns ist niemand aufgefallen.«

»Wir haben zusammen mit ihren Eltern beschlossen, dass sie besser nicht teilnimmt.«

Gleich nach dem Gespräch mit den Österles fuhren Hackerle und Unglert nach Tübingen zurück. Silke und ich beschlossen, noch bei Toms Freundin vorbeizuschauen. Glücklicherweise waren Hackerle und Unglert in einem anderen Dienstwagen gekommen, sodass sie sofort zurückfahren konnten. Hackerle ließ sich genauso gern kutschieren wie ich.

Gerade als wir einsteigen wollten, sah ich, dass Herr Bauschert, der ältere Angestellte aus dem Brautmodenhaus, mit dem wir schon mehrmals gesprochen hatten, immer noch vor dem Friedhof stand.

»Mein Sohn hat vor ein paar Monaten den Führerschein gemacht, und seitdem fährt er andauernd mit meinem Auto«, klagte er. »Er wollte mich eigentlich hier abholen, aber ich weiß nicht, wo er bleibt.«

»Wo müssen Sie denn hin?«, fragte Silke.

»Ich wohne in Betzingen«, sagte er. Das war nur ein kleiner Umweg für uns.

»Wir nehmen Sie mit«, bot Silke an.

Auf der Rückfahrt fuhr sie geradezu nervenaufreibend langsam. Bauschert merkte nichts von dem Schneckentempo, und so hatte ich genügend Zeit, noch ein bisschen mit ihm zu reden.

»Ich nehme an, dieser Manni war ziemlich lästig für Sie alle?«, fragte ich.

»Es ging«, meinte Herr Bauschert. »Ich habe schon gesagt, dass Frau Österle ihm gegenüber etwas zu gutmütig war. Jemand wie er passt einfach nicht in ein elegantes Modehaus. Wenn er ihr schon leidtat, hätte sie ihm das Geld ja auch per Post schicken können.«

»Und sonst hatte Martha Österle keine familiären Probleme?«, fragte ich. »Nicht einmal mit Frau Christine Österle?«

Bauschert tat erstaunt: »Warum hätte Martha Ärger mit Christine haben sollen? Wegen dieser alten Geschichte?«

Bauschert schien die drei Jahre zurückliegende Scheidung und die sofortige Wiederverheiratung von Alex Österle schon beinahe vergessen zu haben. Interessant war auch, dass er die ältere Frau Österle einfach »Christine« nannte. Er arbeitete offensichtlich schon sehr lange für die Österles, war vielleicht von Anfang an dabei gewesen.

Bauschert fuhr fort: »Nein, mit jemandem aus der Familie hatte Martha Österle nie Schwierigkeiten.«

Diese Formulierung ließ mich aufhorchen. »Es gab also doch jemanden, mit dem sie Streit hatte?«, fragte ich.

»Es gab einmal einen üblen Streit mit Kevin Lauber, dem Verlobten von Nicole«, sagte Bauschert.

»Worum ging es dabei?«

»Ich weiß es nicht. Jedenfalls kam Martha eines Morgens total aufgelöst zur Arbeit. Sie hatte geheult, man sah es ihr deutlich an. Als ich sie fragte, was los sei, hat sie mich angefahren. Sie hat nie etwas über ihre Familienangelegenheiten erzählt. Aber es war Kevin Lauber, der sie hergefahren hat. Er muss etwas gesagt oder getan haben, was sie aus der Fassung gebracht hat. Sie hatte sich sonst immer völlig im Griff.«

»Wann war das?«

»Letztes Jahr, ich glaube, Ende Sommer oder Anfang Herbst.«

»Und wie ist die Sache weitergegangen?«

»Ich habe nie wieder davon gehört.«

Tom Österles Freundin wohnte bei ihren Eltern in Gomaringen. Ihr Haus befand sich in einem Wohnviertel, das wohl irgendwann in den achtziger oder neunziger Jahren des letzten Jahrhunderts entstanden war. Die Anlage war typisch: alle Häuser weiß, die meisten mit Terrasse und Balkon, gepflegte Gärten. Ein Ensemble, das genauso gut in nahezu jeder anderen Zehntausend-Einwohner-Gemeinde in Deutschland hätte stehen können. Schönes Wohnen, aber etwas langweilig.

Als ich Hannah später von meinem Besuch erzählte, fing sie an zu lachen und sagte: »Ich weiß, was du meinst. Fifty Shades of White. So nenne ich derartige Wohnlagen, seit meine Eltern auch in eine solche Gegend gezogen sind.«

Der Vater von Toms Freundin empfing uns sehr reserviert. »Ich habe befürchtet, dass Sie eines Tages auf uns zukommen würden«, sagte er. »Das ist eine etwas unangenehme Lage für mich. Ich bin Mitglied in verschiedenen pietistischen Vereinen. Vor allem bin ich ehrenamtlich für die Apis tätig, eine altpietistische Vereinigung. Gerade hier in Gomaringen sind einige unserer Mitglieder sehr konservativ. Sie würden es nicht verstehen, dass ich meine siebzehnjährige Tochter bei ihrem Freund übernachten lasse, einem wenig religiösen Katholiken dazu.«

Silke fühlte sich mit diesem Mann unwohl, das war ihr anzumerken. »Wenn Sie es ihr erlaubt haben, warum können Sie nicht dazu stehen?«, fragte sie.

»Es hat eine Zeit gedauert, bis ich mich zu meiner jetzigen Haltung durchringen konnte. Ich kann das nicht von allen meinen Mitbrüdern und Mitschwestern verlangen. Aber ich habe gelernt, dass es nötig ist, dass ich meiner Tochter Freiräume gebe, auch wenn ich nicht ganz von dem überzeugt bin, was sie tut. Ich denke, dass sie bei diesem jungen Mann ganz gut aufgehoben ist – jedenfalls besser als bei manchem anderen, der es bei ihr versucht hat.«

»Das klingt, als hätte es einmal Ärger gegeben?«, mischte ich mich ein.

»Ärger ist zu viel gesagt. Letztes Jahr wurde sie ein

paar Mal auf ziemlich plumpe Weise von einem Jungen angemacht. Es war ihr äußerst unangenehm. Als Tom ihr anschließend den Hof gemacht hat, war sie sehr glücklich. Ich war sofort mit ihm einverstanden. Er stammt aus einer angesehenen Familie, er weiß sich zu benehmen, und man merkt sofort, dass er ein verantwortungsbewusster junger Mann ist. Und er kann damit umgehen, dass Religion für sie eine sehr viel tiefere Bedeutung hat als für ihn selbst.«

Der letzte Satz bedeutete wohl, dass er hoffte, er könnte Tom missionieren.

»Es tut mir leid, aber wir müssen selbst mit Ihrer Tochter sprechen«, beharrte Silke.

»Bitte lügen Sie nicht«, sagte der Vater. »Es tut Ihnen nicht leid. Die Liebe zur Wahrhaftigkeit sollte uns wichtiger sein als ein bisschen Höflichkeit. Vor allem, wenn wir alle wissen, dass es nur eine Floskel ist.«

Einen Moment lang sah es so aus, als wolle Silke auf ihn losgehen, doch dann beherrschte sie sich.

Der Vater bestand darauf, dass er beim Gespräch mit seiner Tochter dabei sein durfte.

Obwohl Toms Freundin sehr zurückhaltend gekleidet war – so wie man sich eine Pietistin naiverweise vorstellt – wirkte sie durchaus hübsch. Sie bestätigte im Wesentlichen die Angaben der Österles. Man fühlte, wie peinlich es für sie war, dass sie mit ihrem Freund zusammen gewesen war, während seine Stiefmutter ermordet wurde. Ganz offensichtlich fühlte sie sich deshalb schuldig. Schließlich musste der Vater eingreifen und seine Tochter beruhigen. Die unaufgeregte Art und Weise, wie er es tat, nahm mich dann doch für den Mann ein.

Nach dem Gespräch mit Toms Freundin war es noch etwas zu früh für den Feierabend.

»Wir sollten bei diesem Kevin Lauber vorbeischauen,

dem Verlobten von Nicole Österle«, schlug Silke vor. »Dieser Streit mit Martha – wir müssen wissen, was dahintersteckt. Außerdem ist er der Einzige, der durch Marthas Tod einen unmittelbaren Vorteil hat.«

»Wie meinst du das?«

»Die Österles hatten vorgesehen, dass die Firmenleitung nach ihrem Ausscheiden durch eine Art Triumvirat geführt werden soll: Tom, Nicole und Martha. Wenn sie weiterhin an diesem Plan festhalten, ist Lauber der offensichtliche Kandidat für Marthas Nachfolge.«

Kevin Lauber arbeitete im Stammgeschäft der Familie in Reutlingen. Anscheinend war er sofort nach der Beerdigung gleich wieder an seinen Arbeitsplatz gegangen.

Wir fanden ihn in einem Büro hinter den Verkaufsräumen. Der Raum war nicht gerade groß, doch anscheinend wurde das ganze Geschäftsimperium der Österles von dort aus geleitet. Statussymbole waren dieser Familie fremd.

Kevin Lauber war über unser Kommen sehr überrascht.

»Worum geht es eigentlich?«, fragte er ungehalten.

»Wir haben gehört, dass es zwischen Ihnen und Martha Österle einen schweren Streit gegeben haben soll«, sagte ich.

»Wer behauptet das?« Lauber schien wirklich überrascht.

Ich zögerte einen Moment. Wir mussten vermeiden, dass unnötigerweise böses Blut zwischen Lauber und Bauschert entstand.

»Als Sie Martha Österle zum Brautmodenhaus gebracht haben, stieg sie einmal weinend aus Ihrem Wagen«, sagte ich vorsichtig. »Sie wurde dabei beobachtet. Sie wirkte auch danach sehr bedrückt.«

Kevin Lauber verstand meine Andeutung sofort. »Ohne Zweifel Bauschert, der alte Wichtigtuer«, sagte er spontan. »Keine Ahnung, was er gesehen haben will.«

Kevin Lauber schaute mehrmals zwischen Silke und mir hin und her, dann setzte er zu einem Monolog an.

»Hören Sie zu, es wäre mir nie eingefallen, einen Streit mit Martha anzuzetteln. Die Österles unterscheiden sehr genau zwischen den Leuten, die zur Familie gehören und denen, die nicht dazugehören. Martha hat dazugehört, ich gehöre noch nicht ganz dazu. Die Verlobung mit Nicole Österle ist die große Chance in meinem Leben. Ich habe die Mittlere Reife gemacht und anschließend Textilverkäufer gelernt. Ich bin tüchtig und fleißig, aber das Höchste, was ich in meinem Leben normalerweise erreichen könnte, wäre, dass ich irgendwann in meinen Vierzigern Filialleiter in einem kleinen Modehaus werde. Ich würde nie die Chance meines Lebens dadurch gefährden, dass ich Streit mit einem Familienmitglied der Österles anfange. Vor allem nicht mit Martha. Sie hat sich immer für mich eingesetzt. Nicole war sich lange Zeit nicht sicher, aber Martha fand mich auf Anhieb sympathisch und hat gesagt, dass ich zur Familie passe.«

Wenn Kevin Lauber die Chance seines Lebens darin sah, dass er für immer unter dem Pantoffel einer ebenso wohlhabenden wie eigenwilligen Familie stehen würde, wollten wir ihm nicht dreinreden.

»Aber es muss doch etwas gegeben haben, weshalb Martha in Tränen ausgebrochen ist«, beharrte ich.

»Martha war sehr sensibel«, behauptete Kevin Lauber. »Ich denke, dass es etwas in ihrem Leben gegeben haben muss, das komplett schiefgelaufen ist. Deshalb hat sie immer mitgelitten, wenn sie Menschen gesehen hat, die in Schwierigkeiten sind.«

Seit dem Gespräch mit Marthas Schwester wussten wir in etwa, was damals so schiefgelaufen war.

Vielleicht wusste Lauber ja mehr über das Thema.

»Haben Sie eine Idee, was in Marthas Leben danebengegangen ist?«, fragte ich.

»Ich habe überhaupt keine Ahnung. Nicole hatte in der Familie das engste Verhältnis zu Martha, und auch sie weiß nichts. Ich habe ein paar Mal mit ihr darüber gesprochen.«

Kevin Lauber musste meinen skeptischen Blick bemerkt haben.

»Auch wenn ich nicht so aussehe: Ich weiß, wie ich mich gegen Nicole durchsetzen kann. Wenn sie etwas wüsste, hätte sie es mir erzählt.«

»Noch einmal zu Marthas Tränenausbruch«, sagte ich. »An den konkreten Anlass können Sie sich nicht erinnern?«

»Wann soll das denn passiert sein?«

»Irgendwann im Spätsommer oder im Frühherbst letztes Jahr.«

»Da war ich noch nicht lange mit Nicole zusammen. Wir haben uns erst später verlobt. Ein Streit zwischen Martha und mir hätte das Aus für unsere Beziehung bedeutet.«

Plötzlich schien ihm eine Idee zu kommen.

»Die Begegnung mit Manni – das war's. Da hat sie angefangen zu weinen.« Kevin Lauber erzählte sofort weiter, ohne auf eine Zwischenfrage zu warten. »An dem Tag hatte Martha früh im Stammgeschäft der Österles zu tun, und da ich ohnehin mit dem Auto unterwegs war, habe ich sie nach Metzingen gefahren. Sie hat vor dem Haus auf mich gewartet, und da ist ihr Manni über den Weg gelaufen, ihr Ex-Freund. Er war total heruntergekommen und hat sie angebettelt. Er war so betrunken, dass er sie nicht einmal mehr erkannt hat. Sie hat sofort angefangen zu weinen. Während der Fahrt hat sie sich eine Zeit lang zusammengenommen. Aber ich kann mir gut vorstellen, dass sie beim Aussteigen gleich wieder losgeheult hat.«

Wieder dieser Manni. Wir mussten ihn unbedingt finden. Falls Kevin Lauber nicht gelogen hatte.

Während der Rückfahrt verständigten wir uns, dass Lauber als Täter nicht infrage kam. Den Mord konnte er nicht selbst begangen haben, schließlich hatten alle Familienmitglieder sein Alibi bestätigt. Und dass dieser angepasste, ängstliche Typ einen Auftragsmörder engagiert hatte, schien uns extrem unwahrscheinlich.

»Ich setze trotzdem mal Fred auf ihn an«, beschloss Silke. »Vielleicht findet er ja was. Er stochert doch so gern in den Privatangelegenheiten anderer Leute herum.«

Der Abend verlief ungewohnt einsam. Hannah und ich hatten vereinbart, dass wir uns erst am Samstag wiedersehen würden. Nach dem ersten der beiden Freitagskrimis im Zweiten hielt ich es nicht mehr aus. Ich rief an.

»Ich dachte schon, du meldest dich gar nicht mehr«, sagte Hannah.

Unser Gespräch dauerte nur eine Viertelstunde, aber hinterher fühlten wir uns beide besser. Es war schön zu wissen, dass keiner von uns beiden Fluchtgedanken hatte.

SAMSTAG

Am Samstagvormittag verzichteten wir auf die übliche Morgenbesprechung. Zu viele Leute fehlten. Sogar einige aus der Schmal-Truppe hatten sich freigenommen, Unglert sowieso.

Silke und ich versuchten, anhand der wenigen Informationen, die wir von Marthas Schwester erhalten hatten, die Freundin und den Ex-Lover von Martha aufzuspüren, doch wir kamen nicht voran.

Ein Anruf von Alex Österle unterbrach unsere frustrierende Tätigkeit.

»Sie suchen doch nach einem Foto von Manni?«, fragte er. »Nicole und ich haben gestern Abend Marthas alte Fotoalben durchgeblättert. Wir haben nur ein Foto von ihm gefunden, da saß er zusammen mit ihr in einer griechischen Taverne. Das Bild hat wohl ein Kellner gemacht, es war total falsch belichtet. Ich denke, es hilft Ihnen nichts, man kann ihn nicht richtig erkennen. Aber mir ist eingefallen, dass Manni einmal auf einer Weihnachtsfeier der Firma war. Zu der Zeit war Martha erst kurz bei uns. Ein paar Monate später hat sie sich dann von ihm getrennt. Gerd hatte damals eine neue Digitalkamera, und er hat dauernd fotografiert. Eigentlich muss Manni irgendwo mit drauf sein. Ich habe gerade mit Gerd telefoniert. Er ist im Moment zu Hause. Wenn Sie gleich bei ihm vorbeikommen, kann er mit Ihnen die Fotos durchsehen.«

Silke hatte keine Lust, ihre Arbeit zu unterbrechen, aber

ich war von der erfolglosen Suche am Computer frustriert und machte mich sofort auf den Weg.

Gerd Österle schien enttäuscht, dass ich alleine kam.

Er führte mich sofort in sein Arbeitszimmer, räumte eine Menge Blätter beiseite, die eng mit Formeln beschrieben waren, und sagte: »Gut, dass Sie mich unterbrochen haben. Ich hätte mich mal wieder total in meinen Berechnungen verloren. Bahnberechnungen für ein Raumschiff zum Mars. Eine völlig sinnlose Tätigkeit.«

»Warum sinnlos?«, fragte ich.

»Weil man die Formeln, die ich gerade entwickle, sicher in jedem Lehrbuch zur Himmelsmechanik nachlesen kann.«

»Warum befassen Sie sich dann damit?«

»Mathematik ist nicht einfach eine Leidenschaft für mich, manchmal wird sie zur Besessenheit, insbesondere das Rechnen. Für viele Mathematiker reicht es aus, wenn sie bewiesen haben, dass man ein Problem lösen kann. Die Lösung selbst interessiert sie meistens gar nicht. Ich bin da völlig anders. Wenn mich eine Berechnung packt, kann ich nicht so einfach aufhören, egal wie sinnlos die Arbeit ist. Ich kam gerade mit der Arbeit an meiner aktuellen Veröffentlichung nicht weiter, da fiel mir ein Zeitungsartikel über eine Marssonde in die Hände. Mir fiel ein, dass ich schon lange mal herausfinden wollte, wie viel Energie man für einen Marsflug eigentlich braucht, und was man an Zeit gewinnt, wenn man mehr Energie aufwendet. Wie gesagt, all das ist längst bekannt, aber ich rechne eben so gern.«

Gerd Österle setzte sich an seinen Computer und schaltete ihn ein. Das Gerät war natürlich vom Besten, es fuhr sehr rasch hoch und hatte einen ungewöhnlich großen Bildschirm.

»Ich kann immer noch nicht glauben, dass Sie sich

ernsthaft für Manni interessieren«, sagte Gerd Österle. »Er hätte nie einen Raubmord durchziehen können. Er war ein Schwätzer, der Leuten überteuerte Versicherungspolicen andrehen konnte. Mehr war er nicht.«

»Ich sage nicht, dass Manni dringend tatverdächtig ist. Aber wir müssen allen Spuren nachgehen.«

»Soweit ich das beurteilen kann, verfolgen Sie im Moment keine Spur außer Manni«, wandte Gerd Österle ein, während er nach dem passenden Verzeichnis suchte. An Selbstbewusstsein mangelte es ihm offensichtlich nicht. Da ich während meines abgebrochenen BWL-Studiums öfter mit Mathematikern zu tun gehabt hatte, war ich von seinem Verhalten nicht besonders überrascht.

»Sie müssen sich darauf gefasst machen, dass Sie eine ganze Menge Bilder mit mir durchsehen müssen«, kündigte er dann an. »Die Fotografie hat mich eine Zeit lang gepackt wie sonst nur die Mathematik. Hier – die Weihnachtsfeier vor sechs Jahren, rund zweihundert Aufnahmen. Weil Digitalbilder so billig sind, habe ich geknipst, was das Zeug hält.«

Nachdem wir einhundertfünfzig Bilder auf dem Bildschirm gesichtet hatten, wurden wir endlich fündig: Martha Österle, jünger und geradezu strahlend schön, stand neben einem heißblütig aussehenden jungen Mann mit dunklen, lockigen Haaren und nachtschwarzen Augen.

»Das muss Manni sein«, sagte Gerd Österle. »Damals hat er noch was hergemacht.«

»Kennen Sie ihn näher?«, fragte ich.

»Kaum«, wehrte Gerd Österle ab. »Ich bin mir nicht sicher, ob ich ihn seit der Weihnachtsfeier auch nur ein einziges Mal gesehen habe. Ich habe gehört, er soll inzwischen total heruntergekommen sein.«

Nun wussten wir also, wie Manni aussah. Ob uns das

weiterhelfen würde, war unklar. Doch das war nicht der einzige Grund, warum ich gekommen war. Ich war mir immer noch nicht sicher, ob Kevin Lauber uns gestern die Wahrheit erzählt hatte.

»Ich bin auch zu Ihnen gekommen, weil ich gehört habe, dass Martha einen heftigen Streit mit Nicoles Verlobtem gehabt haben soll. Sie soll danach in Tränen ausgebrochen sein. Haben Sie jemals davon gehört?«

»Ein Streit zwischen Martha und Kevin? Unsinn! Martha war Kevins Eintrittskarte in unsere Familie. Nicole hat Martha in Herzensangelegenheiten immer um Rat gefragt. Ohne ihren Zuspruch hätte sie sich nicht auf diese Verlobung eingelassen.« Er machte eine Pause. »Ich glaube, Sie können sich immer noch nicht vorstellen, wie eng unsere Familie zusammenhält. Und welche starke Stellung meine Mutter hat. Sie bestimmt, wer zu uns gehört und wer nicht. Vor drei Jahren hat sie beschlossen, dass Martha zu uns gehört, und sie ist ganz rasch ein Teil der Familie geworden. Kevin Lauber gehört noch nicht dazu. Martha wäre niemals wegen ihm in Tränen ausgebrochen. Sie hätte ihn so fertig gemacht, dass er geweint hätte. Sie haben Kevin doch selbst erlebt. Er kann kaum gegen Nicole ankommen.«

Das deckte sich weitgehend mit dem, was wir von Kevin Lauber selbst erfahren hatten.

Mit etwas Bitterkeit in der Stimme fuhr Gerd fort: »Bei Cindy, meiner Verlobten, ist es ähnlich. Solange sie im fernen Kalifornien sitzt, interessiert es meine Mutter nicht, dass ich mit ihr zusammen bin. Aber wenn Cindy hier wäre, würde sie aufs Genaueste begutachtet, und ich bin mir sicher, dass sie sich dagegen wehren würde. Wenn wir jemals zusammenleben wollen, muss ich hier meine Zelte abbrechen und in die USA gehen.«

Er zuckte die Achseln.

»Manchmal denke ich, wenn sich mein Vater seine Affären besser ausgesucht hätte, hätte sich meine Mutter wahrscheinlich mit ihnen abgefunden. Solange sich diese Frauen nicht in unsere Familie hineingedrängt hätten, hätte sie damit leben können. Aber er hat sich für sehr junge Frauen interessiert, für weibliche Angestellte, für Ehefrauen von Konkurrenten. Dauernd musste sie fürchten, dass es einen Skandal gibt. Da hat sie lieber Martha als neues Familienmitglied in Kauf genommen.«

All das hatte mit unserem Fall nichts zu tun. Es war eindeutig: Gerd Österle empfand den engen Zusammenhalt in der Familie als drückend, wünschte sich mehr Freiräume, und er brauchte gelegentlich jemanden, mit dem er darüber reden konnte.

Im nächsten Moment läutete sein Handy.

Er hob ab, wirkte plötzlich alarmiert, fassungslos, stellte sofort auf laut.

Eine sich überschlagende Frauenstimme schrie: »Gerd, du musst sofort kommen. Mama dreht durch.« Ganz offensichtlich Nicole Österle.

Ich alarmierte sofort Silke. Sie versprach, mit dem Dienstwagen herzufahren. Zur Quenstedtstraße brauchte sie nur fünf Minuten. Mit Blaulicht und Sirenengeheul ging es in Richtung Kirchentellinsfurt. Gerd Österle fuhr auf der Rückbank mit. Ich konnte mir nicht vorstellen, was seine sonst so beherrschte Mutter zum Ausrasten gebracht hatte. Gerd versuchte, Nicole zu erreichen, aber sie ging nicht hin. Einmal nahm sie kurz ab, aber es war nur Geschrei zu hören, und im nächsten Moment war die Verbindung unterbrochen.

Am Haus der Österles erwartete uns eine bizarre Szene.

Katja Schnoor, die Schwester von Martha Österle, saß in ihrem Auto, ließ immer wieder den Motor aufheulen, während Christine Österle vor dem Wagen stand und sie am Wegfahren hinderte. Den Rückwärtsgang konnte Marthas Schwester nicht verwenden, da direkt hinter ihr ein Auto geparkt war. Vermutlich hatte sie zunächst versucht zurückzustoßen, doch Christine war immer direkt vor ihrer Motorhaube geblieben.

Christine Österle schrie, anfangs verstand ich kein Wort. Nicole und Alex Österle versuchten immer wieder, sie wegzuziehen, doch sie schüttelte beide ab.

Als Christine Österle uns sah, steigerte sie ihre Lautstärke noch.

Ihre Stimme überschlug sich: »Du wirst hier nicht wegfahren, solange du deine Lügenmärchen nicht zurücknimmst.«

Ich zögerte, doch Silke ging ruhig auf Frau Österle zu und sagte: »Frau Österle, lassen Sie das Auto wegfahren, oder ich muss Sie verhaften. Sie machen sich gerade der Nötigung schuldig.«

»Sie darf mit ihren Lügen nicht durchkommen!«, schrie Christine Österle. »Martha hätte nie ihr neugeborenes Kind im Stich gelassen!«

Katja Schnoor hatte sich etwas beruhigt. Sie stieg aus und sagte kalt: »Es war aber so.«

Christine wollte sich auf sie stürzen, doch Silke und ich hielten sie mit vereinten Kräften zurück. »Ich weiß nicht, warum du lügst«, schrie sie. »Martha hätte das niemals getan!«

Anschließend kam sie ein bisschen zur Besinnung und sagte etwas leiser: »Du wirst mit deiner Lügengeschichte nicht durchkommen. Ich hetze dir einen Detektiv auf den Hals. Er wird alle befragen, deine Nachbarn, alle, die Martha damals gekannt haben, und er wird herausfinden, was wirklich passiert ist.«

Einen Moment lang zuckte Marthas Schwester zusammen, dann hatte sie sich wieder in der Gewalt und sagte: »Tu das.«

Sie setzte sich in ihr Auto, fuhr los und war verschwunden.

Christine Österle hing inzwischen in den Armen ihrer Tochter und sackte förmlich in sich zusammen. Weinend stieß sie hervor: »Martha … hätte das … niemals … getan.«

Gerd sagte fassungslos: »So etwas habe ich noch nie erlebt. Ich denke, Sie können jetzt gehen. Die ganze Familie ist bei ihr.«

Ob das half? Ich hatte meine Zweifel. Gerds Analyse war zweifellos richtig: Diese Familie war ein chaotisches System, und selbst die größten Mathematiker würden scheitern, wenn sie versuchten vorherzuberechnen, was jetzt geschehen könnte.

Auf der Rückfahrt überlegten wir, wie wir Christine Österles Ausbruch deuten sollten.

Silke meinte: »Du weißt, Fred hat gemeint, dass Marthas Schwester genau an dieser Stelle gelogen hat. Es ist ganz und gar nicht glaubhaft, dass eine Mutter einfach wegläuft und ihr Neugeborenes in der Obhut einer äußerst dubiosen Aussteigerkommune zurücklässt. Vor allem passt es nicht zu Marthas Charakter. Alle haben erzählt, wie mitfühlend und verantwortungsvoll sie war.«

Ich schwieg. Ich musste daran denken, was Gerd über den Zusammenhalt in seiner Familie erzählt hatte. Christine Österle würde bis zur Selbstaufgabe jeden verteidigen, der zur Familie gehörte. Martha hatte eindeutig dazugehört, Marthas Schwester jedoch nicht. Die starke Bindung an die Familie mochte Christines Urteilskraft beeinträchtigt haben. Vielleicht war Martha nicht die verantwortungsvolle, hilfsbereite Frau, für die die anderen sie hielten. Oder sie war früher ganz anders gewesen, selbstsüchtig und leichtsinnig, und erst nach dem Verlust ihres Babys hatte sie sich gewandelt.

Ich brauchte Rat von jemandem, der sich besser mit den Eigenheiten der menschlichen Seele auskannte als ich.

Irgendwie war aus diesem Fall die Luft raus. Am Mittag hatte niemand mehr Lust, seine Zeit zu vergeuden, um neue Erkenntnisse zu sammeln, die am Schluss doch nirgendwo hinführen würden. Sogar Schmals Leute wollten sämtlich freinehmen.

Ich rief Hannah an. Wir beschlossen, uns am Marktplatz zu treffen und anschließend gemeinsam einzukaufen.

Doch daraus wurde zunächst nichts.

»Hier in der Nähe gibt es einen Wäscheshop, die haben gerade ein Sonderangebot von meiner italienischen Lieblingsmarke. Ich wollte mir schon länger neue Push-ups kaufen. Kommst du mit?«, sagte Hannah, nachdem wir uns begrüßt hatten.

Ich war überrascht. Ich hatte Hannah in Thermounterwäsche und in Slip und Unterhemd gesehen, doch einen BH hatte sie nie angehabt. Dass sie Push-ups trug, hätte ich nicht erwartet.

»Manchmal macht es mir Spaß, mich herauszuputzen«, erklärte sie. »Ich mag die BHs von dieser Marke.«

Unmittelbar vor dem Wäscheladen begegneten wir einer kleinen Frau mit freundlich strahlenden blauen Augen. Ich erkannte sofort die Pfarrerin vom vergangenen Sonntag wieder.

Sie fühlte wieder unsere Temperatur und diagnostizierte: »Eure Hitze ist auf ein vernünftiges Maß herunter, aber ihr seid immer noch verliebt. Jedenfalls seid ihr noch zusammen.«

»Ich habe Nina noch gar nicht erzählt, was ich in der

letzten Woche alles erlebt habe«, sagte Hannah. »Kannst du uns einen Moment alleinlassen?«

Sie schob mich in den Wäscheladen hinein. »Such mir doch was Passendes aus.« Sie nannte mir den Namen der Marke, nach der ich suchen sollte.

Etwas verlegen trat ich an den Tresen. Die Verkäuferin sah mich erwartungsvoll an.

»Meine Freundin hat mich gebeten, einen BH für sie zu auszusuchen«, sagte ich. »Sie ist besonders an Push-ups aus Ihrem Sonderangebot interessiert.«

»Sie müssen sich ja sehr gut kennen, wenn sie Ihnen so was zutraut«, meinte die Verkäuferin. »Ich käme nie auf die Idee, meinen Freund vorzuschicken, wenn ich mir einen neuen BH kaufen will.«

Ich widersprach nicht.

»Welche Größe denn?«, fragte die Verkäuferin.

»75 B«, sagte ich wie aus der Pistole geschossen. Ich wusste, dass die meisten jüngeren Frauen in Deutschland 75 B tragen konnten. Auch Dorit, meine frühere Freundin, die Hannah von der Figur her sehr ähnelte, hatte diese Größe gebraucht.

Die Verkäuferin zeigte mir ein paar Modelle. Ich wählte einen schlichten Push-up aus glattem, glänzendem Material in Hellgrau aus. Da ich Hannah bisher nur in dunkler Unterwäsche gesehen hatte, fragte ich: »Haben Sie den auch in Schwarz?«

»Ich kann Ihnen das Modell in Anthrazit zeigen«, sagte die Verkäuferin und brachte das Gewünschte.

In diesem Moment kam Hannah zusammen mit ihrer Freundin herein, sah meine Wahl und sagte: »Der ist perfekt. Genau den hätte ich mir auch selbst ausgesucht.« Sie schaute auf das Größenschild. »Und er wird passen. Klar. Du kennst ja meine Größe.«

Sie ging in die Kabine und probierte den BH an. Dann rief sie ihre Freundin und mich herein, damit wir begutachten konnten, ob er auch richtig saß.

Als Hannah mit ihrem Kauf in der Hand herauskam, sagte die Pfarrerin spontan: »Den möchte ich auch.«

»Der war leider der Letzte in dieser Größe«, bedauerte die Verkäuferin.

»Vielleicht würden ja C-Cups besser passen«, schlug ich vor.

»Ich kann es versuchen«, meinte die Pfarrerin. Die Verkäuferin brachte ein Exemplar in 75 C. Diesmal wurde ich bei der Anprobe nicht in die Kabine gerufen.

Als die Freundin wieder herauskam, sagte Hannah: »Da du schon dabei bist, deine Scheckkarte herauszukramen: Kannst du nicht für uns beide zahlen? Es ist ein Sonderangebot. Pfarrerinnen bekommen so selten Anerkennung für ihre Arbeit. Du musst zugeben, dass Nina letzten Sonntag hervorragend gepredigt hat. Sie hat ein Geschenk verdient.«

Sie sah mich mit einem Blick an, dem ich nicht widerstehen konnte.

Während wir in Richtung Südstadt gingen, wurde ich zunehmend wütender.

»Kann es sein, dass ich gerade einer Pfarrerin einen BH geschenkt habe, um mich für ihre gute Predigt zu bedanken?«, fragte ich.

»Ja, warum?«, fragte Hannah. »Ich wüsste nicht, was daran unpassend sein sollte. Ninas Mann hat nichts dagegen. Er hasst es, Kleidung mit seiner Frau einzukaufen, besonders Unterwäsche. Er wünscht sich schon lange, dass sie einen Kavalier findet, der das für ihn erledigt.«

»Ich fand es peinlich.«

Hannah fing an, laut und hell zu lachen: »Ein Typ, der

von der Predigt der Pfarrerin überhaupt nichts mitbekommt, aber anschließend ihre Körbchengröße kennt, hat es nicht besser verdient.«

»Ich werde den Eindruck nicht los, dass ich andauernd getestet werde«, klagte ich. »Du bringst mich absichtlich in peinliche Situationen, damit du siehst, wie ich reagiere. Das mache ich nicht mehr lange mit.«

»Du hast recht, dass es ein Test war. Aber weniger ein Test für dich, eher ein Test für mich. Ein Reality Check. Ob ich dich richtig einschätze oder ob ich mir etwas zusammenfantasiert habe, damit du besser zu meinen Träumen passt. Es tut mir leid, wenn ich dich verletzt habe. Ich höre jetzt damit auf. Du bist tatsächlich der, für den ich dich halte.«

»Für wen hältst du mich denn?«

»Für jemanden, der die Welt so nimmt, wie sie ist.«

»Ich verstehe nicht, was du damit sagen willst. Gibt es eine andere Methode, die Welt hinzunehmen?«

»Ich kann es nur schwer ausdrücken«, meinte Hannah. »Vielleicht machen wir ein kleines Gedankenexperiment. Vor der Kriminalpolizeidirektion Esslingen landet ein UFO und drei blauhäutige Abgesandte vom Planeten Vinea steigen aus. Sie gehen in Ebners Büro, stellen sich vor und berichten über ihr Problem. Auf Vinea gibt es eine ungeklärte Mordserie. Die dortige Kripo ist völlig überfordert. Sie brauchen dringend Verstärkung von der Erde. Von Ebners Kriminalpolizeidirektion haben sie nur Gutes gehört. Er soll ihnen seinen besten Mann oder seine beste Frau mitgeben. Wen wählt er aus?«

»Hackerle«, sagte ich spontan.

»Vielleicht würde er passen, aber er ist nicht gesund. Nein, Ebner sollte dich mitschicken. Nach ein paar Tagen hättest du dich daran gewöhnt, dass deine neuen Kollegen alle blaue Haut haben, dass die Vineaner unterirdisch leben und dass ihr Planet zwei Sonnen hat. Das alles würde dir ganz natürlich vorkommen. Du nimmst die Realität so, wie sie ist, ohne viel nachzudenken. Das ist für mich sehr wichtig – leider.«

Ich versuchte, den letzten Satz zu verstehen. »Du meinst, ich muss so sein, damit ich mit deinen plötzlichen Stimmungswechseln zurechtkomme …«

»Das ist meine Hoffnung. Vom heulenden Etwas, das in deinen Armen liegt, zu einer ziemlich dominanten Frau und von da zu einem albernen Schulmädchen, das geht bei mir sehr schnell. Bis jetzt hast du dich nicht darüber beschwert, und ich hoffe, dass es auch weiterhin so bleibt.«

Ihre Stimme klang jetzt flehend. »Glaub mir, ich habe alles Mögliche unternommen, um ausgeglichener zu werden. Nach Andrés Tod war ich jahrelang in psychotherapeutischer Behandlung. Meine Therapeutin hat es geschafft, meine Verzweiflung einzudämmen. Gegen meine plötzlichen Stimmungswechsel war sie machtlos. Aber sie hat mir beigebracht, mit ihnen zu leben.«

Ich schwieg.

»Ich kann dir versprechen, dass meine Heulattacken weniger werden«, lockte Hannah. »Ganz los werde ich sie wohl nie. Dass ich immer wieder schrecklich albern bin und mich und meine Umgebung manchmal in peinliche Situationen bringe – damit musst du dich abfinden, wenn du mich liebst. Ohne meine Albernheit hätte ich die lange dunkle Zeit nach Andrés Tod nicht überstanden. Die Albernheit, sie gehört zu mir. Warum wäre ich sonst Comicleserin?«

Sie ließ das laute, helle lange Lachen hören, nach dem ich so süchtig war.

Eine Zeit lang schwiegen wir beide.

Dann sagte ich: »Ich habe es mir überlegt. Ich mache nicht mit.«

»Wobei?«, fragte Hannah alarmiert.

»Beim Flug nach Vinea. Solange wir zusammen sind, will ich nicht von hier weg.«

Hannah lachte schon wieder.

»Ich würde mitfliegen. Denkst du, ich lasse dich mit den vielen blonden, attraktiven Vineanerinnen allein? Vielleicht würdest du dort ja sogar Yoko Tsuno treffen, deine heimliche große Liebe. Wenn es auf Vinea eine ungeklärte Mordserie gibt, dann brauchen sie dort auch eine Notfallseelsorgerin. Wer weiß, vielleicht kann man das auf Vinea sogar hauptberuflich machen.«

Ich hatte mich gefragt, wie es funktionieren würde, zusammen mit Hannah zu zweit in der winzigen Küchenecke herumzuhantieren. Doch sie griff einfach unter den Wohnzimmertisch, drehte ihn mit einer Kurbel auf bequeme Arbeitshöhe und warf eine Plastikdecke darüber.

»Ein Wunder von einem Tisch«, sagte sie. »Man kann ihn auch ausziehen, dann können bis zu sechs Personen hier essen.«

Sie gab mir ein Messer und eine Schüssel, so dass ich Zucchini, Tomaten, Paprika und Brokkoli schnipseln konnte, während sie in der Küche den Teig machte. Jeder Quadratmeter in dieser winzigen Wohnung ließ sich optimal nutzen.

Auch die Zeit, während der Teig ging, ließ sich optimal nutzen.

Sobald die Pizza fertig war, trugen wir sie zusammen mit dem Salat, den wir angemacht hatten, in Frau Bodes Wohnung. Hannahs Vermieterin und Mit-Witwe wartete schon bei gedecktem Tisch und mit einer Flasche Wein auf uns. Der Abend verlief angenehm. Frau Bode erzählte aus ihrem Leben, über ihren Mann, der mit siebenundsechzig an einem Herzinfarkt gestorben war, über ihren Sohn und ihre Tochter, die jetzt beide in Norddeutschland lebten.

Vor dem Einschlafen berichtete ich Hannah, was Marthas Schwester über deren Schwangerschaft ausgesagt hatte, und von der seltsamen Reaktion von Christine Österle.

»Ich denke, Frau Österle hat recht«, meinte Hannah. »Eine Mutter lässt nicht einfach ihr Neugeborenes in der Obhut einer dubiosen Aussteigergruppe zurück, bei einer ehemaligen Rivalin und einem Mann, dem sie nicht vertraut. Vor allem dann nicht, wenn sie eine warmherzige Frau ist, bei der die übrigen Familienmitglieder ihre Sorgen abladen können, so wie Gerd sie beschrieben hat.«

»Aber könnte sie sich nicht durch diese Erfahrung geändert haben?«, fragte ich.

»Du denkst an ein Bekehrungserlebnis? Das lässt eine Person ihr Verhalten ändern, aber nicht ihren grundlegenden Charakter. Eine Frau, die es übers Herz gebracht hat, ihr neugeborenes Kind zu verlassen und dies bereut, würde von da an vielleicht viel Gutes tun, aber in einer Form, die zu ihrem Charakter passt. Vielleicht würde sie sich die Hacken ablaufen, um Spenden für Bedürftige zu sammeln. Oder sie würde im Winter so lange an einem Infostand stehen und Unterschriften sammeln, bis sie eine Blasenentzündung bekommt. Aber sie würde nicht in Tränen ausbrechen, weil es ihrem Ex-Liebhaber schlecht geht. Sie würde sich überlegen, wie sie ihm helfen kann, ganz ohne Gefühlsausbrüche.«

Sie überlegte noch einmal, dann schüttelte sie ihren Kopf so sehr, dass mir ihre Haare um die Nase strichen.

»Nein, es passt nicht zusammen. Was auch immer damals passiert ist, es muss anders gewesen sein, als die Schwester es erzählt hat.«

SONNTAG

Auch an diesem Sonntag waren wir zum Frühstück wieder bei Frau Bode.

Ich erwartete, dass Hannah mich anschließend zum gemeinsamen Kirchgang drängen würde, doch sie schlug vor, gleich spazieren zu gehen.

»Ich gehe gerne zur Kirche. Es ist wichtig für mich, dazuzugehören. Aber da du ja nicht so oft gehst, können wir es auch mal ausfallen lassen«, erklärte sie.

Was Hannah einen Spaziergang nannte, wäre von jedem anderen als Wanderung bezeichnet worden. Wir gingen am Tübinger Schloss vorbei und kamen auf einen Wanderweg, der zur Wurmlinger Kapelle führte.

Ein paar Mal ging es ordentlich bergauf, und ich geriet ins Schnaufen, während Hannah leichtfüßig vor mir her spazierte. Mir gefiel ihre Silhouette, auch wenn ich sie von hinten ansehen musste.

Schließlich hatten wir unser Ziel erreicht und standen hoch über dem Neckartal. Bei schönem Wetter hätten wir sicher einen wunderbaren Blick gehabt, doch dieser Wintersonntag war trübe, die Landschaft zeigte sich in schmutzigen Weiß- und Grautönen.

»Ich bin ja noch nicht lange in Tübingen, aber von dieser Kapelle habe ich schon gehört«, sagte ich. »Sie liegt wirklich wunderschön. Es gibt doch auch ein Gedicht über sie.«

Hannah fing an zu lachen.

»Ja, das wissen die meisten. Es stammt von Ludwig

Uhland, der ist so was wie unser schwäbischer Nationaldichter.«

»Was gibt es dabei zu lachen?«

Hannah lachte, wie von mir erhofft, noch lauter. »Das Gedicht besingt nicht etwa die Schönheit der Landschaft, sondern beklagt die Vergänglichkeit aller irdischen Freuden. Ich habe es auswendig gelernt. Am besten, ich sag's dir mal auf.«

Sie fing an zu rezitieren.

Droben stehet die Kapelle,
Schauet still in's Thal hinab,
Drunten singt bei Wies' und Quelle
Froh und hell der Hirtenknab'.

Traurig tönt das Glöcklein nieder,
Schauerlich der Leichenchor;
Stille sind die frohen Lieder,
Und der Knabe lauscht empor.

Droben bringt man sie zu Grabe,
Die sich freuten in dem Thal;
Hirtenknabe! Hirtenknabe!
Dir auch singt man dort einmal.

Wir fühlten uns nicht angesprochen. Schließlich standen wir auf dem Kapellenberg und freuten uns des Lebens, hatten mit den Leuten im Tal nichts zu tun.

Auf dem Rückweg machten wir einmal Rast, tranken in einer Bäckerei zwei schnelle Kaffee und aßen zwei Butterbrezeln. Ansonsten nahmen wir auf dem ganzen Weg nichts zu uns. Hannahs schlanke Gestalt war mir nun kein Rätsel mehr.

Als sie in Tübingen nicht gleich in Richtung Innenstadt steuerte, sondern nach Norden in Richtung Kliniken abbog mit der Begründung, es gäbe von dort einige wunderbare Aussichten über die Stadt, schöpfte ich noch keinen Verdacht. Erst als wir plötzlich zwischen den Betonklötzen der naturwissenschaftlichen Institute standen, erkannte ich Hannahs wahre Absicht.

»Du willst, dass wir uns mit Gerd Österle treffen«, rief ich. »So ganz zufällig.«

»Ich habe dir doch gesagt: Ich glaube, dass er gerade mit seinem inneren Zensor kämpft. Und dass er sich vielleicht öffnet, wenn wir noch ein paar Mal mit ihm reden.«

»Du verstehst schon, dass du mich in eine unmögliche Lage bringst? Was er uns beiden jetzt erzählt, kann man unmöglich als Beweismaterial verwenden. Ich will gar nicht daran denken, gegen wie viele Vorschriften ich gerade verstoße.«

»Du verstößt gegen gar keine Vorschriften. Das mache höchstens ich. Nach dem Auftritt seiner Mutter gestern braucht Gerd Österle definitiv meine Hilfe als Notfallseelsorgerin. Meiner Chefin gefällt es sicher nicht, dass ich da einen Polizisten mitschleppe.«

»Diese Chefin, das ist deine Freundin Nina? Die Pfarrerin, der ich gestern den BH gekauft habe?«

»Genau. Du hast meine Chefin bestochen! Mit einem derart intimen Geschenk! Das macht die Sache noch viel schlimmer.«

»Du bist einfach unmöglich!«

»Wenn ich nicht den Verdacht hätte, dass du unmögliche Frauen liebst, wäre ich jetzt total zerknirscht.«

»Und warum denkst du, dass wir gerade jetzt auf Gerd Österle treffen könnten?«

»Was weißt du von Uni-Angehörigen?«

»Keine geregelten Arbeitszeiten.«

»Genau. Die meisten fangen sehr spät an zu arbeiten, und viele arbeiten bis tief in die Nacht. Gerd Österle führt eine Fernbeziehung, niemand wartet zu Hause auf ihn. Ich weiß, wie einem da zumute ist, und du weißt es auch. Darum denke ich, dass auch er diesen Arbeitsrhythmus hat. Es ist jetzt kurz nach eins – die richtige Zeit, um nach einem sehr späten Frühstück oder einem frühen Mittagessen an die Uni zu gehen. Ich denke, wenn wir schön langsam Richtung Quenstedtstraße herunterspazieren, haben wir eine gute Chance, ihn zu treffen.«

Hannahs Taktik ging auf. Auf halbem Weg begegneten wir Gerd Österle, der sichtlich erfreut war, uns zu treffen. Es gab mir einen leichten Stich, dass Gerds Augen immer wieder an Hannah hängenblieben. Hannah bemerkte meine Reaktion und hakte sich demonstrativ bei mir unter.

Gerd Österle ließ sich davon nicht stören und lud uns zu einem Kaffee in seinem Institutszimmer ein.

»Ich habe eine wirklich gute Espressomaschine dort stehen«, sagte er. »Eine der wenigen Arten von Luxus, für die meine Familie Verständnis hat. Kaffee ist unser Treibstoff und unser Lebenselixier.«

Ich hatte schon ein paar Mal an der Universität ermittelt und deshalb fiel mir auf, dass Gerd Österles Arbeitszimmer nicht ganz typisch für einen Uni-Mitarbeiter war. Ein bisschen hatte seine adrette und modische Familie doch auf ihn abgefärbt. Die üblichen Papierhaufen und Bücherstapel auf den Tischen fehlten, stattdessen waren alle Arbeitsunterlagen säuberlich in Ordnern gesammelt, die in Reih und Glied in großen Regalen aufgestellt waren. In einer Ecke stand ein PC mit ungewöhnlich großem Bildschirm, ähnlich dem in seiner Wohnung.

Während Gerd Österle den Kaffee machte, erklärte er: »Ich hoffe, Sie halten den gestrigen Auftritt meiner Mutter nicht für typisch. Ich habe noch nie erlebt, dass sie so die Kontrolle über sich verloren hat.«

»Will sie jetzt wirklich Detektive einschalten?«, fragte ich.

»Ich denke nicht. Sie hat inzwischen bei Marthas Schwester angerufen und sich mehr oder weniger entschuldigt. Aber sie glaubt nach wie vor nicht, dass sie die Wahrheit gesprochen hat.«

Mit dieser Ansicht war Christine Österle nicht allein.

»Und was denken Sie?«, fragte Hannah.

»Vielleicht haben ja beide recht. Dass Martha ihr Kind einfach im Stich lässt, weil sie Beziehungsprobleme hat und weil ihr das Umfeld nicht gefällt, passt absolut nicht zu ihr. Aber vielleicht gab es weitere Dinge, die dazugekommen sind. Dinge, die wirklich schlimm sind. Man hört doch, dass sich in solchen Aussteigerkommunen oft eine Hierarchie entwickelt, eine Art innerer Zirkel, der die anderen ausbeutet und für den alle Frauen in der Kommune sexuelles Freiwild sind. Damit hätte Martha nicht umgehen können. Dann wäre sie vielleicht wirklich geflüchtet und hätte alles hinter sich gelassen, sogar ihr Kind.«

Hannah ließ das unkommentiert, doch sie drehte sich rasch zu mir hin und schüttelte ganz leicht den Kopf.

Gerd Österle gab uns die Espresso-Tassen in die Hand und bat uns, uns zu setzen: »Ich habe drei Stühle in meinem Zimmer. Es passt also gerade.«

Ich schaute neugierig im Zimmer umher. »Ich wollte schon immer mal sehen, wie es bei einem Uni-Mathematiker aussieht«, sagte ich.

»Und, was sagen Sie? Ist es so, wie Sie erwartet haben?«

»Ich bin immer noch ein bisschen überrascht. Ich

dachte bisher, Mathematiker arbeiten hauptsächlich mit Papier und Bleistift, und sie wollen immer nur Lehrsätze beweisen. Ich habe gehört, Mathematiker halten nicht viel davon, Dinge praktisch auszurechnen, und deshalb brauchen sie auch keine Computer. Aber ich weiß ja schon, dass Sie anders denken.«

Gerd Österle lachte: »Ja, ich habe mich immer nur für Dinge interessiert, die man ausrechnen kann. Das habe ich Ihnen schon neulich erzählt. Haben Sie meine Trophäen gesehen?«

Er machte eine Kopfbewegung zur Wand hin. Dort hingen mehrere gerahmte Urkunden.

»Seit ich zehn bin, habe ich immer wieder bei Kopfrechenwettbewerben und Mathe-Olympiaden teilgenommen und beinahe immer habe ich einen Preis gewonnen«, sagte er. Er deutete auf einen Pokal, der auf einem Regal stand. »Den habe ich erhalten, als ich in der zwölften Klasse war, für einen Sieg gegen einen Computer.«

»Ich dachte, so etwas sei völlig unmöglich. Der Prozessor in meinem Handy kann doch Hunderte von Millionen Rechenoperationen in der Sekunde durchführen, große Computer können sicher noch viel mehr.«

»Damals waren die Computer noch nicht ganz so schnell. Aber das Entscheidende ist, dass die Aufgaben erst in den Computer eingegeben werden müssen. Wenn man rasch denkt und rasch rechnet, hat man die Aufgabe schon gelöst, bis der Gegner die Zahlen eingegeben hat. Das geht natürlich nur bei bestimmten Arten von Aufgaben. Am besten sind Textaufgaben.«

»Aber für Ihre heutige Arbeit ist das wohl belanglos?«

»Mit bloßem Rechnen kann man schon seit ein paar Hundert Jahren in der Mathematik nichts mehr erreichen. Ich bin trotzdem ein Fan der praktischen Mathematik geblieben. Allerdings lasse ich mir jetzt von einem Computer helfen.«

Ich versuchte, ihn von dem Thema abzubringen.

»Ich nehme an, für einen Laien ist es völlig unverständlich, womit Sie sich heute beschäftigen.«

Plötzlich merkte ich, dass ich sehr unkonzentriert war, dass ich Gerd Österle gar nicht ins Gesicht schaute, während ich mit ihm redete. Ein Gebilde aus Drähten und Stahlkugeln, das auf seinem Schreibtisch stand, lenkte mich ab. Es hing frei zwischen zwei Drahtbügeln, die auf einen Sockel montiert waren und schwang die ganze Zeit wie ein Pendel hin und her. Zwei der Stahlkugeln konnten sich auf einer gemeinsamen Achse gegen den Rest des Gebildes drehen, was sie auch andauernd taten. Doch es war nicht das komplizierte Muster der Bewegung, das mich fesselte. Das Pendel wurde anscheinend nicht müde. Es schwang mal stärker, mal weniger stark, gelegentlich machte es einen Überschlag, all das ohne eine sichtbare Antriebsquelle.

»Sie schauen schon in die richtige Richtung«, sagte Gerd Österle. »Im Prinzip geht es um dieses Spielzeug, das ich von einem Teneriffa-Urlaub mitgebracht habe.«

»Wie funktioniert es?«, fragte ich verunsichert. »Es braucht anscheinend gar keinen Antrieb.«

»Es wird von einem kleinen Elektromagneten angetrieben, der im Sockel eingebaut ist und der periodisch ein- und ausgeschaltet wird. Je nachdem, wie das Pendel gerade schwingt, wird es von der Kraft des Magneten abgebremst oder beschleunigt. Solange die Batterie nicht leer ist, kommt es nie zur Ruhe.«

»Und was hat das Ganze mit Ihrer Arbeit zu tun?«

»Das kleine Ding hier ist ein Beispiel für ein chaotisches System.«

»Das Wort haben Sie schon mal erwähnt, aber nie erklärt. Was bedeutet es?«

»Beobachten Sie das Ding eine Weile. Und dann sagen Sie mir, wie lange es dauert, bis der nächste Überschlag kommt.«

Ich schaute das Gebilde eine Zeit lang an, konnte aber kein System in seinen Bewegungen entdecken. Gelegentlich schwang es zwanzig oder dreißig Mal hin und her, ohne dass ein einziger Überschlag kam, dann wiederum kamen mehrere Überschläge in kurzen Abständen, manchmal gab es sogar zwei oder drei Überschläge unmittelbar hintereinander.

»Ich kann es nicht sagen. Ich nehme an, man muss ziemlich komplizierte Berechnungen anstellen, um die Bewegungen vorherzusagen. Sie beschäftigen sich also damit?« Es erschien mir nicht besonders sinnvoll, die Bewegungen eines Spielzeugs vorhersagen zu wollen.

»Nein. Wie ich schon sagte, es ist ein chaotisches System. Man kann überhaupt nicht vorhersagen, wie sich dieses Pendel längerfristig verhält.«

»Warum interessiert sich dann die Mathematik dafür?«

»Weil es eine verrückte Situation ist. Wir verstehen die Gesetze, nach denen die Bewegung abläuft, sehr gut. Alle Kräfte, die auf das Pendel einwirken, die Schwerkraft, die Reibung, die Anziehung durch den Magneten sind uns gut bekannt, auch einige andere Kräfte, die nicht auf den ersten Blick ersichtlich sind, zum Beispiel die Wirkung der Wirbelströme, die durch die Bewegung der Kugeln im Magnetfeld erzeugt werden. Wir können das alles sehr genau berechnen.«

»Aber dann müssen Sie doch die Bewegung vorhersagen können!«, rief ich. So viel wusste ich noch aus dem Physikunterricht. »Wenn man alle Kräfte kennt, die auf ein Objekt einwirken, dann ist seine Bewegung genau vorherbestimmt.«

Ich schaute zu Hannah. Doch die hatte anscheinend abgeschaltet.

Gerd Österle grinste. »Wir können die Kräfte zwar sehr genau bestimmen, aber eben nicht beliebig genau. Und das ist der Unterschied, auf den es ankommt. Ein System wie dieses Pendel reagiert sehr empfindlich auf winzige Abweichungen. Es gibt immer kleine Unsicherheiten. Ein Beispiel: Wenn die Sonne auf das Gerät scheint, wird es etwas erwärmt. Dadurch dehnen sich die Drähte und die Kugeln aus, was einen Einfluss auf die Schwingungen hat. Der ist klein, aber es gibt viele solche Einflüsse. Sogar der minimale Luftzug, den wir beim Atmen verursachen, beeinflusst die Bewegung ein bisschen. Bei einem chaotischen System wie diesem Pendel vergrößern sich die Ungenauigkeiten mit der Zeit immer mehr. Für ein paar Sekunden können wir die Bewegung einigermaßen präzise vorhersagen. Danach wird die Unsicherheit wird immer größer. Alles verschwimmt, bis schließlich gar keine Vorhersagen mehr möglich sind.«

Gerd grinste, als hätte er mich gerade reingelegt.

Seine Selbstsicherheit ging mir auf die Nerven. Ich wollte ihn provozieren.

»Ihr Arbeitstag besteht also darin, dass Sie sich hinsetzen und über diese Fragen philosophieren.«

Gerd Österle fühlte sich nicht sonderlich angegriffen. »Solche Mathematiker gibt es natürlich auch«, entgegnete er. »Aber dazu bräuchte ich keinen Computer. Ich bin mehr für praktische Fragen. Bei jedem chaotischen System kann man die Bewegungen für eine gewisse Zeit recht gut vorhersagen. Es dauert eine Zeit lang, bis die winzig kleinen Kräfte, von denen ich gesprochen habe, sich auswirken. Ich beschäftige mich mit den Grenzen der Berechenbarkeit. Ich versuche, genaue Kriterien dafür zu entwickeln, wie lange ein System berechenbar bleibt. Für einfache Systeme gibt es schon ganz gute Ansätze, aber für einige Klassen von komplizierteren Systemen noch nicht.«

»Und wozu ist das Ganze gut?«

»Zum Beispiel, um herauszufinden, wie genau langfristige Wettervorhersagen sein können. Das Wetter ist vermutlich auch ein chaotisches System. Heute können die Meteorologen das Wetter einigermaßen sicher für drei Tage vorhersagen. Wird es eines Tages möglich sein, die gleiche Genauigkeit für eine oder zwei Wochen zu erreichen? Oder ist das wegen der chaotischen Natur des Wetters prinzipiell unmöglich?«

»Und, ist es möglich?«

»So gut verstehen wir das Wetter im Moment noch nicht. Aber ich kann Ihnen sagen, dass für dieses Pendel« – er zeigte auf das Drahtgebilde – »die Grenze bei zehn bis fünfzehn Schwingungen liegt. Wenn man das Pendel genau beobachtet, kann man – wenigstens im Prinzip – vorhersagen, ob es nach zehn Schwingungen einen Überschlag machen wird oder nicht. Aber die gleiche Vorhersage für zwanzig oder dreißig Schwingungen – das wird nie möglich sein.«

Nun mischte sich plötzlich wieder Hannah ein: »Und eine Familie ist ebenso ein chaotisches System. Darum kann man nie vorhersagen, wie sie sich entwickelt.«

»Ich habe Ihrem …« – Gerd Österle war sich unsicher, was er sagen sollte, Hannah entschied sich für »Freund« – »… schon gesagt: Eine Familie lässt sich mathematisch nicht beschreiben, darum kann man die Frage nicht beantworten. Aber ja, ich bin mir sicher. Wenn wir eine mathematische Beschreibung einer Familie hätten, dann würden wir herausfinden, dass sie ein chaotisches System ist.«

Gerd Österles Ton wurde leidenschaftlich: »Das ist es, was ich meiner Mutter vorwerfe. Sie hat immer so getan, als könnte man den Zufall und das Risiko aus dem Leben heraushalten. Aber das geht eben nicht. Manchmal muss man ein Risiko eingehen. Und das muss man einüben. Ich habe mir deshalb angewöhnt, gelegentlich bewusst Risiken einzugehen. Auch wenn Nicole nicht darüber redet, ich denke, sie macht es genauso. Und Tom hat ja gerade auf die harte Art erfahren, dass es ohne Risiko im Leben nicht geht.«

Ich fragte mich, warum er so heftig wurde. Vielleicht hatte er gerade Stress mit seiner Verlobten. Dazu passte, dass er sich so auffällig für Hannah interessierte. Als sie nach der Toilette fragte, ging er gleich mit, um ihr den Weg zu zeigen.

Das kam mir gelegen. In einem der Regale hatte ich ein altmodisches Kontoauszugsheft gesehen. Ich konnte meine Neugierde nicht im Zaum halten.

Gerd Österle hatte beinahe 15 000 Euro auf seinem Girokonto. Das lag daran, dass er unlängst 9000 Euro in bar einbezahlt hatte. Einen Moment dachte ich schon, ich hätte den Fall gelöst. Dann sah ich, dass die Einzahlung mehrere Tage vor dem Anschlag auf Martha Österle erfolgt war. Seltsam war das Zusammentreffen trotzdem. Seltsam, aber nicht für die Aufklärung des Falls verwertbar. Wenn ich zugab, dass ich ohne Erlaubnis in Gerd Österles Kontounterlagen geschnüffelt hatte, würde mich sein Anwalt förmlich zerreißen. Ich beschloss, meine Entdeckung vorerst für mich zu behalten. Ich setzte mich gerade noch rechtzeitig wieder auf meinen Stuhl, ehe Gerd zurückkam. Als wir Gerd Österle verließen, schaute ich noch einmal nach dem kleinen Pendel auf seinem Schreibtisch. Es machte einen Überschlag nach dem andern.

»Der Kerl will uns verarschen«, schimpfte ich, als wir wieder im Freien waren. »Er erzählt uns Storys von Pendeln und Schmetterlingen, damit wir ja nicht auf die Idee kommen, ihn etwas über den Fall zu fragen. Er müllt uns mit Reden über chaotische Systeme zu und freut sich, wie geschickt er uns aufs Glatteis führt.«

»Ich denke, dass er uns damit irgendetwas sagen will«, widersprach Hannah. »Ich komme nur nicht dahinter, was.«

»Glaubst du immer noch an diesen inneren Zensor?«

»Mehr denn je. Seine Andeutungen, dass er ein Risiko eingegangen ist, nur um seiner Mutter zu trotzen. Er weiß etwas, aber er kann nicht darüber sprechen.«

»Du hast schon so oft recht gehabt, aber diesmal täuschst du dich. Glaub einem erfahrenen Kriminalisten.«

Hannah zuckte mit den Achseln, nahm meinen Einwurf nicht ernst.

Einen Moment lang überlegte ich, sie wegen der Kontoauszüge ins Vertrauen zu ziehen, doch ich entschied mich dagegen.

Anschließend sprachen wir eine Zeit lang nichts, hatten eine stumme Vereinbarung, dass wir unseren schönen Spaziergang nicht durch eine Diskussion über Gerd Österles Seelenzustand verderben wollten.

Der Weg von den Naturwissenschaftlichen Instituten auf der Morgenstelle zur Innenstadt war etwas langweilig, doch der anschließende Weg durch die Gässchen der Altstadt entschädigte uns. Wir kamen wieder durch die Gassen mit den hübschen kleinen Läden. Glücklicherweise war Sonntag, und die Geschäfte waren geschlossen. Sonst hätten wir wohl nicht der Versuchung widerstehen können, irgendwo hineinzugehen und etwas Hübsches, Überflüssiges zu kaufen. Kurz hinter der Neckarbrücke gingen wir in ein einladend aufgemachtes Konditorei-Café, tranken Espresso und aßen Olgabrezeln.

Als wir über die Blaue Brücke gingen, überraschte mich Hannah mit einem Vorschlag: »Meinst du, du könntest die ganze Woche bei mir wohnen bleiben?«

»Meinst du nicht, das ist ein bisschen sehr schnell?«, fragte ich zurück.

Hannah holte tief Luft und sagte: »Ich muss dir etwas gestehen. Wenn du so willst, eines meiner hellen Geheimnisse. Als wir Freitag vor einer Woche gemeinsam auf dem Rand der Badewanne saßen, dachte ich plötzlich, wie schön es wäre, meine Wohnung mit einem Mann zu teilen. Auf diese Idee war ich noch nie gekommen. Eigentlich ist die Wohnung zu klein für zwei Leute. Die Männer, mit denen ich bisher zu tun hätte, wären nie auf die Idee gekommen, bei mir einzuziehen. Aber irgendwie – der Mann, der neben mir saß, erschien mir passend. Ich wollte also schon mit dir zusammenziehen, ehe ich dich überhaupt näher kannte.«

»Dann war also deine Idee mit dem Wärmen nur eine Scharade, um mich in dein Bett zu locken.« Ich war kurz davor, wütend zu werden.

»Nein – auf keinen Fall!«, rief Hannah erschrocken. Sie sprach jetzt sehr schnell. »Mein bewusstes Ich hat diese Idee natürlich sofort abgelehnt. Aber als ich überlegte, wie wir uns wärmen könnten, fiel mir sofort ein, wir könnten uns gemeinsam in mein Bett legen. Dabei hätte es doch genug andere Lösungen gegeben. Ich hätte ein paar von meinen vielen Polstern ins Bad zerren können, damit du ein warmes, bequemes Nachtlager hast. Anschließend hätte ich mich mit ein paar vorgeheizten Wärmekissen unter meine Kuscheldecke gelegt, da wäre ich schon nicht erfroren. Aber in mir war irgendetwas, das diese Lösung nicht wollte, etwas, das verhindert hat, dass sie mir überhaupt eingefallen ist. Etwas, das nicht damit einverstanden war, dass ich mich allmählich aus dem Leben zurückziehe, dass ich nicht mehr an eine Partnerschaft denke, dass ich sogar meine Freundinnen vernachlässige.«

Hannah fühlte, dass ich anfing, ihr zu glauben. Sie fing erleichtert an zu lachen: »Überleg doch. Ich habe mich ohne Zögern mit dir unter Andrés Kuscheldecke gelegt, obwohl ich sie nie mit einem anderen Mann teilen wollte. Ich habe dich ausdrücklich eingeladen, meine schlanke Figur zu bewundern. Ich hätte sogar einen meiner Lieblingsschlafanzüge ruiniert, nur damit du reinpasst. Ohne einen kleinen Mann im Ohr, der mir solche Ideen einflüstert, wäre das kaum passiert.«

»Als ich mich dann ohne Zerstörung in deine Schlafhose zwängen konnte, war für dich schon alles klar«, vermutete ich.

Hannah zuckte mit den Schultern. »Vielleicht.« Sie sah, dass ich mit ihrer Antwort nicht zufrieden war und ergänzte: »Ich weiß es nicht. Wirklich nicht. Ich verstehe zwar immer noch nicht ganz, was chaotische Systeme sind, aber mein Herz ist eines.«

Sie setzte wieder den Blick auf, mit dem sie mich schon am Vortag um den Finger gewickelt hatte, und fragte: »Also, ist es dann abgemacht? Du bleibst noch ein paar Tage bei mir?«

»Abgemacht«, stieß ich hervor. »Aber dein Blick ist waffenscheinpflichtig.«

»Ich werde dich jetzt öfter so anschauen«, versprach Hannah. »Damit du dich daran gewöhnst. Ich will dich auch lieb anschauen können, ohne, dass du jedes Mal meinst, du musst deinen Geldbeutel zücken. Außer es geht um etwas, das mir wirklich am Herzen liegt. Im Moment liegt mir am Herzen, dass ich heute Abend schön mit dir essen gehen möchte.«

Sie sah mich schon wieder mit dem bewussten Blick an.

»Du musst dir nicht so viel Mühe geben, mich zu überreden«, sagte ich. »Da mache ich gerne mit.«

»Meine Freundin hat für ihre Boutique schon die neue Sommerkollektion geliefert bekommen, und ich habe mir ein hübsches Sommerkleid ausgesucht«, erklärte Hannah. »Das möchte ich heute ausführen, zusammen mit meinen neuen Push-ups. Ganz gelegentlich macht es mir Spaß, schick auszugehen.«

»Ein Sommerkleid passt ja wohl nicht zur Witterung«, wandte ich ein.

»Ich kombiniere es mit einer dicken blickdichten Strumpfhose und mit meinen langen Winterstiefeln.«

»Das passt doch nicht zusammen. Aber ich weiß – du kannst tragen, was du willst, und du siehst gut darin aus.«

»Glaubt der Herr Kommissar das wirklich?«

»Nicht ganz«, gab ich zu. »Ich nehme an, deine Freundin, die Boutiquenbesitzerin aus Paris, berät dich. Vermutlich gibt es irgendwo in Paris einen Spezialladen, wo man Kleidung kaufen kann, die alltäglich aussieht, die auf den ersten Blick vielleicht sogar langweilig wirkt, die aber für ausgesprochen schlanke Frauen wie dich ideal passt. Deine Freundin geht mit dir hin und sucht die Stücke aus, die dir am besten stehen. Sachen, die deine elegante schlanke Silhouette betonen, ohne, dass du zu knabenhaft aussiehst. Sie gibt dir auch Ratschläge, was du zusammen anziehen kannst, damit es aussieht wie zufällig zusammengewürfelt und trotzdem attraktiv wirkt.«

»Da ist der Herr Kommissar auf der richtigen Spur.

Meine Freundin tut allerdings noch einiges mehr für mich. Aber der Herr Kommissar muss ja nicht alles wissen. Übrigens: Manche meiner Kleidungsstücke sind noch viel katastrophaler als die, die du gesehen hast.«

»Wie meinst du das?«

»Im Sommer trage ich gern T-Shirts mit einer christlichen Botschaft oder mit dem Logo der evangelischen Stiftung, für die ich arbeite. Meistens total geschmacklose Teile. Wenn du mit mir zusammenbleiben willst, musst du dich daran gewöhnen. Ich bin überzeugt von dem, was ich tue, und das dürfen die Menschen auch ruhig wissen.«

Das hatte ich schon vermutet.

Hannah führte mich zu einem italienischen Restaurant in der Altstadt. Es lag etwas versteckt in einer Gasse nahe bei dem Turm, in dem der geistig labile Dichter Friedrich Hölderlin gelebt hatte. Silke hatte mir das Restaurant schon mehrmals empfohlen, doch allein schön essen zu gehen hatte für mich keinen besonderen Reiz gehabt.

In ihrer eigenwilligen Kombination sah Hannah fantastisch aus. Sie zog einige Blicke auf sich, als sie ihre Winterjacke ablegte. Die Pasta war, wie sie sein sollte: wunderbar al dente, mit Soßen, die vergessen ließen, dass man eigentlich nur Nudeln aß. Für diese Qualität konnte ich mich auch mit den Preisen versöhnen.

Mitten im Essen wurden wir gestört. Mein Diensthandy meldete sich. Silke war am Apparat.

»Ich habe grade einen Anruf aus Metzingen bekommen«, berichtete sie. »Die Jugendlichen, die in dieser Szenekneipe unangenehm aufgefallen sind, waren wieder da. Diesmal kam die Polizei rechtzeitig. Es waren Russlanddeutsche. Es könnten also tatsächlich die Jugendlichen sein, die Tom und Erkan überfallen haben.«

»Heißt das, ich muss jetzt nach Metzingen? Das passt gerade überhaupt nicht. Wir sind gerade beim Italiener beim Essen. Ein hervorragendes Restaurant übrigens.«

»Sie sind nicht verhaftet worden, es lag ja nicht viel gegen sie vor. Das mit dem Überfall auf Tom und Erkan ist schließlich nur eine vage Vermutung. Aber unser Metzinger Kollege hat sie vorgeladen. Gleich morgen früh um acht, damit sie merken, dass es ihm ernst ist. Ich hole dich um sieben Uhr ab. Wo soll ich hinkommen?«

»Hol mich bei Hannah ab.« Ich gab ihr die genaue Adresse.

»Du lebst also schon mit deiner blitzseelsorgerisch veranlagten Notfallaufreißerin zusammen?«

»Erst mal für ein paar Tage zur Probe.«

»Ihr legt ja ein Tempo vor. Mir würde dabei schwindlig.«

Mir wurde auch manchmal schwindlig. Aber das brauchte Silke nicht zu wissen.

Hannah erkundigte sich nach dem Grund für die Störung. Ich erklärte ihr, worum es ging, erzählte ihr auch, dass Silke vermutete, der Anstifter des Überfalls könnte ein Schulkamerad von Tom Österle und Erkan Demir sein.

Als wir wieder zu Hause bei Hannah waren, telefonierte sie eine Zeit lang mit einer Bekannten, die am Albert-Einstein-Gymnasium Schulsozialarbeit machte.

Schließlich sagte sie: »Am AEG gab es einen schlimmen Unruhestifter, der schließlich von der Schule geflogen ist, ein Jahr vor dem Abi. Er hat versucht, Haschisch an Schüler aus der Mittelstufe zu verticken. Eigentlich sollte ich dir das nicht erzählen, aber ihr müsstet diesen Jungen auch in den Polizeiakten finden können. Er war in der Klasse von Tom und Erkan und er ist ein paar Mal mit ihnen zusammengeraten. Einmal hat er ein Mädchen so penetrant und so ungeschickt angemacht, dass sie sich beschwert hat.«

»Sein Name?«

»Mischa Bringauf.«

Bringauf – dieser Name war mir während der aktuellen Untersuchung schon einmal untergekommen. Zwar nur ganz am Rande, doch ich hatte ihn mir gemerkt. Falls die Spur echt war, konnte ich mich auf einen interessanten Wochenanfang freuen.

MONTAG

Silke holte mich wie versprochen um sieben Uhr bei Hannah ab.

Der Polizeiposten Metzingen hatte einen kleinen Vernehmungsraum, der völlig überfüllt war, als zu den drei Randalierern und den beiden Metzinger Kollegen, die die Vernehmung leiteten, auch noch wir dazukamen.

Die Vernehmung wegen der Randale in der Kneipe war rasch abgeschlossen. Das Mädchen, das von den dreien angemacht worden war, und ihr Freund hatten auf eine Anzeige verzichtet. Da außer einem Glas, das wohl zufällig zu Bruch gegangen war, auch nichts zerstört wurde, blieb als Straftatbestand nur ein Hausfriedensbruch übrig. Der Wirt bestand allerdings auf seiner Anzeige. Da alle volljährig waren, konnte ihnen durchaus eine Bewährungsstrafe drohen.

Der stärkste und älteste der drei versuchte dauernd, sich als Anführer aufzuspielen, maulte immer wieder, während sich die beiden anderen möglichst ruhig verhielten.

Silke nahm sich einen von ihnen vor. »Wenn es nur um die Randale ginge, wären wir nicht hierhergekommen. Vielleicht sollte ich mich vorstellen. Ich bin Kriminalhauptkommissarin Silke Maurer, zuständig für Gewaltdelikte. Und da liegt einiges gegen euch vor. Oder wollt ihr bestreiten, dass ihr vor drei Monaten in Reutlingen zwei Jugendliche überfallen habt?«

Sie schaute den jungen Mann, den sie als ihr Ziel ausgewählt hatte, unverwandt an.

»Raus mit der Sprache!«, rief sie. »War das euer einziger Überfall, oder steckt ihr auch hinter den Angriffen in Münsingen? Da ist in letzter Zeit einiges vorgekommen.«

Die letzte Behauptung war pure Fantasie, aber sie wirkte. Der Junge wurde bleich, nervös, fing an zu stottern.

»Wir kommen doch nie nach Münsingen.«

Der Möchtegern-Anführer plusterte sich auf, rief: »Wir wollen sofort unseren Anwalt. Was sollen diese Anschuldigungen? Wie kommen Sie darauf, dass wir etwas mit dem Überfall im Park zu tun haben sollen?«

»Ach, ihr wisst also, dass es in einem Park passiert ist?«

»Wir lesen schließlich Zeitung.«

»Und da erinnerst du dich an eine kurze Meldung, die vor drei Monaten erschienen ist?«

Der Anführer konnte einem leidtun. Er merkte nicht, dass er dabei war, sich und seine Kumpel, um Kopf und Kragen zu reden.

»Das war wegen dem Thema. Als deutscher Jugendlicher weiß man doch, dass man dauernd der Dumme ist. Als ich gelesen habe, dass ein Kanake überfallen worden ist, war mir klar, dass man wieder uns die Schuld in die Schuhe schieben würde. Die Kanaken dürfen sich aufspielen, wie sie wollen, obwohl sie gar nicht von hier sind, und wir Deutschen schauen in die Röhre. Wir bekommen nicht einmal mehr Ausbildungsplätze. Nicht einmal als Lehrlinge sind wir gut genug.«

»Und woher weißt du, dass einer der beiden, die überfallen wurden, ein Türke war? Davon stand nichts in der Zeitung.«

»Das ist doch immer so. Wenn die sich so aufspielen, bekommen sie halt eines aufs Maul.«

»Ihr gehört also zu einer Szene, die gezielt Türken überfällt? Der Staatsanwalt, der die Überfälle in Münsingen untersucht, wird sich freuen. Vielleicht habt ihr ja auch mit der Sache in Bad Urach zu tun.«

Sie schaute weiter unverwandt den Jungen an, der ihr am gefügigsten schien, und ihre Taktik wirkte.

»Hören Sie zu, das in Münsingen und Urach waren wir nicht.«

»War das jetzt schon ein Geständnis?«, fragte Silke.

Der Möchtegern-Anführer versuchte hineinzugrätschen. »Das hat mein Freund nie zugegeben.«

Silke seufzte. »Gut, dann müssen wir wohl doch eine Gegenüberstellung machen. Die beiden Jungen, die ihr überfallen habt, können in einer Viertelstunde hier sein. Schade. Ein Geständnis hätte eure Lage sehr verbessert. Ich schlage vor, dass ihr jetzt wirklich einen Anwalt ruft. Habt ihr denn schon einen?«

Keiner der drei sagte etwas.

»Also nicht. Hier sind die Gelben Seiten. Sucht euch einen aus.« Silke legte ihnen das Telefonbuch auf den Tisch.

Silkes Zielobjekt war jetzt sehr nervös, rutschte immer stärker auf seinem Stuhl hin und her. Plötzlich platzte es aus ihm heraus:

»Also, das mit dem Überfall, das war nicht unsere Idee. Da hat uns einer angestiftet.«

Der Möchtegern-Anführer gab ihm einen Rippenstoß: »Spinnst du? Willst du unseren Freund auch noch mit reinziehen?«

»Ach was«, mischte sich der Dritte ein, der bisher geschwiegen hatte. »Der ist doch nicht unser Freund. Der hat uns doch bloß verarscht. Wenn wir nicht aufpassen, bleibt das mit den Fensterscheiben auch noch an uns hängen.«

»Das wart ihr also nicht?«, fragte Silke. »Das war euer Freund?«

Der Anführer versuchte noch einmal aufzubegehren, doch die beiden anderen hatten endgültig beschlossen, zu kooperieren. Binnen Kurzem wussten wir Bescheid. Die drei hatten wegen ihrer schlechten Schulleistungen keine Lehrstelle gefunden, lagen seitdem ihren Eltern auf der Tasche und schlugen sich mit Gelegenheitsarbeiten durch. Mischa Bringauf war ihnen durch Zufall begegnet. Nachdem er von der Schule geflogen war, war er rasch zu ihrem Einpeitscher und De-facto-Anführer geworden.

»Er hat ein Mundwerk wie geschmiert«, klagte derjenige, der als Erster eingeknickt war. »Er hat uns richtig aufgehetzt, als wir die beiden im Park gesehen haben. Wir hätten sie überhaupt nicht beachtet, aber er hatte einen richtigen Hass. Er hat gesagt, die beiden wären Kanaken, sie würden dauernd andere Jugendliche mobben. Später haben wir erfahren, dass einer von den beiden ein Deutscher war. Er hat einfach mit den Schultern gezuckt und gesagt, Kanakenfreunde sind genauso schlimm wie die Kanaken selbst.«

Er hatte die drei auch dazu angestiftet, zwei Tage später die Fensterscheibe am Laden von Bülent Demir einzuwerfen. Als er dann vorschlug, weitere Fensterscheiben einzuwerfen, hatten sie nicht mehr mitgemacht.

»Er hat gesagt, zur Tarnung wäre es unbedingt nötig«, erzählte der Möchtegern-Anführer. »Man dürfte nicht wissen, dass wir die Kanaken auf dem Kieker haben. Er hat es dann selbst gemacht, alle paar Tage eine Scheibe.«

»Die Scheibe von Demir wurde insgesamt drei Mal eingeworfen, die der Firma Österle zwei Mal«, stellte Silke fest. »Auf euer Konto geht also nur die erste kaputte Scheibe bei Demir?«

»Wir hatten genug von diesem Typen und seinen Allüren. Der hat immer uns vorgeschickt, hat aber selbst bei der Aktion nicht mitgemacht. Unsere Gesichter sollte man sehen, seines nicht. Es hat eine Weile gedauert, bis wir das kapiert haben.«

Silke informierte die drei, dass sie sich jetzt mit der Staatsanwaltschaft beraten müsse. Da sie kooperiert hatten, würde es wahrscheinlich nicht auf eine Untersuchungshaft hinauslaufen, aber die Staatsanwältin könnte anderer Meinung sein. Es würde vielleicht eine Weile dauern, sie zu überzeugen. Das stimmte natürlich nicht. Die Staatsanwaltschaft würde unserer Einschätzung sofort folgen. In Wahrheit wollten wir Mischa Bringauf zum Verhör abholen, ehe seine Ex-Kumpane eine Chance hatten, ihn zu warnen.

Wir riefen im Kommissariat an. Unglert war schon da, und er versprach, im Eiltempo nach Metzingen zu kommen.

Silke blieb bei den Jugendlichen, während ich mich mit Unglert auf den Weg zu Mischa Bringauf machte.

Mischas Eltern lebten getrennt. Er wohnte bei seiner Mutter, die das gemeinsame Haus in Reutlingen behalten hatte. Die Wohnlage war wieder ein Beispiel für »Fifty Shades of White«, wie es Hannah abfällig nannte. Immerhin wirkte die Umgebung nicht ganz so langweilig, da das Haus an einem Hügel lag.

Als wir kamen, um Mischa zu holen, war er allein im Haus. Seine Mutter war schon bei der Arbeit. Sie war Lehrerin für Religion und Geschichte an einem Tübinger Gymnasium. Ihr Sohn saß noch beim Frühstück, er hatte ja nichts zu tun. Obwohl das Gymnasium, an dem seine Mutter unterrichtete, ihn aufgenommen hätte, hatte er die Schule geschmissen. Stattdessen hatte er sich für ein Freiwilliges Soziales Jahr bei einer Jugendhilfeeinrichtung beworben, war aber abgelehnt worden, als man dort von seinem Vorleben als Dealer erfahren hatte. So viel hatten wir bereits herausgefunden.

»Sie dürfen mich nicht verhören, wenn nicht mein Vater oder meine Mutter dabei sind«, behauptete Mischa.

»Du hast wohl vergessen, dass du volljährig bist«, sagte Unglert.

»Warum holt man mich überhaupt zu einem Verhör ab?«

»Die Staatsanwaltschaft Tübingen sieht einen dringenden Tatverdacht für gemeinschaftlich begangene Körperverletzung, Anstiftung zu Straftaten und mehrere Fälle von Sachbeschädigung«, erklärte ich.

»Die Idioten haben mich also verpfiffen.«

»Das war schon ein halbes Geständnis«, belehrte ihn Unglert. »Aber du hast ein Anrecht auf einen Beistand, ehe die Vernehmung beginnt.«

Wir hatten vereinbart, dass sich Unglert möglichst verständnisvoll geben sollte. Ich dagegen würde möglichst forsch auftreten. Wir spielten das alte Spiel »netter Bulle – böser Bulle«, das bei jungen und naiven Verdächtigen oft noch erstaunlich gut wirkt. Die Rollenverteilung passte weder zu unserem Aussehen noch zu unseren Charakteren, doch Hackerle war der Ansicht, dass wir den Verhörten auf diese Weise noch mehr verunsichern konnten. Unglert und ich hatten die Technik in den vergangenen Wochen ein paar Mal geübt.

»Ich will meinen Vater als Beistand«, sagte Mischa prompt. »Das ist mein gutes Recht.«

»Normalerweise wäre das möglich«, erklärte ich. »Aber gegen deinen Vater wird in derselben Sache ermittelt. Außerdem – das habe ich vergessen zu sagen – besteht ein Anfangsverdacht auf Mord oder Beihilfe zum Mord.«

»Ihr seid ja verrückt!«

»Vielleicht.« Ich zischte meine Antwort förmlich heraus.

»Aber diese Einschätzung kommt von Frau Staatsanwältin Gabriele Luckner, und die ist nicht verrückt.«

Während unserer Fahrt nach Reutlingen hatte Silke in Rekordzeit die Staatsanwältin über unsere neuesten Ergebnisse informiert, und die hatte genauso rasch entschieden, dass Mischa Bringauf für den Überfall und den Vandalismus gegen die Schaufensterscheiben dringend tatverdächtig war, und dass eine Verbindung zum Mordfall Martha Österle wahrscheinlich schien. Sie wollte sich sofort mit dem Kollegen in Verbindung setzen, der für die Übergriffe in Reutlingen zuständig war.

»Ein Kinderspiel«, hatte sie am Telefon behauptet. »Er wird den Fall gern freiwillig abgeben. Ich kenne den Mann gut. Er ist dreiundsechzig und freut sich schon auf seine Pension. Er ist froh über jedes bisschen Arbeit, das er nicht mehr selbst erledigen muss.«

Als wir in Tübingen ankamen, war der Vernehmungsraum schon vorbereitet. Staatsanwältin Luckner war gekommen, um das Verhör persönlich mitzuerleben. Ich hatte sie schon ein paar Mal gesehen. Sie war eine kleine, zierliche Person, in der unglaublich viel Energie steckte.

Unglert und ich führten die Befragung durch. Silke machte das Protokoll, Hackerle und die Luckner beobachteten das Verhör aus einem Nebenraum über Video.

Wir erinnerten Mischa daran, dass er einen Rechtsbeistand verlangen konnte, doch der lehnte ab: »Es hat sowieso keinen Sinn, wenn ich leugne. Die drei Typen, die auf Erkan und Tom losgegangen sind, haben sich garantiert abgesprochen. Drei gegen einen – da ist ja wohl klar, wem die vielgerühmte deutsche Kripo glaubt.«

»Du behauptest also, du hast sie nicht auf die beiden gehetzt«, fragte Unglert.

»Ach was – die waren schon die ganze Zeit auf der

Suche nach Trouble. Irgendjemanden hätten sie garantiert in die Mangel genommen. Als ich dann Erkan und Tom gesehen habe, habe ich gedacht, wenn die dran glauben müssen, dann trifft es wenigstens nicht die Falschen.«

»Warum – was sollen Erkan und Tom denn verbrochen haben?«

Ich brauchte mich nicht zu verstellen, um meine Stimme unfreundlich klingen zu lassen. Dieses Bürgersöhnchen Mischa fand ich deutlich unerträglicher als die drei Rabauken, die wir vorher ausgequetscht hatten.

»Ein Kanake, der sich aufspielt, weil sein Vater ein bisschen Geld hat, obwohl er doch gar nicht hierhergehört, und ein Deutscher, der lieber mit so einem Typen durch die Gegend spaziert als mit ein paar anständigen Deutschen – was soll man mit denen sonst anfangen?«

Er versuchte, es möglichst trotzig klingen zu lassen, doch ich war nicht überzeugt. Ich berührte kurz Unglerts linke Hand, und der schüttelte unmerklich den Kopf. Auch er war der Meinung, dass das eine vorgeschobene Begründung war.

Plötzlich kam die Luckner herein.

»Aber dein Zorn scheint sich gegen die ganze Familie zu richten«, sagte sie. »Oder wie erklärst du sonst, dass du zwei Mal die Scheibe im Reutlinger Laden der Österles eingeworfen hast?«

»Das war ein Versuch von mir, die Österles und die Demirs gegeneinander aufzuhetzen«, behauptete Mischa. »An den ersten Stein hatte ich einen Zettel gebunden. Auf dem stand: Rache – für jede türkische Fensterscheibe eine deutsche. Aber niemand hat den Zettel gesehen. Vielleicht haben die Österles ihn verschwinden lassen, weil sie keinen Stress mit den Demirs wollten.«

»Das glaubst du doch wohl selbst nicht«, rief die Luckner. »Jetzt hör mal zu – solange wir nicht wissen, warum du so einen Hass gegen deine Ex-Mitschüler hast, müssen wir davon ausgehen, dass sich dein Hass gegen die ganze Familie Österle richtet. Und das macht dich zum Verdächtigen im Mordfall Martha Österle.«

Genau in diesem Moment stürmte ein Mann in Polizeiuniform ins Zimmer. Wir kannten ihn. Es war der Polizeioberkommissar aus Reutlingen, der uns so roh abgebürstet hatte, als wir ihn wegen des Überfalls auf Erkan und Tom kontaktiert hatten. Sein Name war Werner Bringauf, und er war der Vater von Mischa Bringauf.

»Was fällt Ihnen ein, meinen Sohn hier festzuhalten«, brüllte er. »Sie haben überhaupt kein Recht dazu. Ich kenne den zuständigen Staatsanwalt, schließlich bearbeite ich diesen Fall.«

»Und genau das dürfen Sie nicht«, trumpfte die Luckner auf. »Da ihr Sohn dringend tatverdächtig ist, haben Sie einen erheblichen Interessenkonflikt. Dass Sie praktisch überhaupt keine Ermittlungen durchgeführt haben, dass sich die Polizei auch nicht um den Vandalismus in der Reutlinger Innenstadt gekümmert hat, macht Sie ebenfalls zum Verdächtigen – und zwar wegen Strafvereitelung. Die Ermittlungen gegen Sie haben schon begonnen.«

»Sie haben überhaupt kein Recht, diese Ermittlungen zu führen«, wiederholte Werner Bringauf. »Für Straftaten in Reutlingen ist eine andere Abteilung der Staatsanwaltschaft zuständig.«

»Genau. In diesem Fall ist es mein Kollege Herrlinger. Er hat mich ermächtigt, dieses Verhör durchzuführen und gegebenenfalls einen Haftbefehl zu beantragen«, sagte die Luckner. »Der Grund sind vermutete Verbindungen zum Mordfall Martha Österle. Es besteht ein Anfangsverdacht gegen ihren Sohn.«

Die Luckner konnte ihren Triumph nicht verstecken, grinste den Reutlinger Kommissar an.

»Sie sind wohl wahnsinnig geworden«, brüllte Werner Bringauf. Er ging auf die Staatsanwältin zu, die trotzig stehenblieb und die Hände in die Hüften stemmte. Bringauf packte sie, schüttelte sie und schrie: »Was erlauben Sie sich?«

Silke hatte schon ihre Dienstwaffe gezogen und schrie: »Lassen Sie sofort Frau Luckner los.«

Bringauf ließ Gabriele Luckner fallen. Da sie sich heftig gewehrt hatte, kam sie nicht sauber auf, kippte nach hinten und stieß schmerzhaft mit dem Kopf gegen den Boden.

Einen Moment lang sah es aus, als wolle Bringauf jetzt auf Silke losgehen. Unglert und ich zogen unsere Dienstwaffen. Gerade als ich einen Warnschuss abfeuern wollte, überlegte er es sich anders, hob die Hände.

Unglert nahm ihm die Waffe ab, und Silke kommandierte: »Setzen Sie sich auf diesen Stuhl.«

Bringauf hatte kaum Platz genommen, da sackte er weinend zusammen, schluchzte irgendetwas.

Silke geleitete Bringauf junior, der den Auftritt seines Vaters mit Entsetzen beobachtet hatte, aus dem Raum. »Ich hoffe, dir ist klar, wie sehr sich dein Vater wegen dir reingeritten hat«, sagte sie.

Wir ließen Werner Bringauf ein paar Minuten lang in Ruhe. Auch danach war er kaum ansprechbar. Hauptkommissar Hackerle versuchte es schließlich selbst.

»Ich nehme an, Sie verstehen inzwischen, dass Sie sich in einer sehr schlechten Lage befinden«, sagte er. »Strafvereitelung im Amt – das allein reicht aus, um Sie vom Polizeidienst zu suspendieren. Dazu kommt der tätliche Angriff auf Staatsanwältin Luckner. Sie hat sich zwar entschieden, selbst keine Anzeige zu erstatten, aber es bleibt, dass wir den Angriff beobachtet haben. Sie wissen, dass wir verpflichtet sind, ihn zu protokollieren. Der zuständige Staatsanwalt muss entscheiden, ob er ein öffentliches Interesse an der Strafverfolgung sieht. Da Frau Luckner einen Interessenkonflikt hat, kann sie das nicht selbst entscheiden. Voraussichtlich wird die Zuständigkeit an Staatsanwalt Schulze fallen.«

»Mister Null Toleranz«, jammerte Bringauf. »Ich habe ihn immer bewundert.«

»Da sehen Sie, wie sich die moralischen Maßstäbe verschieben, wenn der eigene Sohn betroffen ist«, gab Hackerle zurück. »Sie haben alles getan, um zu verhindern, dass er als Täter überführt wird.«

»Ich verstehe nicht, was bei seiner Erziehung schiefgelaufen ist«, klagte Bringauf. »Wir müssen ihm klare moralische Grundsätze beibringen. Da waren sich meine Frau und ich immer einig. Warum ist das nur schiefgegangen?«

Hackerle schien Mitleid zu haben, ging auf Bringaufs Jammern ein: »Vielleicht hat er Ihre Trennung nicht verkraftet.«

Bringauf seufzte: »Wir haben uns nur wegen seiner Erziehung zerstritten. Meine Frau hat geklammert, wollte ihm immer alle Schwierigkeiten aus dem Weg räumen. Ich habe gesagt, er darf kein Muttersöhnchen werden, er braucht Härte. Das war der Auslöser. Wir sind uns fremd geworden, ganz plötzlich.«

Hackerle seufzte. Bringauf hatte anscheinend immer noch nicht begriffen, dass es gerade dieser Streit um die richtige Erziehung gewesen war, der seinen Sohn von der Spur geworfen hatte. Doch das war nicht unser Thema.

»Solange wir nicht verstehen, warum Ihr Sohn einen solchen Hass gegen Tom Österle und Erkan Demir entwickelt hat, müssen wir davon ausgehen, dass sich sein Hass auch gegen die übrigen Familienangehörigen richtet. Er ist deshalb mordverdächtig. Leider spricht einiges gegen ihn. Ihre Frau fährt einen dunkelgrauen VW Golf. Ein Zeuge hat beobachtet, wie ein ähnliches Fahrzeug Martha Österle auf ihrer letzten Fahrt verfolgt hat. Ihr Sohn hat einen Führerschein, er benutzt regelmäßig das Auto seiner Mutter, und wir haben gehört, dass er oft vor anderen damit angibt, wie gut er fahren kann.«

»Das sind doch sehr schwache Indizien.«

»Es sind mehr Indizien, als wir sonst gegen irgendjemanden haben.« Hackerles Stimme wurde eindringlich. »Ein letztes Mal: Warum hasst Ihr Sohn Tom Österle und Erkan Demir so?«

»Sie wissen doch, er hat etwas gegen Türken. Er nennt sie immer nur Kanaken.«

»Er sagt das, aber es klingt nicht gerade überzeugend. In der Schule ist er wegen allem Möglichen aufgefallen, aber nie wegen ausländerfeindlichen Sprüchen.«

»Ich weiß«, sagte Bringauf. »Einmal hat er behauptet, die beiden hätten ihn wegen dem Haschisch verpfiffen. Aber er hat nie erklärt, was er damit gemeint hat. Tatsache ist, dass er aufgeflogen ist, als zwei von den Schülern, denen er das Zeug verkaufen wollte, zur Polizei gegangen sind. Das war ein großer Skandal damals. Ich weiß es nicht. Ich weiß es einfach nicht.« Bringauf sackte zusammen, ein Häufchen Elend in Uniform.

Unglert und ich verhörten noch einmal Mischa Bringauf. Wir brauchten zwei Stunden, ohne greifbares Ergebnis. Er gab zu, dass er seine Kumpel zum Überfall auf Tom und Erkan angestiftet hatte, doch sein Motiv blieb im Dunkeln. Ebenso war unklar, wieso er mehrmals die Fensterscheiben bei Österle und bei Demir eingeworfen hatte. Er gab zu, dass es ihm nur um die beiden gegangen war, dass er in einigen weiteren Geschäften nur deshalb Scheiben eingeworfen hatte, um seine wahren Absichten zu tarnen.

Gegen zwei Uhr entschied Staatsanwältin Luckner, den jungen Bringauf laufen zu lassen. Seine Tatbeteiligung beim Überfall und beim Vandalismus war klar, die Hinweise darauf, dass er etwas mit dem Mord zu tun haben könnte, äußerst vage. Es gab keinen Grund, eine Untersuchungshaft anzuordnen.

Doch ein ungutes Gefühl blieb. Niemand konnte verstehen, warum Mischa Bringauf Tom und Erkan so sehr hasste. Und solange wir das nicht verstanden, konnten wir auch nicht ausschließen, dass er Martha Österle genauso gehasst hatte. Und dass er am Ende sogar beschlossen hatte, sie zu töten.

»Ich denke, es ist etwas ganz Triviales«, meinte Unglert. »Es fällt einem doch oft leichter, etwas wirklich Schlimmes zuzugeben als etwas, das einfach nur peinlich ist.«

Unglert selbst war ein Musterbeispiel für seine These. Er merkte meistens gar nicht, wenn sein Verhalten einfach nur peinlich war, und konnte deshalb auch nichts zugeben.

»Was könnte denn so peinlich gewesen sein?«, fragte Hackerle.

Unglert zuckte nur mit den Schultern.

Wir mussten seine Meinung trotzdem ernst nehmen. Wie gesagt, seine Beobachtungsgabe bei Vernehmungen war spitze.

Inzwischen war Hauptkommissar Bittermann, Schmals Kontaktmann beim LKA, nach Tübingen gekommen. Er hatte die gesamte Sonderkommission Picasso zu einer Besprechung gleich nach dem Mittagessen eingeladen. Sie sollte im großen Besprechungsraum der Verkehrspolizeidirektion stattfinden.

»Gehen wir zur Audienz«, sagte Silke fröhlich, als wir uns auf den Weg machten.

»Audienz?«, fragte ich. »Gehen wir zum Papst?«

»Nein, aber bei vielen von den LKA-Leuten hat man den Eindruck, dass sie sich für den Papst halten. Sie haben auch genauso viele Vorurteile gegen Lesben und Schwule. Oder eher noch ein paar mehr – der Papst in Rom soll sich ja inzwischen etwas gebessert haben.«

Hauptkommissar Jonas Bittermann war vielleicht fünfundvierzig Jahre alt, groß und von imposanter Statur. Wenn er sprach, hatte man tatsächlich den Eindruck, er hielte Hof. Er behandelte Hackerle und Schmal, als seien sie Jungkommissare, die frisch von der Polizeihochschule kamen. Bei Ebner war er vorsichtiger. Es gab immerhin die Möglichkeit, dass dieser eines Tages ins Innenministerium versetzt und sein Vorgesetzter werden könnte.

Bittermann hatte eine laute, knurrige Stimme, die wohl seriös wirken sollte, aber schon nach kurzer Zeit nervte.

»Das organisierte Verbrechen etabliert sich in Reutlingen«, tönte er. »Vor einigen Monaten wurde dort ein illegales Spielkasino eröffnet, das wir intensiv beobachten.«

»Ein illegales Spielkasino?«, fragte Hackerle verblüfft. Hatte das LKA nichts Besseres zu tun?

»Jawohl, ein illegales Spielkasino«, dröhnte Bittermann. »Zurzeit ist es noch ziemlich klein und es wird dort nur Roulette gespielt. Aber das Kasino wird von einem gewissen Alfred Maschner geleitet. Bisher hat Maschner für eine Wiener Unterweltgröße gearbeitet, für einen Zuhälterkönig namens Plärrer. Wir gehen davon aus, dass Maschner immer noch für Plärrer arbeitet und dass dieser seine Geschäfte nach Süddeutschland ausdehnen will. Maschners Kasino ist vermutlich so eine Art Versuchsballon, um die Lage hier abzuchecken, um zu prüfen, wie scharf die

Polizei gegen illegales Glücksspiel vorgeht und ob man mit Widerstand von örtlichen Kriminellen rechnen muss. In einigen anderen Städten in Baden-Württemberg und Bayern sind ebenfalls Leute aufgetaucht, die bisher für Plärrer gearbeitet haben.«

Mir erschien das Ganze ziemlich unwahrscheinlich. Reutlingen ist offiziell eine Großstadt, aber die notwendige Einwohnerzahl kann es nur mit Mühe aufbringen. Auch die kriminelle Szene in Reutlingen ist sehr begrenzt. Für einen Unterweltkönig ist da nicht genügend zu holen.

Ich schätzte Bittermanns Charakter so ein, dass er von allem, was er tat, überzeugt war und dass er auf Rückfragen unwillig reagieren würde. Aber als einfacher Kommissar war ich vielleicht noch unwichtig genug, um unter seinem Radarschirm durchzurutschen.

»Dass sich das organisierte Verbrechen aus Wien in einer Stadt mit gerade mal 100 000 Einwohnern ansiedeln will, ist etwas erstaunlich«, wandte ich ein.

»Aha, einer, der mitdenkt«, rief Bittermann. Es war klar, dass das nicht als Kompliment gedacht war.

»Einer der Gründe, warum wir dieses Spielkasino genau beobachten, ist Alfred Maschner«, erklärte er. »Wenn er versucht, ein Geschäft zu managen, muss man mit dem Schlimmsten rechnen.«

»Was ist Maschner für ein Typ?«, fragte Hackerle.

»Ein total chaotischer Gangster«, tutete Bittermann. »Seine Coups gehen immer katastrophal schief. Man könnte beinahe mit ihm Mitleid haben, aber er ist alles andere als ein netter Kerl. Maschner wird schnell gewalttätig, besonders dann, wenn er die Übersicht verliert und keinen Ausweg mehr sieht. Als er das letzte Mal verhaftet wurde, ist er mit einem Stuhl auf die Polizeibeamten losgegangen, weil er keine Waffe dabeihatte.«

Ich wagte mich wieder aus der Deckung. »Warum hat Plärrer so lange Geduld mit ihm gehabt?«

»Plärrer ist das andere Problem«, erklärte Bittermann in seiner üblichen Lautstärke. »Die Wiener Polizei hat ihn ziemlich lang gewähren lassen, weil sie dachte, er könnte ein bisschen Ordnung ins Rotlichtmilieu bringen. Er war nicht unnötig brutal. Zuhälter, die ihre Nutten verprügelt haben, hat er ordentlich zurechtgestutzt. Die Praxis, dass man ausländischen Prostituierten die Pässe abnimmt, hat er auch nicht mitgemacht. Aber er ist eben doch ein gefährlicher Gangster. Plärrer hat ziemlich viel Geduld, aber am Schluss will er Geld sehen, aus jedem seiner Geschäfte, da lässt er nicht mit sich reden. Für ihn arbeiten ein paar Schlägertypen, die ziemlich hart zur Sache gehen.«

»Geht das manchmal tödlich aus?«, fragte ich.

»Soweit wir wissen, bisher nicht. Das wäre wohl ein zu hohes Risiko für ihn. Plärrers Leute wissen, wie sie jemandem wehtun können, ohne dass es gleich lebensgefährlich wird. Knochenbrüche und eine total demolierte Wohnung sind das Mindeste, womit man davonkommt. Sobald man wieder aus dem Krankenhaus heraus ist, bekommt man eine weitere Abreibung, zur Erinnerung. Solange, bis man zahlen kann.«

Bittermann sagte weiter nichts, wartete anscheinend auf eine Frage von mir. Er hatte sich an meine Rolle als Souffleur gewöhnt.

»Und wenn man nie bezahlen kann?«, kam ich ihm zu Hilfe.

»Dann muss man für Plärrer die Drecksarbeit machen. Geld eintreiben, selber Leute verprügeln oder Gaststätten verwüsten. Die meisten seiner Schläger hatten früher Schulden bei ihm. Trotzdem hätte ihn die Wiener Polizei wohl weitermachen lassen. Sie fanden ihn nützlich.« Bittermanns Stimme klang verächtlich. »Aber die Lage hat sich geändert. Eine Bande, die vermutlich zur russischen Mafia gehört, ist in Plärrers Revier aufgetaucht. Sie wollen sein Geschäft übernehmen, aber er will nicht zurückweichen. Jeden Tag kann ein Bandenkrieg mit vielen Toten losgehen. In den letzten paar Monaten gab es mehrere ungeklärte Morde im Unterweltmilieu. Unsere Wiener Kollegen fürchten, dass das schon der Anfang ist. Einer der Toten war ein enger Mitarbeiter von Plärrer, sozusagen sein Vize. Plärrers Aktivitäten hier in Süddeutschland sind wahrscheinlich der Versuch, sich ein neues Imperium aufzubauen, falls der Bandenkrieg in Wien für ihn schlecht ausgeht. Maschner hat den Job in Reutlingen bekommen. Vermutlich war Plärrers Vize dafür vorgesehen, aber der ist jetzt tot.«

»Hat Maschner Angst vor Plärrer?«, fragte ich.

»Natürlich. Denn auch bei seinem Spielkasino ist alles Mögliche schiefgegangen. Vor zwei Wochen hat jemand eine sehr große Summe gewonnen. Die ganzen Tageseinnahmen waren weg. Daraufhin hat Maschner versucht, den Verlust hereinzuholen, indem er die Croupiers den Spielausgang manipulieren ließ. Vermutlich haben sie das Rad präpariert. Aber damit ist er nicht durchgekommen. Im Kasino verkehren viele Gewohnheitsspieler, die sich mit solchen Tricks auskennen, außerdem einige Zuhälter und ein paar andere Leute aus der kriminellen Szene. Die haben rasch gemerkt, dass im Kasino falsch gespielt wird. Sie haben die Einrichtung demoliert, die Tageseinnahmen mitgenommen und einen Croupier krankenhausreif geschlagen. Maschner und zwei andere Croupiers sind durch den Lieferanteneingang geflohen.«

»Was haben Sie danach unternommen?«

»Wir tun nach wie vor so, als wüssten wir von nichts.

Maschner muss jetzt eigentlich auf Plärrers Abschussliste stehen. Mit etwas Glück bekommen wir Plärrers Schlägerkommando zu fassen, wenn sie auf Maschner losgehen wollen. Vielleicht sagt dann endlich einer gegen Plärrer aus. Die Wiener Kollegen warten schon viel zu lange auf einen klaren Beweis gegen ihn. So eine Chance können wir uns nicht entgehen lassen.«

»Und wie passt der Überfall auf Martha Österle ins Bild?«

»Wir gehen davon aus, dass es sich um den verzweifelten Versuch Maschners gehandelt hat, das Geld wieder hereinzuholen, das er durch diesen Riesengewinn und die demolierte Spielbank verloren hat. Der Mord geschah zwei Tage nach der Randale im Casino.«

Bittermann konnte uns vielleicht auch etwas über ein mögliches Alibi Maschners sagen.

»Wo war Maschner eigentlich in der Mordnacht, also am letzten Freitag? War er in seinem Spielkasino?«, fragte ich.

»Ganz sicher nicht«, tutete Bittermann. »Das Kasino war geschlossen. Zwei Tage vorher hatten die wütenden Spieler es förmlich auseinandergenommen. Es hat eine Woche gedauert, bis es wieder provisorisch hergerichtet war. Maschner hat es erst vorgestern wiedereröffnet.«

»Wurde Maschner in der Mordnacht observiert?«

»Nein. Das LKA hat auch nur eine begrenzte Menge an Ressourcen. Maschner und das Spielkasino wurden drei Wochen lang observiert, aber ausgerechnet zu Beginn der Woche, als das Kasino verwüstet wurde, wurden die Beamten abgezogen. Es gab dringendere Fälle. Jetzt, da es sich abzeichnet, dass die Lage bald eskalieren wird, müssen wir die Aktion fortsetzen und sind auf jede mögliche Hilfe angewiesen.«

Hackerle ahnte anscheinend etwas. »Wie wollen Sie weiter vorgehen?«

»Maschner und sein Kasino müssen ab jetzt lückenlos rund um die Uhr überwacht werden. Die Beute aus dem Überfall reicht bei Weitem nicht aus, um den Verlust auszugleichen. Entweder Maschner versucht weitere Überfälle, dann haben wir ihn am Wickel, oder Plärrer schickt seine Gorillas, um Maschner zusammenzuschlagen und seine Wohnung zu verwüsten. In beiden Fällen bekommen wir vielleicht endlich einen Zeugen, der gegen Plärrer aussagt.«

»Wie viele Leute kann das LKA dafür abstellen?«, fragte Hackerle. Er wusste genau, was als Nächstes kommen würde.

»Wir gehen davon aus, dass die örtliche Polizei uns die nötigen Ressourcen zur Verfügung stellt. Sechs Beamte sind das Minimum.«

Schmal rutschte unruhig auf seinem Stuhl hin und her. »Aber … es gibt doch keinen Beweis, dass Maschner tatsächlich hinter dem Überfall auf Martha Österle steckt.«

»Sie haben selbst darauf hingewiesen, dass dieser Überfall wahrscheinlich nur der Anfang einer ganzen Kette von ähnlichen Verbrechen ist. Dafür sind wir Ihnen sehr dankbar«, beschied ihn Bittermann. »Die Indizien, die auf Maschner hinweisen, sind sehr deutlich. Der Zeitpunkt des Überfalls, nur zwei Tage, nachdem Maschners Kasino verwüstet wurde. Die unüberlegte Vorgehensweise. Die unnötige Brutalität. Das Fehlen anderer Verdächtiger.«

»Ich schlage vor, die Herren Bittermann, Schmal und Hackerle ziehen sich zusammen mit mir zurück, um das weitere Vorgehen zu beraten«, meldete sich Ebner zu Wort.

Wir saßen eine geschlagene halbe Stunde im Sitzungsraum, bis unsere Häuptlinge zurückkamen.

»Die Mitarbeiter von Herrn Schmal werden zur Unterstützung des LKA abgestellt, abgesehen von Herrn Hinrichsen«, verkündete Ebner schließlich.

Hinrichsen, ein eher phlegmatischer Mitarbeiter von Schmal mit Seehundbart, galt als sehr fähig und als heißer Kandidat für die nächste Beförderung zum Oberkommissar.

»Die operative Leitung übernimmt Herr Bittermann. Die disziplinarische Aufsicht liegt weiterhin bei Herrn Schmal. Die Sonderkommission Picasso existiert weiter, beschränkt sich aber auf die Aspekte des Mordfalls, die nicht mit der möglichen Täterschaft von Maschner zusammenhängen. Herr Hinrichsen bleibt Mitglied der Sonderkommission, hält aber gleichzeitig Kontakt mit der Truppe von Herrn Bittermann.«

Schmal wirkte sehr blass. Er hatte faktisch jede Kontrolle über seine Leute verloren. Auch Ebner und Hackerle wirkten ärgerlich. Allerdings vermutete ich, dass mein Chef sich nicht allzu sehr gegen die Vereinnahmung der Schmal-Truppe durch Bittermann gestemmt hatte. Wenn sein Konkurrent jetzt so übel dastand, dann sah Hackerle dies vermutlich als gerechte Strafe dafür an, dass dieser ohne Not das LKA mit in den Fall hineingezogen hatte. Dafür nahm Hackerle auch in Kauf, dass von seiner Sonderkommission nicht mehr viel übrig war.

Eine halbe Stunde später überraschte uns Silke damit, dass sie Marthas Reisegefährten identifiziert hatte.

»Die beiden haben drei Jahre in der Kommune in Thailand gelebt und sind dann nach Deutschland zurückgekommen. Sie sind inzwischen miteinander verheiratet und leben in Köln. Beide sind im Medienbereich tätig, er als Kameramann, sie als Kostümschneiderin«, berichtete Silke. »Ein Kind haben sie nicht.«

»Wie hast du sie gefunden?«, fragte Hackerle.

»Ich habe herausgefunden, an welcher Schule Martha ihren Realschulabschluss gebaut hat. Eine der Lehrerinnen von damals arbeitet noch dort und sie besaß auch noch die Abschlusszeitung der Klasse. Eine der Klassenkameradinnen wollte Schneiderin werden. Da Martha in einem Modehaus gelernt hat, habe ich mir gedacht, dass die beiden nach der Schule miteinander in Kontakt geblieben sind, und so war es auch.«

Silke hatte schon mit den beiden gesprochen. Sie waren mit einer Befragung per Videokonferenz einverstanden und hatten sofort Zeit. Wir erfuhren Erstaunliches.

»Martha hat es von Anfang an in dieser Aussteigerkommune nicht gefallen«, berichtete ihr Ex-Lover. »Es war ihr zu primitiv, es war ihr zu schmuddelig, es war ihr zu dreckig. Dabei hat das gar nicht gestimmt. Wir hatten einfache Holzhütten, aber die waren gut gebaut, und man konnte sie leicht sauber halten. In der Kommune haben ein paar Handwerker gewohnt, die haben sich richtig ins Zeug gelegt. Es gab einen Brunnen mit sauberem Wasser, wir hatten auch Elektrizität. Aber Martha vertrug die Schwangerschaft nicht gut, sie wurde immer launischer. Man konnte nicht mehr mit ihr auskommen. Eines Tages war sie plötzlich weg. Sie hat nur einen Zettel hinterlassen, auf dem stand, sie ertrüge den Dreck und unsere Gleichgültigkeit nicht mehr, und sie wolle ihr Kind auf keinen Fall hier zur Welt bringen. Sie war im fünften Monat.«

»Und Sie haben sich nie dafür interessiert, was aus Ihrem Kind geworden ist?«, fragte Silke überrascht.

»Ich habe beinahe jeden Tag daran gedacht. Aber ich hatte ja keine Ahnung, wo sie hingegangen war. Vier Monate später kam dann ein Brief von ihr aus Amerika. Sie schrieb, ihre Flucht wäre schlecht ausgegangen. Sie hätte eine Fehlgeburt gehabt, vielleicht wegen Überanstrengung. Sie hat sich lang und breit für ihr Verhalten entschuldigt. Ihr sei jetzt klar, dass sie nie hätte versuchen dürfen, mich durch die Schwangerschaft an sie zu binden. Sie würde sich so schämen für ihre Eifersucht und ihren Ekel. So ging es über drei Seiten. Ich habe den Brief noch, ich kann ihn Ihnen zufaxen.«

»Ich bin mir bis heute nicht sicher, ob dieser Brief nicht ein Fake war«, mischte sich seine Frau ein. »Es war Marthas Handschrift, das stimmt. Aber ob er wirklich aus Amerika war … Es ist so leicht, das zu fälschen. Man schreibt einen Brief und gibt ihn einem Bekannten mit, der nach Amerika fliegt. Der wirft ihn dort in den Briefkasten. Es war amerikanisches Briefpapier und ein amerikanischer Umschlag, aber das kann man sich überall besorgen. Auf die Weise haben wir anfangs vor unseren Eltern verheimlicht, dass wir in die Kommune gezogen sind. Wir hatten ein paar Bekannte, die wirklich auf Weltreise gegangen sind, und die haben für uns die Karten eingeworfen.«

»Du magst Martha nicht«, sagte ihr Mann. »Du bist immer noch sauer auf sie und eifersüchtig.«

»Das stimmt allerdings«, gab die Frau zu.

Das Gespräch mit den beiden ließ uns einigermaßen ratlos zurück. Hatte Martha tatsächlich irgendwo in Amerika – dem Briefkopf nach zu urteilen wohl in Kalifornien – eine Fehlgeburt gehabt? Oder hatte Martha ihren Ex-Lover angelogen, und sie hatte irgendwo auf der Welt ein Kind geboren das sofort nach der Geburt von einer unbekannten Person adoptiert worden war? In Deutschland sind solche Frühadoptionen nicht erlaubt, doch in manchen Staaten der USA sind sogar Adoptionen im Mutterleib möglich.

Das Bemerkenswerteste am Zusammenleben mit Hannah war, dass es so wenig Bemerkenswertes gab. Wir waren beide an unregelmäßige Arbeitszeiten gewöhnt und akzeptierten sie deshalb auch beim andern. Wer als Erster heimkam, richtete das Abendessen her, das aus Broten, verschiedenen Aufstrichen, wenig Wurst und Käse und viel Gemüse bestand. Schälchen voll geschnittener Paprika, Minitomaten und Ähnlichem gehörten bei Hannah zu jeder Mahlzeit und dienten auch als Snacks. Ich verstand immer besser, warum sie so leicht ihr Gewicht halten konnte. Mir sollte es recht sein, und meiner Verdauung tat es gut.

Ich wurde rasch in die Witwen-WG integriert. Hannah und Frau Bode wuschen schon seit langer Zeit gemeinsam. Nun war auch meine Wäsche dabei, und es wurde von Anfang an erwartet, dass ich beim Füllen der Maschine und beim Zusammenlegen mithalf. Die Waschküche war groß und trocken und eignete sich hervorragend zur gemeinsamen Arbeit und zum Ratschen.

Wenn Hannah oder ich Lesestoff benötigten, durften wir uns aus der großen Bibliothek bedienen, die Frau Bodes verstorbener Mann hinterlassen hatte. Krimis waren seine Leidenschaft gewesen, doch er hatte alle Arten von Unterhaltungsliteratur besessen und viele Sachbücher, von denen die meisten allerdings inzwischen veraltet waren. Alle paar Tage wurde ich früh aus dem Bett geworfen, um Brötchen und Croissants für ein gemeinsames Frühstück zu kaufen. An den anderen Tagen stand Frau Bode früh auf und versorgte uns.

Unsere Berufe konnten wir nicht so leicht abschütteln. Jeden Abend unterhielten wir uns darüber, was wir am Tag erlebt hatten. Polizisten und Sozialarbeiter haben vor allem mit den Schattenseiten der modernen Gesellschaft zu tun. Oft hatten wir beide einiges loszuwerden.

Manchmal verfolgte uns die Arbeit bis in den Schlaf. An diesem Montag war es meine Arbeit, die uns nicht losließ.

Mitten in der Nacht erwachte ich durch einen kräftigen Stoß in die Rippen.

»Ich denke, ich weiß jetzt, was mit Marthas Kind passiert ist«, verkündete Hannah.

Es dauerte eine Weile, bis ich wach genug war, um zu verstehen, wovon sie redete.

Sie wartete geduldig, erklärte mir dann ihre Vermutung.

»Klingt plausibel«, meinte ich. »Aber wie soll ich es beweisen?«

»Ein Blick ins Melderegister genügt, damit du Bescheid weißt. Und dann wirst du die Schwester schon dazu bringen, dass sie mit der Wahrheit herausrückt. Wozu bist du Kriminalbeamter?«

Danach schlummerte sie sofort wieder ein. Ich konnte nicht so rasch einschlafen, fing an, über den Fall nachzudenken.

Hannah protestierte leise, als ich sie eine Viertelstunde später wieder aufweckte.

»Ich denke, Unglert hatte recht«, erklärte ich. »Es war wirklich nur eine Kleinigkeit, weswegen dieser Mischa Bringauf so einen Hass gegen Erkan und Tom entwickelt hat.«

Auch Hannah brauchte eine Zeit, bis sie begriff, wovon ich redete, doch dann war sie sofort überzeugt.

»Ruf Erkan oder seinen Vater an und stell ihm eine einzige Frage«, schlug sie vor. »Wenn er ja sagt, weißt du, dass du richtig liegst. Und dann lad diesen Mischa noch mal vor. Wirf ihm die Wahrheit an den Kopf und er wird es zugeben.«

»Ach, warum fällt es Menschen so schwer, eine Blamage einfach zuzugeben?«, murmelte sie noch, während sie einschlief. »So viel Unglück wegen ein bisschen gekränkter Eitelkeit.«

Auch diesmal dauerte es länger, bis ich wieder Schlaf finden konnte.

DIENSTAG

Die Arbeit am Dienstag begann mit einer kurzen Sitzung der Rest-Sonderkommission. Viel gab es nicht zu berichten. Interessant war allerdings, was Hinrichsen, der einzige verbliebene Mitarbeiter von Schmal, über die Zusammenarbeit mit Bittermann zu erzählen hatte.

»Dieser Bittermann ist ein ganz falscher Hund«, klagte er. »Er hat Maschner und sein Kasino wochenlang durch LKA-Mitarbeiter observieren lassen, ohne die Polizei vor Ort zu informieren. Auch Ebner war nicht eingeweiht, das hat Bittermann klar gesagt. Er war auch noch stolz darauf.«

Ein solches Vorgehen war absolut nicht akzeptabel.

»Ich weiß«, sagte Hackerle resigniert. »Ebner hat mit mir schon deswegen telefoniert. Wenn Sie so wollen, hat er sich bei mir ausgeheult. Er hat sich beim LKA-Chef beschwert, aber der hat ihn ganz übel abgebürstet. Anscheinend hat er selbst Angst vor Bittermann. Der muss Protektion von ganz oben haben, sonst würde er mit so was nicht durchkommen.«

Ganz oben – das klang nach dem Innenminister persönlich.

Hinrichsen berichtete weiter.

»Bittermann ist sehr gründlich vorgegangen. Die ganze Zeit waren LKA-Mitarbeiter vor dem Spielkasino postiert. Das Kasino hat keinen separaten Eingang. Es befindet sich im Hinterzimmer einer großen Bar, die von einem Strohmann Plärrers gepachtet worden ist.«

»Von Maschner?«, fragte ich.

»Nein, der hatte offiziell mit der Bar nichts zu tun. Das lag wohl an seinem Vorstrafenregister. So jemand bekommt keine Konzession für den Betrieb einer Gaststätte. Bittermanns Leute haben Fotos von jedem Gast gemacht, der die Bar betreten hat.«

»Darf man das machen?«, rief Hackerle entsetzt. »Die meisten Barbesucher haben doch nichts mit diesem illegalen Spielkasino zu tun. Ein solcher Eingriff in die Persönlichkeitsrechte ist völlig unverhältnismäßig. Das klingt mir nach einem Fall für die Datenschutzbeauftragten.«

Hinrichsen zuckte mit den Schultern. »So was interessiert einen Bittermann doch nicht.« Seine Stimme klang resigniert. »Ich muss sagen, ich habe selten von einer Observation gehört, die mit so großem Aufwand und gleichzeitig so planlos durchgeführt worden ist. Bittermann hat die ganze Zeit die Spielbank überwacht. Aber wenn Maschner und seine Croupiers die Bank verlassen haben, sind sie ihm immer wieder durch die Lappen gegangen. Als dieser Spieler seinen Riesengewinn gemacht hat, war die Observation noch im Gange, aber die LKAler haben nichts mitbekommen. Zum Wochenende hat Bittermanns Chef anscheinend genug gehabt und befohlen, die Aktion abzubrechen. Erst als ein paar Tage später die wütenden Spieler das Casino zerlegt haben, hat das LKA gemerkt, dass etwas Ungewöhnliches passiert sein muss. Aber die beteiligten Beamten waren schon für andere Fälle eingeteilt, weshalb sie nicht sofort weitermachen konnten.« Hinrichsen zuckte noch mal mit den Schultern. »Und jetzt nimmt Bittermann einfach unsere Leute her, obwohl es kein einziges belastbares Indiz dafür gibt, dass Maschner hinter dem Raubüberfall steckt. Aber eines habe ich immerhin erreicht«, fuhr er fort. Wir bekommen den kompletten Bericht von der früheren LKA-Aktion, inklusive aller Bilder, die sie damals gemacht haben.«

Davon versprach ich mir nicht viel.

Gleich nach der Besprechung machte ich mich daran, die Vermutungen zu prüfen, die uns während der Nacht gekommen waren. Mischa Bringauf schien mir das leichtere Ziel. Ich rief im Reisebüro von Erkans Vaters an. Bülent Demir war selbst am Apparat.

»Ich habe noch eine Frage zu Erkan«, sagte ich. »Stimmt es, dass er eine deutsche Freundin hat?«

»Ich wüsste nicht, was Sie das angeht«, blockte Demir ab.

»Nicht alle könnten damit einverstanden sein«, sagte ich vorsichtig.

»Wieder einmal ein Beispiel dafür, dass mit zweierlei Maß gemessen wird«, klagte Demir. »Wenn ein Türke etwas dagegen hat, dass seine Tochter mit einem Deutschen geht, dann ist das ein Beweis dafür, wie rückständig wir sind. Falls ein Deutscher genauso reagiert, wenn seine Tochter etwas mit einem jungen Türken anfängt, dann ist das eine berechtigte Sorge um die Tochter, weil ihr Freund ja aus einem ganz anderen Kulturkreis kommt.« Seine Stimme klang verächtlich. Er schien irgendjemanden nachzuahmen, vielleicht einen Lokalpolitiker, der sich so geäußert hatte.

»Es gab also Schwierigkeiten mit den Eltern des Mädchens?«

»Nicht wirklich. Sie waren natürlich zuerst misstrauisch, wollten wissen, ob Erkan ein ordentlicher junger Mann ist. Aber nachdem sie sich überzeugt hatten, dass er kein Chaot ist und ich kein Fundamentalist, waren sie einverstanden. Das fand ich in Ordnung. Als Meryem ihren deutschen Freund angeschleppt hat, habe ich auch so reagiert.«

Plötzlich verstand er, worauf ich hinauswollte: »Sie meinen, der Angriff auf Erkan und Tom, die kaputten Fensterscheiben, da könnten die Eltern von Erkans Freundin dahinterstecken? Unmöglich. Wir verstehen uns inzwischen ganz gut. Durch meinen Beruf habe ich ein bisschen Menschenkenntnis. Sie sind gute Bekannte, beinahe Freunde, und sie verstellen sich nicht. Das würde ich merken.«

»Es geht nicht um die Eltern«, sagte ich. »Eine Frage: Ist Erkans Freundin ein ausgesprochen attraktives Mädchen?«

»Ich gehöre schon lange nicht mehr zur jungen Generation, ich kann dazu kaum was sagen. Ich finde meine Töchter attraktiver. Mir ist Erkans Freundin zu mager. Aber sie hat nun einmal unglaublich lange Beine, und das ist etwas, worauf Erkan steht. Seinen Klassenkameraden geht es anscheinend genauso. Jedenfalls war sie sehr begehrt.« Demir seufzte. »Okay, jetzt verstehe ich endlich, worauf Sie hinauswollen. Auf diese Idee wäre ich alleine nicht gekommen. Die Polizei ist eben doch manchmal klüger als man selbst.«

Vorausgesetzt, der Polizist lebte mit einer Sozialarbeiterin und Seelsorgerin zusammen. Aber das musste ich Herrn Demir nicht auf die Nase binden.

Unglert und ich fuhren wieder zu Mischa Bringauf nach Reutlingen. Während der Fahrt bat ich ihn, dass er mir das Reden überlassen sollte, und, oh Wunder, er hielt sich daran.

»Was wollen Sie denn jetzt noch von mir?«, protestierte der Junge.

»Du hast uns immer noch nicht gesagt, warum du deine Kumpane angestiftet hast, Erkan und Tom zu überfallen. Es wäre an der Zeit, dass du mit der Wahrheit herausrückst«, herrschte ich ihn an.

»Ich habe doch gesagt, dass ich diese Scheiß-Kanaken nicht mag.«

»War es nicht ein bisschen anders?«, fragte ich. »Pass auf. Zu Beginn der elften Klasse hast du ein Mädchen blöd angemacht, und es hat sich über dich beschwert. Ein ausgesprochen hübsches Mädchen. Ein halbes Jahr später musst du feststellen, dass sie mit Tom Österle geht. Später, nachdem du von der Schule geflogen bist, weißt du nichts zu tun, spazierst ziellos in der Gegend herum. Da triffst du Erkan Demir händchenhaltend mit diesem unglaublich langbeinigen Mädchen, nach dem deine halbe frühere Klasse verrückt war. Als du das nächste Mal Erkan und Tom im Stadtpark siehst, weißt du vor Wut nicht mehr, was du tust. Du hetzt deine Kumpel gegen die beiden auf. Dein Zorn ist so schlimm, dass später noch einige Fensterscheiben dran glauben müssen.«

»Wenn es so war, was hilft es Ihnen?«

Ich biss die Zähne zusammen. Wann merkte dieser Idiot endlich, dass ich ihm helfen wollte?

»Wenn du das Ganze aus Hass gegen Türken angezettelt hast, dann war das eine politische Straftat, und dein Vater hat sie gedeckt«, zischte ich. »So konsequent wie man heute gegen rechtsextreme Ausschreitungen vorgeht, wirst du sicher nach dem Erwachsenenstrafrecht verurteilt. Du warst damals ja schon volljährig. Wenn du aber zugibst, dass du einfach nur neidisch auf die beiden warst, weil sie so viel Erfolg bei den Mädchen hatten, dann wird man davon ausgehen, dass du noch sehr unreif warst, und man wird das Jugendstrafrecht anwenden. Vielleicht wird man sogar deinen Vater nicht ganz so hart bestrafen – er wollte ja nur seinen unreifen, verwirrten Jungen schützen.«

Ich wurde jetzt richtig laut. »Eines muss dir klar sein: Wegen dir hat dein Vater seinen Job beim Staat praktisch schon verloren. Und mit dem, was gegen ihn vorliegt, kann er sich wahrscheinlich nicht einmal mehr bei einem privaten Sicherheitsdienst bewerben.«

Mischas Stimme klang weiterhin aggressiv. »Und Sie können garantieren, dass meine Strafe weniger hart ausfallen wird, wenn ich zugebe, was mich so aufgeregt hat? Das soll ich Ihnen glauben?«

»Ich bin nur Polizist, ich kann für gar nichts garantieren«, gab ich zurück. »Aber ich weiß ganz gut, wie die Staatsanwälte hier ticken und was ein guter Verteidiger daraus machen kann.«

Mischa hatte sich bis jetzt gerade gehalten, nun sackte er plötzlich zusammen. »Okay.«

Man hörte seiner Stimme an, wie schwer es ihm gefallen war, dieses eine Wörtchen herauszubringen. So schwer, wie es mir gefallen war, diesem blöden Kerl zu helfen.

»Kann ich das dann als deine Aussage protokollieren?«, fragte ich. »Den Ablauf, so, wie ich ihn rekonstruiert habe?«

»Es war in der Eisdiele, nicht beim Spazierengehen.«

»Was war in der Eisdiele?«

»Da habe ich Erkan mit seiner Freundin gesehen, nicht bei einem Spaziergang. Sie saßen in meiner Lieblingseisdiele und haben sich in die Augen geschaut. Sie haben gemeinsam aus einem Becher gegessen. Es war der große Eisbecher für Verliebte. Mich hatte sie ein paar Wochen vorher abgewiesen. Zum zweiten Mal.«

Mischa sah so elend aus, dass er beim Richter sicher damit punkten konnte.

Dass dieser unreife Junge etwas mit dem Überfall auf Martha Österle zu tun hatte: ausgeschlossen.

Die nächste Aufgabe versprach schwieriger zu werden. Es ging um Martha und ihr Kind.

Ich wusste praktisch sofort, dass Hannahs Vermutung stimmte. Die Daten beim Einwohnermeldeamt sprachen eine eindeutige Sprache. Doch als Beweis konnten sie nicht gelten. Ich brauchte ein Geständnis. Ein Geständnis von Katja Schnoor, der Schwester von Martha Österle. Ich rief bei ihr zu Hause an und hatte Glück. Sie war anwesend und allein.

Ich fiel sofort mit der Tür ins Haus: »Frau Schnoor, Sie haben uns am Freitag belogen. Ihre Schwester hat ihr Kind nicht in Thailand zurückgelassen. Sie hat es in Deutschland zur Welt gebracht. Der junge Mann, den Sie als Ihren Sohn bezeichnen, ist in Wahrheit Marthas verschwundenes Kind.«

Die Schnoor merkte sofort, dass Leugnen keinen Zweck hatte.

»Martha war so verzweifelt, als sie zurückkam. Sie war schwanger von diesem Dummkopf von Aussteiger. Sie hatte keine Stelle. Sie wusste, dass unsere Eltern keinerlei Verständnis für sie haben würden, dass sie keinen Finger krumm machen würden, um ihr zu helfen. Da haben wir beschlossen, dass wir behaupten, es sei mein Kind.«

»Wie haben Sie Ihren Mann getäuscht?«

»Das war nicht nötig«, sagte die Schnoor. »Wir waren schon seit drei Jahren verheiratet und haben uns dringend ein Kind gewünscht, aber es wollte nicht kommen. Meine Schwiegereltern waren sowieso gegen mich. Mein Schwiegervater war Professor. Sein Sohn sollte mindestens Chefarzt werden. Dass er sich mit einer Physiotherapeutin aus seiner Klinik einlässt, dass er sie sogar heiratet, das hat nicht ins Bild gepasst. Ich konnte seiner Karriere nur hinderlich sein. Dass wir so lange kein Kind bekommen haben, war für ihn ein willkommener Anlass, immer wieder gegen mich zu hetzen. Es war eine Qual für uns beide. Als Martha zurückkam, hat sie heimlich bei uns gewohnt. Glücklicherweise hatten meine Eltern und die meines Mannes kein sonderliches Interesse daran, uns zu sehen. Sie haben uns kaum jemals besucht.«

»Aber inzwischen haben Sie doch eine leibliche Tochter?«

»Es war so wie bei vielen kinderlosen Paaren. Nachdem wir uns zur Adoption entschlossen hatten, hat sich irgendwie ein Knoten gelöst, und ich wurde schwanger.«

»Was Sie gemacht haben, war illegal. Man kann es nicht als Adoption bezeichnen. Ich habe keine Ahnung, wie viele Gesetze Sie damals gebrochen haben. Wie haben Sie die Geburtsurkunde gefälscht?«

»Mein Mann hatte einen Kumpel aus der Studienzeit, der Frauenarzt war, mit eigener Praxis. Er hat uns geholfen. Ich weiß nicht, warum er das Risiko eingegangen ist. Vielleicht war er meinem Mann von früher noch einen Gefallen schuldig. Als es bei Martha so weit war, kam er zu uns ins Haus und hat sie entbunden. Später hat er zu Protokoll gegeben, dass er gerade zu Besuch war, als bei mir unerwartet die Wehen eingesetzt haben, und dass es zu spät war, um mich in die Klinik zu bringen.«

»Ihr Sohn weiß bis heute nicht, dass Sie nicht seine Mutter sind?«

»Ich bin seine Mutter.« Katja Schnoor sagte es sehr bestimmt mit einer gewissen Aggressivität.

»Martha hat nie versucht, ihren Sohn zurückzuholen? Sie hatte keine Sehnsucht nach ihm?«

»Sehnsucht – ja. Zurückholen – nein. Sie müssen wissen, dass Martha und ich immer ein sehr enges Verhältnis hatten, obwohl wir vom Alter her sieben Jahre auseinander sind. Wir haben beide sehr unter unseren Eltern gelitten. Sie haben sich überhaupt nicht um uns Töchter gekümmert. Mein Vater hat getrunken, meine Mutter war mit ihren eigenen Problemen beschäftigt. Sie war depressiv. Obwohl wir beide sehr begabt waren, durften wir nicht das Abi machen. Wir mussten nach der Mittleren Reife sofort in eine Ausbildung, damit wir möglichst rasch aus dem Haus kommen. Martha wusste, dass ihr Sohn bei mir all das bekommen würde, was sie sich für ihn gewünscht hat.«

»Aber von da an haben Sie sich ziemlich gemieden.«

»Wir hatten Angst, dass durch Zufall die Wahrheit herauskommt, wenn wir uns öfter treffen. Eine von uns beiden könnte sich verplappern.«

»Dass Martha sich so um Tom gekümmert hat …«

»Das kann damit zusammenhängen«, bestätigte die Schnoor. »Tom und mein Sohn sind beinahe gleich alt. »Sagen Sie«, jammerte sie dann. »Es ist doch nicht notwendig, dass mein Sohn von der Sache erfährt? Er würde sich schrecklich betrogen vorkommen. Ich habe keine Ahnung, wie er reagieren würde.«

»Ich muss die Staatsanwaltschaft informieren«, sagte ich vorsichtig. »Es ist einiges an Straftatbeständen zusammengekommen.«

Ich hörte, wie Frau Schnoor Luft holte, um zu antworten, doch dann trennte sie abrupt die Verbindung. Ich hätte auch nicht gewusst, was ich dazu sagen sollte.

Während des Mittagessens berichtete ich lang und breit über meine neuen Erkenntnisse, doch niemand schien sich so recht dafür zu interessieren. Hackerle setzte sogar eine bedenkliche Miene auf.

»Wieder zwei heiße Spuren weniger«, seufzte er schließlich.

Am frühen Nachmittag überraschte uns Silke wieder einmal: Sie hatte herausgefunden, wie Manni mit vollem Namen hieß und wo er wohnte.

»Ich habe mir überlegt, warum unsere Recherchen in der Polizeidatenbank alle negativ ausgegangen sind«, erklärte sie ruhig. »Wir haben uns von seinem Vornamen leiten lassen. Es war das einzige Verwertbare, was wir von ihm hatten. Manni steht für Manfred, das war klar. Als wir keinen Erfolg hatten, habe ich es auch mit Hermann versucht, das könnte ja auch zu Manni abgekürzt werden. Wieder ohne Ergebnis. Da habe ich mir überlegt, dass Manni vielleicht gar nicht sein wirklicher Vorname ist.«

»Du meinst, er wollte von Anfang an seinen Namen verbergen? Warum das?«, fragte ich.

»Es gibt viele Gründe, einen anderen Vornamen zu verwenden. In unserer Klasse hatten wir einen, der hieß Hartmut, aber jeder hat ihn Theo genannt, niemand wusste mehr warum.«

»Aber wenn wir nicht einmal seinen Vornamen kennen, dann wissen wir doch gar nichts über ihn.«

»Es sei denn, er hatte einen Grund, seinen Namen zu hassen. Ich kannte mal jemanden, der hieß Christian Klar, so wie der Terrorist, und er hat sich immer Günther genannt. Die ganze Familie war genervt, dauernd hat jemand gefragt, ob sie mit dem berüchtigten Terroristen verwandt sind, und an der Grenze wurden ihre Pässe besonders gründlich kontrolliert. Vielleicht hieß Manni ja genauso wie irgendein Prominenter, und das hat ihn genervt. Bei einem Nachnamen wie Müller oder Schmidt gibt es eine ziemliche Auswahl an Vornamen, die in Frage kommen. Ich habe Gerd Müller und Helmut Schmid geprüft, aber die waren es nicht. Dann habe ich einen Harald Schmidt in unserer Datenbank gefunden, vorbestraft wegen Anlagenbetrug, seit anderthalb Jahren wieder in Freiheit, zurzeit wohnhaft in Pfullingen. Dort ist er ein paar Mal wegen Alkoholproblemen aufgefallen, das letzte Mal vor vier Monaten. Er hat besoffen rumkrakeelt, da hat ihm ein Passant einen solchen Stoß gegeben, dass er hingefallen ist und zur Notaufnahme musste. Das Verfahren gegen den Angreifer wurde gegen Zahlung einer Geldbuße eingestellt. Die Buße ging übrigens an die Anonymen Alkoholiker.«

Da Harald Schmidt alias Manni unsere einzige verbliebene Spur war, schickte Hackerle alle seine Mitarbeiter zu ihm. Silke, Fred Unglert und ich fuhren gemeinsam nach Pfullingen. Natürlich saß Fred am Steuer.

Wir klingelten mehrmals an Mannis Tür, doch niemand machte auf.

Wir befragten einige Nachbarn, doch es war wie in allen großen Wohnblocks: Die Leute kannten sich kaum. Niemand kümmerte sich darum, wann Manni das Haus verließ und wohin er ging. Dass Manni Alkoholiker war und dass er finanzielle Probleme hatte, war allgemein bekannt. Die häufigste Frage, die wir hörten, war: »Hat er bei Ihnen Schulden?«

Silke nutzte wieder einmal ihre Kontakte, redete mit ihrem Bekannten bei der Reutlinger Polizei. Der nannte uns einen Beamten, der sich in der Alkoholikerszene auskannte.

»Manni oder Harald Schmidt, beide Namen sagen mir nichts«, meinte er. »Haben Sie ein Foto?«

Wir zeigten ihm das Bild, das Gerd Österle aufgenommen hatte.

»Ach ja, jetzt erinnere ich mich. Vor ein paar Monaten hat er ein bisschen rumgegrölt, da war jemand so gemein und hat ihn zu Boden geschubst. Danach konnte er nicht mehr aufstehen. Das hat zu einem Strafverfahren gegen den Rüpel geführt. Ein paar Mal ist er desorientiert durch die Straßen gelaufen. Eine Streife hat ihn aufgegriffen und nach Hause gebracht. Meistens ging das ohne Weiteres, er war immer friedlich. Einmal musste er in die Ausnüchterungszelle, einmal sogar in die Notaufnahme im Krankenhaus. Ansonsten ist er uns bisher nicht aufgefallen. Wohl eher ein stiller Trinker«, vermutete der Beamte.

Wir besuchten ein paar Reutlinger Kneipen, die schon am Nachmittag aufhatten, doch da kannte man ihn nicht. Offenbar hatte er noch genügend Verstand, um erst abends mit dem Trinken zu beginnen. Dann dröhnte er sich allerdings voll zu.

Wir überbrückten die Zeit, bis die übrigen Kneipen aufmachten, mit einem Kaffee in einer Bäckerei.

Das Lokal, in dem wir unsere Runde begannen, sah genauso aus, wie man sich eine Kneipe vorstellt, in der vor allem Trinker verkehren: die Einrichtung schon etwas mitgenommen, das Parkett renovierungsbedürftig, ein Tresen, an dem schon einige Gäste still vor ihrem Bier saßen. Immerhin war alles sauber. Es roch nach einem scharfen Putzmittel und nach Bohnerwachs.

Wir landeten sofort einen Volltreffer. Als der Mann an der Theke Mannis Bild sah, rief er »Katjuscha!«. Die Kellnerin, eine magere, blonde Russlanddeutsche, wohl Ende zwanzig, kam sofort heran. Laut ihrem Personalausweis war sie in Russland geboren, doch sie war wohl schon als Kind nach Deutschland gekommen. Sie sprach sehr hektisch, ihre Intonation war auffällig hart, ansonsten war ihr Deutsch einwandfrei.

»Ich war eine Zeit lang mit ihm zusammen«, berichtete sie. »Hat er etwas ausgefressen?«

»Wir hoffen nicht«, sagte Unglert. »Wir brauchen ihn als Zeugen. Aber dazu müssen wir ihn dringend sprechen.«

»Er war die ganze letzte Woche nicht hier.«

»Haben Sie schon lange mit ihm Schluss gemacht?«, fragte ich.

Katjuscha gab bereitwillig Auskunft.

»Wir waren nicht lange zusammen«, sagte sie. »Es war vor ungefähr einem Jahr, kurz, nachdem ich hier angefangen habe. Ich lasse mich normalerweise nicht mit Gästen ein – Sie sehen ja, wie die meisten hier sind. Aber Manni war anders. Er hat noch ein bisschen auf sich gehalten. Mir zuliebe hat er eine Zeit lang versucht, weniger zu trinken. Er hat sich sogar ernstlich bemüht, einen Job zu finden. Meistens hat man ihn gleich abgelehnt, weil er vorbestraft war. Es gab eigentlich nichts, wofür man ihn noch brauchen konnte. Er konnte nicht einmal mehr die Regale im Supermarkt einräumen, dafür war er zu fahrig. Die Filialleiter haben befürchtet, er würde zu viel fallen lassen. Nachdem wir ein paar Monate zusammen waren, hat er sich wieder aufgegeben. Er war jeden Tag betrunken und ist total abgerutscht. So konnte ich ihn nicht brauchen. Ich habe mit ihm Schluss gemacht. Obwohl er sehr nett war.« Ihre Stimme klang traurig.

»Wie lange ist das her?«, wollte ich wissen.

»Ich würde sagen, halbes Jahr.«

»Als Sie Schluss gemacht haben, hat Manni sich das so einfach gefallen lassen?«, hakte Unglert nach. »Oder wurde er vielleicht gewalttätig?«

»Manni ist überhaupt nicht gewalttätig«, widersprach die Kellnerin. »Als ich ihm gesagt habe, dass es mit uns nicht weitergeht, sah er aus wie ein geprügelter Hund. So ein Hund beißt nicht, und so ein Mann schlägt nicht zu. Ich bin in Russland geboren und unsere Nachbarn waren meistens auch Russlanddeutsche, ich kenne mich damit aus. Leider.«

»Hat Manni jemals mit Ihnen über Martha Österle gesprochen?«, fragte ich.

»Martha Österle, ist das die Frau, die vor zehn Tagen erschossen wurde?«, fragte die Kellnerin.

»Ja.«

»Er hat öfter über eine Ex-Geliebte namens Martha gesprochen. Sie hat ihm immer mal wieder Geld gegeben. Er hat erzählt, dass sie einen reichen Geschäftsmann geheiratet hat. Aber ich wusste nicht, dass das Martha Österle war. Wenn Manni mitbekommt, dass sie tot ist, wird er völlig am Ende sein.«

»Hatte Manni auch später noch ein Verhältnis mit Martha Österle?«, wollte ich wissen.

»Solange wir zusammen waren, nicht«, sagte Katjuscha mit Bestimmtheit.

»Und danach?«

»Danach war er total heruntergekommen. Ich kann mir nicht vorstellen, dass diese Martha Österle so dringend einen Mann gebraucht hat, dass sie wieder etwas mit Manni angefangen hat. Sie soll doch sehr gut ausgesehen haben.«

»Hat Manni in der letzten Zeit über Martha gesprochen?«, fragte ich.

»Vor ungefähr zwei Wochen. Ich hatte gerade nichts zu tun, da habe ich mich zu ihm gesetzt. Er hat erzählt, dass Martha ihm jetzt richtig helfen will.«

»Was wollte sie tun?«, fragte ich aufgeregt.

»Das habe ich nicht mitbekommen. Ein Gast rief mich, weil er dringend zahlen wollte. Als ich wieder zu ihm kam, war Manni schon total dicht und hat angegeben, was für ein toller Frauenheld er wäre. Das wollte ich mir nicht anhören. Aber ich denke, diese Martha wollte ihm Geld leihen, damit er einen Laden aufmachen kann. Das war immer sein Traum. Aber das ist nur eine Vermutung.«

»Was für ein Laden wäre es denn gewesen?«

»Zeitungen und Schreibwaren, so etwas. Aber es hätte nicht funktioniert.«

»Wegen Mannis Alkoholproblemen?«

»Deshalb auch. Manni war am Ende, er hätte den Laden nicht mehr richtig führen können. Aber die meisten Schreibwarenläden laufen sowieso nicht gut. Es war eine dumme Idee von Manni.«

Nun mischte sich wieder Unglert ein: »Das war das letzte Mal, dass Sie Manni gesehen haben?«

»Ich bin mir nicht sicher. Vielleicht war er später noch einmal da. Aber es ist mindestens eine Woche her.«

Wir fanden noch zwei weitere Kneipen, in denen Manni gelegentlich verkehrte, doch auch dort hatte man ihn schon rund eine Woche nicht mehr gesehen. Einen genauen Zeitpunkt konnte uns niemand nennen.

Während der Rückfahrt war ich gedrückter Stimmung. Möglicherweise hatte Manni ja von Martha Österles Tod erfahren und hatte in seiner Verzweiflung Selbstmord begangen. Vielleicht würde man seine Leiche irgendwann einmal in einem selten besuchten Waldstück oder auf einem stillgelegten Fabrikgelände finden.

MITTWOCH

Am Mittwochmorgen wurde unsere Nachtruhe sehr früh gestört. Kurz nach fünf meldete sich Hannahs Handy mit einem unangenehmen Kreischton, der, wie ich bald erfuhr, für seelsorgerische Notfälle reserviert war.

»Ich muss los«, sagte Hannah. »Der standardmäßige Notfallseelsorger hat gerade einen Einsatz, und eine Frau in der Innenstadt ist in irgendeiner Notlage, will dringend mit einem Pfarrer sprechen, ich weiß noch nicht genau, warum.«

Kurz nach sieben kam Hannah wieder, war nicht ansprechbar, kniete sich in eine Ecke und fing an, still zu beten. Mehrmals gab sie gequälte, keuchende Laute von sich. Nach einer Viertelstunde stand sie auf und war bereit, sich an den Frühstückstisch zu setzen.

»Was war los?«, fragte ich.

»Ein älteres Ehepaar. Der Mann hat einen Herzinfarkt erlitten, seinen zweiten. Die Frau ist weinend zusammengebrochen und wollte unbedingt, dass ein Pfarrer zu ihr kommt. Sie war zuerst misstrauisch, weil ich so jung bin, aber ich denke, ich konnte ihr helfen.«

»Was hat dich so mitgenommen?«

»Der Grund, warum diese Frau so verzweifelt war. Ihr Mann war Atheist. Sie hatte einen Religionslehrer, der seinen Schülern erzählt hat, wenn ein Angehöriger stirbt, der nicht an Gott glaubt, wüsste die Familie, dass es für ihn keine Hoffnung gibt. Mit anderen Worten: Sie wüssten sicher, dass er in die Hölle kommt. Ohne Rettung. Selbst wenn man so etwas glaubt, man darf man den Menschen nicht so kommen. Unter keinen Umständen. Niemals.«

»Und deshalb hast du so lange gebetet?«

»Es war, weil ich diesen Religionslehrer in die Hölle gewünscht habe. Das steht mir nicht zu. Nicht einmal für einen solchen Menschen.« Ihre Stimme wurde trotzig: »Hör zu, wenn es dir nicht passt, dass ich gelegentlich mal bete, dann wird es zwischen uns beiden schwierig.«

»Ich weiß, dass du nicht nur cool, taff und sexy bist, dass du nicht nur freizügige Ansichten, eine lose Zunge und verrückte Ideen hast, sondern dass du auch zu den Frommen im Lande gehörst«, beschwichtigte ich. »Ich weiß, dass du viel betest. Ich weiß, dass du betest, wenn du geistesabwesend dasitzt und nicht ansprechbar bist. Ich weiß, dass du jede Nacht vor dem Einschlafen ein Gebet murmelst. Das kannst du in Zukunft ruhig laut sprechen. Von mir aus auch gerne morgens.«

»Am Morgen fällt mir meistens nicht viel ein«, gab Hannah zu. »Normalerweise sage ich nur ›Lieber Gott, ich fang jetzt an. Hilf, dass alles gut geht.‹ Die paar Sätze bekommst du auch ohne meine Hilfe hin.«

Als am frühen Vormittag plötzlich Staatsanwältin Luckner in einem verschwitzten Jogginganzug in unserem Büro stand, wussten wir, dass dicke Luft war. Dieses Outfit zog sie an, wenn sie mit der Arbeit der Kripo unzufrieden war und das Ermittlerteam zur Schnecke machen wollte. Sie war vermutlich die ganze Strecke von der Staatsanwaltschaft in der Charlottenstraße bis ins Kommissariat gejoggt, immerhin zweieinhalb Kilometer. Dampf hatte sie dabei keinen abgelassen. Gabriele Luckner joggte, um sich in Form für einen ordentlichen Wutanfall zu bringen.

»Ich hoffe, Ihnen ist klar, dass ich allen Grund habe, mit Ihrer Arbeit unzufrieden zu sein«, giftete sie. »Statt nach dem Mörder von Martha Österle zu suchen, stöbern Sie in den Familienangelegenheiten der Österles herum. Es ist ein Wunder, dass die Leute sich noch nicht über Sie beschwert haben.«

»So unsinnig sind diese Recherchen aber nicht«, widersprach Unglert. Er hatte wieder einmal die drohende Explosionsgefahr nicht bemerkt. »Schließlich haben sich die Chancen für diesen Kevin Lauber, in die Firmenleitung aufzurücken, durch Marthas Tod erheblich verbessert. Das ist doch ein plausibles Motiv.«

»Wenn Sie weiter nichts anzubieten haben…«, schimpfte die Luckner.

»Nun, er hats schon einmal versucht«, sagte Unglert. »Das habe ich recherchiert.«

»Was hat er versucht?«

»Er war schon einmal mit der Erbin eines Modehauses verlobt, und die Verlobung wurde gelöst.«

»Und warum? Gab es einen Skandal?«

»Die Erbin hat die Verlobung gelöst. Sie fand ihn zu langweilig und auch nicht männlich genug. Der Vater war über die Trennung nicht glücklich. Er hätte Lauber gern als Schwiegersohn gesehen.«

»Das ist alles, was Sie anzubieten haben?«, giftete die Luckner. »Einen Mann, der den Laufpass bekommen hat, weil seine Zukünftige ihn zu schlaff fand?«

Sie war jetzt ernstlich böse: »Herr Unglert, dass Sie sich bei jedem Fall mehr für das Sexualleben der Beteiligten interessieren als für die Suche nach dem Täter, das ist eine bekannte Tatsache. Daran habe ich mich schon beinahe gewöhnt.«

Das Ziel ihrer nächsten Attacke war ich: »Aber von

Ihnen, Herr Balck, hätte ich Besseres erwartet. Anscheinend glauben Sie, der Sache sei gedient, wenn Sie alle möglichen unappetitlichen alten Geschichten ausgraben. Wenn Sie so gern in altem Dreck herumwühlen, warum bewerben Sie sich nicht bei der Kanalräumung?«

»Wir mussten doch prüfen, was mit Marthas Kind geschehen ist«, versuchte ich mich zu verteidigen. »Es hätte eine Verbindung zum Mordfall geben können.«

»Wegen einer zwanzig Jahre alten Geschichte. Glauben Sie das wirklich? Glauben Sie, irgendjemand ist damit gedient, wenn der Sohn von Katja Schnoor erfährt, dass er in Wahrheit gar nicht ihr Kind ist? Glauben Sie, er freut sich zu hören, dass er jetzt überhaupt keine Mutter mehr hat? Dass seine wirkliche Mutter ermordet worden ist? Dass ihr Mörder frei herumläuft, weil die Tübinger Kripo zu faul, zu dumm und zu eigensinnig ist, um den Täter zu finden?«

»Sie wollen das einfach so stehen lassen?«, hielt ich dagegen. »Marthas Sohn soll nie erfahren, wer seine leibliche Mutter war?« Ich konnte es nicht glauben.

»Warum sollte ich etwas unternehmen? Alle Straftaten, die mit seiner Geburt zusammenhängen, sind längst verjährt. Wollen Sie eine funktionierende Familie zerstören wegen ein paar Falschbeurkundungen, die zwanzig Jahre her sind? Haben Sie weder Herz noch Hirn?«

Volltreffer! Die Staatsanwältin hatte recht. Sobald sie weg war, musste ich Marthas Schwester anrufen, mich entschuldigen und sie beruhigen.

»Aber es ist doch immerhin ein Erfolg, dass wir herausbekommen haben, wer hinter dem Überfall auf Tom Österle und Erkan Demir steckt.«

»Ein Erfolg? Wenn sie das einen Erfolg nennen… Sie haben einen jugendlichen Straftäter überführt und einen kleinen Polizeiskandal aufgedeckt. Na schön. Aber für unseren Fall hilft uns das überhaupt nicht weiter. Sie sind unglaublich. Ich schicke Sie auf Löwenjagd, Sie kommen mit einer Maus im Maul an und wollen dafür auch noch gelobt werden.«

Ich starrte demonstrativ auf mein Diensthandy.

»Warum schauen Sie mich nicht an, wenn ich mit Ihnen rede?«, brüllte die Luckner. Es war unglaublich, wie viel Stimmvolumen in einer so kleinen Person stecken konnte.

»Ich wollte in meiner Stellenbeschreibung nachsehen, ob da etwas über Großwildjagd steht«, rechtfertigte ich mich.

»Das ist ja die Höhe!«, schrie die Luckner und stieg selbst in die Höhe, genauer gesagt auf einen Bürodrehstuhl, sodass sie uns alle überragte.

»Ich rege mich zu Recht über Ihre Arbeitsleistung auf, und Sie machen sich lustig über mich. Ich sage Ihnen, das wird Konsequenzen haben.«

Sie gestikulierte wild mit den Armen, sodass der Stuhl anfing, sich zu drehen. Sie sprang ab, gab dem Stuhl dabei einen Stoß, sodass er krachend gegen die Wand prallte. Die Staatsanwältin kam schlecht auf und wäre gestürzt, wenn Unglert sie nicht aufgefangen hätte.

»Lassen Sie mich sofort los«, herrschte sie Unglert an.

Sie sah mir direkt ins Gesicht. »Kümmern Sie sich endlich um diesen Manni«, brüllte sie. »Das ist ihre letzte Chance.«

Hackerle versuchte, die Luckner zu beschwichtigen. »Glauben Sie wirklich, dass Manni als Tatverdächtiger in Frage kommt?«, fragte er. »Seit seiner Gefängnisstrafe ist er Alkoholiker. Alle Mitglieder der Familie Österle haben behauptet, der Mann sei ein Wrack. Was meine Mitarbeiter gestern in der Kneipe erfahren haben, passt dazu.

Vermutlich wäre er gar nicht mehr in der Lage, einen kaltblütigen Überfall durchzuführen.«

Die Staatsanwältin war anderer Ansicht: »Der Mann selbst ist vielleicht nicht in der Lage, so etwas durchzuziehen. Aber wir kennen seine Saufkumpane nicht. Da können ein paar richtige Kriminelle darunter sein. Vielleicht hat er jemandem einen Tipp gegeben.«

Ich mischte mich ein: »Wenn Martha Österle ihm am Mordabend Geld gegeben hat, dann ist er damit wahrscheinlich sofort in die nächste Kneipe gegangen. Vielleicht hat Martha ihm erzählt, dass sie an diesem Tag sehr hohe Bareinnahmen hatten, und er hat das brühwarm an der Theke weitererzählt. Das kann jemand mitbekommen haben, der in akuter Geldnot war.«

»Fallen Ihnen eigentlich überhaupt nur Dinge ein, die die Ermittlungen schwieriger machen, anstatt sie weiterzubringen?«, schimpfte die Luckner. »Falls Sie recht haben, dann haben wir überhaupt keine Chance mehr, den Täter zu finden. Dieser Manni weiß sicher nicht mehr, was er im Suff alles herumerzählt hat und wer ihm dabei zugehört hat.«

Die Luckner sah uns nacheinander an: »Wenn auch noch die Manni-Spur kalt ist, sind wir am Ende. Ich habe den Bericht vom LKA-Team gelesen. Bis jetzt haben sie keinen Anhaltspunkt, dass dieser Maschner noch weitere Raubüberfälle plant oder dass er den an Martha Österle überhaupt begangen hat. Das war eine pure Spekulation von diesem Bittermann. Ich denke nicht, dass Maschner der Täter ist. Damit hätten wir einen Raubmord, begangen von einem Unbekannten, über den wir absolut nichts wissen. Wenn es bei diesem einen Überfall bleibt, dann haben wir keine Chance, ihn zu schnappen. Und Sie wissen, was das bedeutet.«

Wir wussten es alle. Ebners Ansehen im Innenministerium würde leiden. Es gab genügend Konkurrenten, die ihm seinen Posten neideten und die gegen ihn intrigieren würden. Und da ihm Sympathien für eine Partei nachgesagt wurden, die nicht zur aktuellen Regierungskoalition gehörte, war seine Lage besonders prekär.

»Ebner ist ein ausgesprochen angenehmer Chef, nur etwas zu weich«, sagte die Luckner. »Ich arbeite sehr gerne mit ihm zusammen, und ich denke, Sie wissen alle, was Sie an ihm haben. Strengen Sie sich also an.«

Sie sah mich an: »Und ich bin eine angenehme Chefin. Merken Sie sich das.«

Ehe sie ging, verkündete die Luckner noch: »Jedenfalls gilt ab sofort: Weitere Befragungen von Mitgliedern der Familie Österle nur noch mit meiner ausdrücklichen Genehmigung.«

Als die Staatsanwältin gegangen war, nahm ich Silke beiseite und fragte: »Habe ich jetzt meine Karrierechancen für alle Zeiten versaut?«

Silke zuckte mit den Achseln. »Ich weiß nicht. Die Luckner ist nicht gewohnt, dass man ihr Kontra gibt. Wenn sie wütend ist, gibt sogar Ebner klein bei und wartet, bis der Anfall vorüber ist. Vielleicht imponiert es ihr ja, wenn sich einer nicht gleich wegduckt. Jedenfalls werden die Polizisten in Tübingen ab jetzt eine gewisse Hochachtung vor dir haben. Die Luckner und ihr Temperament sind sogar in der Verkehrspolizeidirektion berüchtigt.« Silkes Stimme klang amüsiert. »Aber wenn man mit einer Superkratzbürste zusammenlebt, ist man ja einiges gewohnt«, meinte sie.

Kurz nachdem Staatsanwältin Luckner gegangen war, bekamen wir einen Anruf von Alex Österle, der uns einige Rätsel aufgab.

»Ich habe gerade festgestellt, dass Marthas Geld verschwunden ist«, teilte er uns mit.

»Was heißt das – Marthas Geld?«, fragte Hackerle, der das Gespräch angenommen und sofort auf laut gestellt hatte.

»Das ist ein bisschen kompliziert. Martha hat als Geschäftsführerin des Brautmodenhauses ein gutes Gehalt bezogen. Das meiste davon wurde natürlich für die allgemeinen Ausgaben der Familie verbraucht. Wir haben nie genau unterschieden, aus welchem Geldbeutel etwas bezahlt wird. Ich habe Martha immer gesagt, sie soll sich etwas Geld für ganz private Wünsche beiseitelegen. Anfangs hat sie sich über meine Idee lustig gemacht, aber dann hat sie doch jeden Monat ganz zeremoniell zwei Hunderteuroscheine in einer Zuckerdose versteckt. Die Dose steht im Schrank, wird aber nie verwendet. Wir nehmen keinen Zucker zum Kaffee. Gestern Abend hat Nicole ein bisschen abgestaubt und dabei festgestellt, dass die Zuckerdose leer war.«

»Um wie viel Geld ging es da?«

»Seit wir verheiratet sind, hat sie an jedem Monatsersten ihre Geldscheine hineingesteckt. Ich glaube, sie hat nie etwas davon ausgegeben. Es dürfte also um sieben- bis achttausend Euro gehen.«

»Und Sie sind sich sicher, dass das Geld neulich noch da war?«

»Martha hat immer eine richtige Zeremonie daraus gemacht, das Geld hineinzustecken. Beim letzten Mal war die Dose noch voll, da bin ich mir sicher. Ich habe auch Nicole und Kevin gefragt. Es wäre ihnen aufgefallen, wenn die Dose plötzlich leer gewesen wäre.«

Mehr wusste Alex Österle nicht zu berichten. Nachdem er aufgelegt hatte, ergingen wir uns in wilden Spekulationen.

»Vielleicht hat sie das Geld Manni zugesteckt«, vermutete Silke.

»Mag sein, aber wozu?«, meinte Hackerle. »Um sich in einen Schreibwarenladen einzukaufen, reicht es nicht.«

»Manni hat Geld gebraucht. Er wurde erpresst oder er hatte Schulden. Was in seinem Fall praktisch das Gleiche ist. In seinem Zustand hat er sicher niemanden gefunden, der ihm zu regulären Bedingungen Geld leiht«, erklärte Unglert im Brustton der Überzeugung.

Hackerle schien unschlüssig.

»Denkt doch mal alle nach«, beharrte Unglert. »Das könnte eine Erklärung für den Raubmord sein. Die Leute, die Manni unter Druck gesetzt haben, haben noch mehr Geld von ihm gewollt. Und Manni in seiner Dummheit hat ihnen erzählt, von wem er das Geld bekommen hat.«

»Eine interessante Idee und nicht ganz unplausibel«, meinte Hackerle. »Aber solange wir Manni nicht haben, werden wir sie kaum prüfen können.«

Wenn Manni überhaupt noch am Leben war. Falls er wirklich etwas über den Raubüberfall wusste, hatten die Täter den unzuverlässigen Mitwisser vielleicht schon beseitigt.

Ich musste an das Geld denken, das Gerd Österle auf sein Konto eingezahlt hatte. Das war am 2. Februar gewesen. Der Termin passte. Hatte Gerd sich Marthas Geld unter den Nagel gerissen? Aber wozu?

Später am Vormittag nahmen wir uns Mannis Wohnung vor. Die Luckner hatte uns in Windeseile einen Durchsuchungsbefehl besorgt.

Der Hausmeister hatte keinen Wohnungsschlüssel, und so mussten wir die Tür aufbrechen. Wir verbrachten einen großen Teil des restlichen Arbeitstags mit der Durchsuchung. Das lag an dem Chaos, das überall herrschte. Die Wohnung sah genauso aus, wie man es sich bei einem Trinker vorstellt: unaufgeräumt, überall ein Kuddelmuddel aus dreckiger Wäsche, Haushaltsgegenständen und leeren Bier- und Schnapsflaschen. Ohne die Hilfe der Kollegen von der Spurensicherung hätten wir uns gar nicht zurechtgefunden.

Wir fanden rasch heraus, wovon Harald Schmidt alias Manni lebte. Er bezog ein bisschen Sozialhilfe, zusätzlich fanden sich auf seinen Kontoauszügen regelmäßige Überweisungen von einer Frau Lisa Krolowski aus Konstanz. Aus einer Sammlung von Briefen ging hervor, dass Frau Krolowski Mannis verheiratete Schwester sein musste. Wir versuchten, uns mit ihr in Verbindung zu setzen und hatten erneut Pech: Der automatische Anrufbeantworter informierte uns, dass die Familie bis Ende nächster Woche im Skiurlaub war. Ziemlich leichtsinnig, diese Krolowskis. Hatten sie noch nie davon gehört, dass Einbrecher oft vor ihrer Tat durch Anrufe prüfen, ob jemand zu Hause ist?

Außer den Briefen seiner Schwester gab es kaum Hinweise auf Mannis Bekanntenkreis. In einer Schachtel im Wohnzimmerschrank fanden sich Liebesbriefe von einigen Frauen, darunter von Martha Österle, alle viele Jahre alt.

Trotz der Ermahnungen der Staatsanwältin überflog ich die Briefe. Doch ich fand nichts, was uns irgendwelche Hinweise gegeben hätte. Martha musste Manni einst sehr geliebt haben, und aus den Andeutungen in den Briefen konnte man ahnen, dass die Zuneigung gegenseitig gewesen war.

Der Kleiderschrank war eine Insel der Ordnung im allgemeinen Chaos von Mannis Wohnung. Die meisten Kleidungsstücke waren in einem erstaunlich guten Zustand. Manni schien nach wie vor Wert auf sein Äußeres zu legen. Mehrere Kleiderbügel waren leer. Im Abstellraum entdeckten wir am Boden eine rechteckige Aussparung, die nicht ganz so dreckig war. Offensichtlich hatte hier bis vor Kurzem ein Koffer gestanden.

Im Briefkasten fanden wir einige Rechnungen und Werbezuschriften. Aus den Poststempeln schlossen wir, dass der Kasten seit mindestens einer Woche nicht mehr geleert worden war.

Manni war also verreist. Das konnte nur eines bedeuten: Er war auf der Flucht. Auf der Flucht vor der Polizei oder vor den Leuten, die ihn nach Unglerts Theorie bedrängt und erpresst hatten.

Nach einer kurzen Beratung mit Staatsanwältin Luckner wurde Harald Schmidt, genannt Manni, zur Fahndung ausgeschrieben.

Nun konnten wir nur noch warten.

Ich hatte eine unruhige Nacht voller wirrer Träume.

Seltsamerweise spielte Manni darin keine Rolle.

Stattdessen drängte sich immer wieder das verrückte Pendel in Gerd Österles Zimmer in meine Fantasien, abwechselnd mit einem Roulette-Rad und gesichtslosen Spielern, die riesige Berge von Chips zwischen sich hin- und herschoben.

Vielleicht wollte mir mein Unterbewusstsein ja etwas mitteilen. Aber was?

DONNERSTAG

Am Donnerstagmorgen hing ein seltsamer Geruch im Kommissariat, ein Geruch nach Schnaps, den ich mir zunächst nicht erklären konnte.

Dann entdeckte ich, dass in der Teeküche eine Schwarzwälder Kirschtorte stand, von der schon einige Stücke fehlten. Sie musste eine unglaubliche Menge an Kirschwasser enthalten.

Daneben stand Staatsanwältin Gabriele Luckner. Sie trug einen für die Jahreszeit absolut untauglichen Mini ohne Strümpfe. Sie hatte sich wohl auf der Toilette umgezogen, als sie hereingekommen war. Es war allgemein bekannt, dass die Luckner ihre Kleidung je nach Stimmung wechselte. Anscheinend war sie gerade in verspäteter Faschingslaune.

»Die Torte habe ich gebacken, um mich abzureagieren«, erklärte sie fröhlich und sah mich an. »Als ich gestern zurück in die Staatsanwaltschaft gelaufen bin, war ich unglaublich wütend. Jetzt kann ich wieder vernünftig denken. Sie bekommen aber kein Stück ab, ehe Sie mir erklärt haben, wer Sie eigentlich sind.«

Die Frage hatte ich neulich schon mal gehört.

Ich tat unschuldig: »Sie wissen doch, Kriminalkommissar Stefan Balck aus Hessen, seit vergangenen Herbst bei der Tübinger Kripo.«

»Dann muss ich mich wohl etwas klarer ausdrücken.« Ihre Stimme wurde lauter. »Erzählen Sie mir bitte nicht, dass es in Hessen zum guten Ton gehört, Vorgesetzten freche Antworten zu geben, wenn sie zu Recht wütend sind. Wer sind Sie, dass Sie sich sowas trauen?«

»Jemand, der Übung hat«, gab ich zurück.

»Das kommt mir auch so vor«, sagte die Luckner. »Aber ohne eine Erklärung lasse ich sie nicht vom Haken.«

Ich entschloss mich zu einer Kurzfassung: »Ich bin zusammen mit meiner damaligen Freundin auf die Polizeihochschule in Wiesbaden gekommen. Wir fanden die Umgebung ziemlich trostlos, und der Unterricht hat uns auch nicht sehr gefallen. Das einzig Schöne war, dass wir ein gemeinsames Zimmer in einem Studentenwohnheim ergattert haben. Es war winzig, aber immerhin ein Rückzugsort für uns beide. Andere hatten nicht so viel Glück. Trotzdem fanden wir die Situation sehr nervig. Zum Ausgleich haben wir uns angewöhnt, jeden Tag mit einer dummen Bemerkung zu beginnen.«

»Aber sie sind nicht mehr mit ihr zusammen«, stellte die Luckner fest.

»Sie hat ihren Traummann gefunden – einen Staatsanwalt.«

Die Luckner schaute mich fragend an, doch ich war nicht in der Stimmung für weitere Erklärungen. »Im Moment brauche ich die dummen Bemerkungen wieder«, sagte ich. »Ich lebe mit einer Frau zusammen, die manchmal als Superkratzbürste bezeichnet wird. Eine gewisse Person im Kommissariat hat richtiggehend Angst vor ihr.«

Die Luckner lachte. »Ich kann mir denken, wer diese Person ist. Es klingt mir nach einer schwierigen Beziehung«, meinte sie.

»Wenn man weiß, dass ›du Trottel‹ bei ihr eine zärtliche Anrede ist, dann ist das Zusammenleben mit ihr eigentlich recht einfach«, hielt ich dagegen.

»Einfacher, als es mit mir wäre? Das kann ich kaum glauben.«

Das war purer Sarkasmus. Die letzte Ehe von Gabriele Luckner war unter chaotischen Umständen zu Ende gegangen. Bei der Kripo erzählte man sich die unglaublichsten Geschichten darüber, was zwischen ihr und ihrem Ehemann vorgefallen war.

»Wenigstens ist mir jetzt klar, dass Sie ohne Ihre dummen Sprüche nicht überleben können«, meinte die Luckner. »Außerdem kann Hackerle endlich mit seinen Versuchen aufhören, uns beide zu verkuppeln.«

Sie wunderte sich über meinen ungläubigen Blick: »Sagen Sie nur, Sie haben es nicht bemerkt, Sie Unschuldslamm. Jedes Mal, wenn Hackerle mit mir über Sie redet, fängt er an, Sie mit geradezu hymnischen Tönen zu preisen. Ich wette, wenn er mit Ihnen über mich redet, ist es genauso.«

Das stimmte allerdings. Ich hatte mich schon einige Mal darüber gewundert, dass mein Chef so unglaublich positiv über die Luckner sprach, die von den meisten anderen Kripoleuten wegen ihrer cholerischen Natur gefürchtet wurde.

Die Staatsanwältin amüsierte sich weiter: »Es hätte sowieso nicht geklappt. Wir sind schon vom Alter her zu weit auseinander. Ich bin rund zehn Jahre älter als Sie. Außerdem stehe ich auf Männer mit eindrucksvoller Physis.«

»Und ich auf Frauen mit langen Beinen«, gab ich zu.

»Dann ist uns ja einiges erspart geblieben«, schloss sie.

Kurz nachdem die Staatsanwältin gegangen war, wurde unsere letzte heiße Spur zerstört. Katjuscha, die letzte Freundin von Harald Schmidt alias Manni, rief uns an

»Ich habe eine Postkarte von Manni bekommen«, sagte sie. »Er ist auf Entziehungskur.«

Sie fotografierte die Karte und schickte uns das Foto per WhatsApp.

Wir lasen:

Liebe Katjuscha,

Martha ist wirklich eine gute Freundin. Sie finanziert mir eine Entziehungskur in einer sündteuren Privatklinik.
Die ersten Tage waren schrecklich. Kein Alkohol, keine Kontakte nach außen, immer nur Therapiesitzungen.
Es war schlimmer als im Gefängnis. Aber inzwischen bin ich über eine Woche da und es geht mir besser. Gestern Nacht bin ich zum ersten Mal eingeschlafen, ohne dass ich dauernd daran denken musste, wie ich an Alkohol komme. Du bist eine tolle Frau.

Gruß Manni.

Die Karte kam aus Göppingen.

Binnen fünfzehn Minuten hatten wir die Klinik gefunden, in der Manni seinen Entzug machte. Der Chefarzt bestätigte uns, dass Harald Schmidt, genannt Manni, seit Freitag vorletzter Woche bei ihnen war. Es gehörte zu ihrer Therapiemethode, dass während der ersten beiden Wochen keinerlei Außenkontakte erlaubt waren.

»Keine Besuche, kein Fernsehen, keine Zeitung«, erklärte der ärztliche Direktor. »Nichts soll sie von der Therapie ablenken. Keine Einflüsse von außen, die sie vielleicht wieder zum Trinken verführen.«

Wir erklärten ihm, was passiert war, und er versprach, Manni vorsichtig über den Tod seiner Gönnerin aufzuklären.

Nun wussten wir also, warum Marthas Geld aus der Zuckerdose verschwunden war und wofür sie es gebraucht hatte.

Und wir standen ganz ohne Plan da, ohne eine einzige verwertbare Spur. Eigentlich konnten wir alle nun Bittermann bei der Observation von Maschner und dessen illegalem Spielcasino unterstützen. Ansonsten hatten wir nichts zu tun.

Ich konnte und wollte weiterhin nicht glauben, dass diese Tat ein gewöhnlicher Raubüberfall war. Wer auch immer dafür verantwortlich war: Wie waren die Täter auf die Idee gekommen, eine in der Öffentlichkeit wenig bekannte Geschäftsfrau zu überfallen? Es musste eine Verbindung zwischen Martha und ihrem Mörder geben.

Ohne viel Hoffnung sah ich das Material über die LKA-Aktion durch, das uns Bittermann übergeben hatte. Die schriftlichen Berichte gaben nicht viel her. Ich machte mich an die Bilder der Barbesucher, die bei der Observation entstanden waren. Immerhin – die Fotos waren von hervorragender Qualität. Obwohl sie aus ziemlicher Entfernung gemacht worden waren, konnte man alle Gesichter deutlich erkennen. Vom Fotografieren verstanden die LKA-Leute etwas.

Meine Aufmerksamkeit hielt nicht lange an. Die monotone Abfolge der Aufnahmen langweilte mich. Ich hätte beinahe rasch weitergeklickt, als ich gerade noch rechtzeitig ein bekanntes Gesicht entdeckte: Auf einem der Bilder war Gerd Österle zu sehen. Man hatte ihn drei Mal beobachtet, als er die Bar und vermutlich auch die versteckte Spielbank besucht hatte, das letzte Mal etwa eine Woche vor dem Überfall auf Martha Österle.

Die Verbindung war da. Und ich hatte eine Vermutung, worin sie bestand. Meine Träume aus der vergangenen Nacht bekamen plötzlich einen Sinn.

Die nächsten Stunden verbrachte ich damit, meine Idee zu prüfen.

Ich ließ mich von Silke nach Metzigen fahren, zeigte den Angestellten im Brautmodenhaus und dem Wirt der Szenekneipe ein Foto von Maschner. Die Angestellten konnten sich nicht an ihn erinnern, doch der Wirt war sich sicher.

»Ja, der war mal hier. Es ist ein paar Wochen her, aber er ist mir aufgefallen. Er hat nicht richtig hier hereingepasst. Er lungerte zuerst vor dem Lokal herum, dann kam er herein, ging von Tisch zu Tisch und hat sich alle Leute angeschaut. Als ich ihm gesagt habe, dass er sich endlich einen Tisch suchen und sich setzen soll, hat er plötzlich umgedreht und ist ohne Gruß verschwunden.«

Er konnte sich nicht genau erinnern, wann er Maschner gesehen hatte, doch er glaubte, es sei ein paar Tage vor dem Überfall auf Martha Österle gewesen.

Ich ging zurück ins Brautmodenhaus und erfuhr, dass Gerd Österle zwei Tage vor dem Mord dort ausgeholfen hatte. Er hatte neue Kleider von der Firmenzentrale hergebracht, weil der reguläre Fahrer sich überraschend krankgemeldet hatte.

Ich recherchierte im Internet und fand meine Vermutung bestätigt: Die mathematische Chaostheorie beschäftigt sich auch mit Glücksspielen. Das Roulettespiel ist ein Musterbeispiel für ein chaotisches System: Der Lauf der Kugel lässt sich mathematisch gut beschreiben, kann aber trotzdem nicht genau vorhergesagt werden. Doch mit Hilfe der Chaostheorie war es einigen Mathematikern in den USA gelungen, eine Spielbank zu plündern.

Ich beriet mich mit Hackerle, erklärte ihm meine Vermutungen.

»Das klingt alles plausibel, aber es sind nur Spekulationen«, wandte mein Chef ein. »Wie wollen Sie es beweisen?«

Es war an der Zeit, meinem Chef zu gestehen, was ich am Sonntag getan hatte.

»Gerd Österle hat etwa eine Woche vor Marthas Tod 9 000 Euro in bar auf sein Konto eingezahlt«, teilte ich ihm mit und berichtete, wie ich heimlich Gerds Kontoauszüge durchgesehen hatte.

»Scheiße«, sagte Hackerle spontan. Dieses Wort hatte ich noch nie aus seinem Mund gehört. »Das bekommen wir niemals als Zufallsfund durch. Wir können es nicht verwerten.«

»Wir müssen Gerd Österle dazu bringen, dass er selbst gesteht«, schlug ich vor.

»Sie wissen, was die Luckner gesagt hat: Weitere Gespräche mit Mitgliedern der Familie Österle nur mit ihrer persönlichen Genehmigung. Es hilft nichts. Wir müssen sie einweihen. Am besten, Sie reden selbst mit ihr. Es ist ja Ihre Entdeckung. Gehen Sie gleich hin. Ich melde Sie telefonisch an.«

Feigling!

Wider Erwarten war Staatsanwältin Gabriele Luckner bester Laune, als ich sie aufsuchte.

An diesem Nachmittag trug sie stadtfeine Shorts mit einer blickdichten Strumpfhose, und sie hatte ein unaufdringlich weibliches Parfum aufgelegt. Es war offensichtlich: Sie war daran interessiert, sich meine Vermutungen anzuhören, und sie hoffte, dass ich ihr die Lösung des Falls bringen würde. Hackerle musste am Telefon ordentlich Werbung für meine Idee gemacht haben.

Die Staatsanwältin bot mir einen Kräutertee und Plätzchen an. »Die habe ich vor ein paar Tagen abends gemeinsam mit meiner Tochter gebacken«, erklärte sie. »Immer, wenn ich wütend bin, backe ich. Sie sind nicht der einzige Mensch, über den ich mich diese Woche aufgeregt habe.«

Sie legte einen Kommandoton in ihre Stimme. »Und jetzt erzählen Sie mir, was Sie herausgefunden haben!«

Ich berichtete über Gerd Österles Interesse am illegalen Glücksspiel, über seine Besuche in Maschners Spielkasino, auch darüber, dass Maschner kurz vor dem Überfall beim Brautmodenhaus gesehen worden war und dass er dabei möglicherweise Gerd Österle begegnet war.

»Gut, es gibt also eine Verbindung zwischen Gerd Österle und Maschner. Aber das Ganze ist noch sehr dünn. Sie wären nicht zu mir gekommen, wenn sie mir nicht noch mehr zu erzählen hätten«, vermutete die Staatsanwältin.

Ich berichtete ihr von Gerd Österles Kontoauszügen, wartete gespannt auf ihre Reaktion.

»Sie haben sich vorher mit Ihrer Freundin nicht abgesprochen?« hakte sie nach. »Sie musste tatsächlich aufs Klo?«

Ich bestätigte es.

»Und sie hat auch nicht provoziert, dass Gerd Österle Sie allein in seinem Zimmer zurücklässt? Sie hat sich nicht absichtlich hilflos gestellt?«

Das konnte ich guten Gewissens verneinen. Auf so eine Idee würde Hannah nie kommen.

Sie hakte noch einmal nach: »Und das Kontobuch lag offen da?«

Auch das konnte ich bestätigen.

»Gut, dann ist es ein echter Zufallsfund«, entschied die Luckner. »Ein Mann, der einen anderen allein in seinem

Arbeitszimmer zurücklässt, weil er seiner Freundin nachstiefelt, ist selbst für die Folgen verantwortlich. Er muss damit rechnen, dass der andere neugierig im Zimmer hin und her geht und sich alles ansieht. Das ist das eine«, seufzte die Staatsanwältin. »Das andere ist, was die Anwälte daraus machen.«

Sie überlegte einen Moment.

»Laden Sie Gerd Österle für morgen Vormittag vor, am besten um neun, keinesfalls früher. Unileute stehen meistens spät auf und sind ungehalten, wenn sie zu früh gestört werden. Wir sollten eine gute Atmosphäre schaffen, damit er aussagt«, entschied sie. »Aber machen Sie es dringend, akzeptieren Sie keine Verzögerung. Konfrontieren Sie ihn mit allem, was Sie herausgefunden haben, außer mit Ihrem Fund.«

»Wie Sie gesagt haben, es ist alles sehr dünn«, gab ich zu bedenken. »Was ist, wenn er sich sperrt?«

»Ich denke, das wird nicht passieren«, meinte die Luckner. »Wie ich verstanden habe, hing Gerd Österle sehr an seiner Stiefmutter. Er will nicht glauben, dass er ihren Tod mitverschuldet hat. Wenn er die vielen Indizien hört, die Sie zusammengetragen haben, kann er dem Gedanken nicht mehr ausweichen. Und dann wird er auch reden.«

Mit anderen Worten: Sein innerer Zensor würde nicht mehr funktionieren. So wie Hannah es schon am Mordtag vorhergesagt hatte.

Ich kam gerade rechtzeitig zurück ins Büro, als Hinrichsen bei uns anrief.

»Interessante Neuigkeiten«, berichtete er. »Der Croupier, der damals von Maschners betrogenen Kunden zusammengeschlagen wurde, ist aus dem Krankenhaus geflohen.«

»Hat er immer noch Angst vor den Leuten, die ihn so verprügelt haben?«, fragte Hackerle.

»Bittermann meint, dass er wohl eher Angst vor Plärrer hat. Plärrer könnte ihn für die Pannen in Reutlingen mitverantwortlich machen. Vermutlich hat ihn irgendein alter Kumpel gewarnt. Bittermann denkt, dass es bald losgeht. Plärrers Schlägerkommandos werden wahrscheinlich morgen oder am Samstag bei Maschner auftauchen. Wir beobachten ihn rund um die Uhr.«

Wenig später kam ein Anruf von Ebner. Er wollte, dass auch das Tübinger Kommissariat bei der Verhaftung von Maschner Präsenz zeigen sollte.

»Seien Sie rund um die Uhr erreichbar«, ermahnte er uns. »Bittermann hat versprochen, mich zu informieren, sobald die Aktion losgeht.«

Am Abend stellte Hannah die Frage, die ich halb erhofft und halb gefürchtet hatte: »Möchtest du ganz zu mir ziehen?«

»Weißt du, mir geht das alles immer noch ein bisschen schnell«, zögerte ich. »Wir kennen uns noch nicht einmal zwei Wochen.«

»Was riskierst du schon, wenn du zu mir ziehst?«, fragte Hannah. »Du wohnst in einem halb eingerichteten Zimmer in einer WG, wo dich niemand mehr will. Und falls es mit uns zwei als Paar auf Dauer nicht klappen sollte: Ich bin sicher, dass wir uns hinterher noch einigermaßen vertragen werden. Du bist nicht der Mann für heftige Auseinandersetzungen. Selbst wenn wir kein richtiges Paar mehr sind, können wir unsere Beziehung ein paar Monate lang auf Sparflamme weiterführen, bis du eine bessere Bleibe oder eine neue Liebe gefunden hast.«

Ich wusste nicht, was ich sagen sollte.

»Du hast doch Erfahrung mit Ein-Bett-WGs«, lockte Hannah. »Warum sollten wir beide uns dümmer anstellen als du und Dorit damals?«

»Habe ich trotzdem Bedenkzeit?«

»Was fragst du? Sehe ich so aus, als ob jeden Tag bei mir jemand einziehen möchte?«

Ich nahm ihre Frage wörtlich, stellte mir noch einmal Hannahs Körper vor. Es gab weiterhin nichts, was mir an ihm nicht gefallen hätte.

»Wenn ich ehrlich bin, ja. Du siehst so aus«, sagte ich.

Hannah fiel mir mit solcher Wucht um den Hals, dass ich beinahe vom Stuhl gekippt wäre.

»Verstehst du jetzt, warum ich unbedingt mit dir zusammenleben möchte?«, rief sie. »Du machst die unglaublichsten Komplimente und merkst nicht einmal, dass es welche sind.«

Ich zweifelte immer noch: »Und du bist sicher, dass die Wohnung groß genug für uns beide ist?«

»Ist sie denn so klein?« fragte Hannah. »Denk doch, wir haben sogar einen Balkon!«

Das stimmte. Im Schlafzimmer mit seinen vielen schrägen Wänden gab es eine Dachgaube, durch die man auf einen winzigen Balkon treten konnte.

Hannah merkte, dass ich immer noch zögerte. »Hast du dich hier beengt gefühlt?« Eine rhetorische Frage. Sie wusste, dass ich mich bei ihr wohlfühlte.

»Oder brauchst du Platz, weil du irgendwo ein ganzes Zimmer voller Möbel stehen hast, die dir am Herzen liegen, die du aber in deinem lausigen WG-Zimmer nicht aufstellen wolltest?«

»Da gibt es tatsächlich etwas«, antwortete ich. »Kein ganzes Zimmer voll, aber doch zwei Stücke. Das eine ist ein Bücherregal, zwar nur ein Billy von Ikea, aber mit wunderschönen Glastüren mit Floralmuster, die es heute gar nicht mehr zu kaufen gibt.«

»Den hätte ich gerne bei mir stehen. Wir können dafür einen von meinen Billys in den Abstellraum bringen. Regine hat nichts dagegen, wenn ich ein paar Sachen von mir dorthin bringe. Platz ist genug.«

»Dann gibt es noch eine schöne Geschirrvitrine«, berichtete ich. »Ich habe sie zwar nach Tübingen gebracht, aber dort nicht aufgestellt. Mein WG-Zimmer war mir dafür zu schäbig. Ich habe auch das passende Geschirr dazu.«

»Ein Mann, der eine Vitrine voll schönem Geschirr hat!«, rief Hannah. »Das ist selten.«

»Das ist das Verdienst meiner Schwägerin, mit der ich mich sonst nicht so gut verstehe. Ihre Eltern haben ein Haushaltswarengeschäft. Als ich mit Dorit zusammengezogen bin, hat sie mir das nötige Geschirr geschenkt, alles in bester Qualität. Sie hat darauf bestanden, dass ich mir eine passende Vitrine anschaffe. Sie hat mich sogar dazu überredet, gleich eine etwas größere zu kaufen, damit Dorit und ich später unser Hochzeits-Service hineinstellen können. Aber dazu ist es nicht mehr gekommen.«

Hannah war vor Begeisterung kaum zu halten: »Aber ich, ich habe ein Hochzeits-Service. Ich habe es nie aufgestellt. Es steht im Abstellraum. Wir finden einen Platz für deine Vitrine, und wenn ich dafür ein paar von meinen Polstern rauswerfen muss. Ich möchte, dass mein Service endlich zur Geltung kommt.«

Ich war unendlich glücklich. Ich verstand, dass es Hannah um sehr viel mehr ging als nur um den Wunsch, ihr bestes Geschirr gut zu präsentieren.

»Ich brauche keine Bedenkzeit«, sagte ich. »Ich ziehe bei dir ein.«

Später, als wir schon zu Bett gegangen waren, kamen mir wieder Bedenken.

»Ich ziehe bei dir ein, aber ich kenne noch nicht einmal deine Eltern«, sagte ich.

Hannah lachte: »Wenn du willst, können wir sie am Wochenende mal besuchen. Sie wohnen in Stuttgart. Aber ich denke nicht, dass es sehr wichtig ist. Damit du mich nicht missverstehst: Ich liebe meine Eltern. Beide. Aber obwohl mein Vater lauter moderne Ansichten hat, manchmal moderner als ich selbst, war er ein altmodischer, gelehrter Pfarrer. Und meine Mutter war die altmodische Pfarrersfrau, die sich für ihren Mann und für die Gemeindearbeit aufopfert. Als ich meinen Mann und mein Kind verloren habe, konnten sie mir nicht helfen. Sie waren selbst hilflos. Seitdem denke ich, dass mein Vater kein besonders guter Seelsorger ist. Vielleicht wollte ich ja deshalb unbedingt Notfallseelsorgerin werden.«

Ich sah noch eine Schwierigkeit: »Ich weiß nicht, wie ich meine beiden Schränke zu dir bringen soll«, sagte ich. »Ich möchte sie lieber nicht zerlegen, sowas tut Möbeln nicht gut. Aber ich bekomme sie in meinen alten Peugeot nicht rein. Mit deinem Motorroller geht es noch viel weniger. Müssen wir einen Kleinlaster mieten, oder hast du jemanden bei der Hand?«

»Meine Freundin Nina hat einen großen Kombi. Du weißt schon, die Pfarrerin. Notfalls fährt sie eben zwei Mal.«

»Das würde sie tun?«

»Mir zuliebe sicher. Wenn du willst, kannst du dich ja erkenntlich zeigen. Vielleicht schenkst du ihr zu ihrem BH auch noch den passenden Slip. Diesmal einen, der ein bisschen gewagter ist. Soviel ich weiß, steht ihr Mann auf Reizwäsche.«

»Du bist unmöglich«, rief ich, riss das Kopfkissen an mich und knallte es Hannah auf den Schädel.

»Und du bist ein altmodischer Trottel«, sagte Hannah und haute zurück.

Sie warf mich förmlich aus dem Bett, griff nach meiner Hand und führte mich zur Treppe. Wir rannten herunter ins Wohnzimmer, rissen die Kissen von den Polstern und lieferten uns eine ordentliche Kissenschlacht.

»Was machen wir jetzt?«, fragte ich, als wir beide erschöpft auf zwei der Polster sanken, die uns gerade noch als Geschosse gedient hatten.

»Wir sammeln die Kissen auf und stapeln sie alle in einer Ecke«, keuchte Hannah. »Wer morgen als Erster nach Hause kommt, soll das Wohnzimmer gut durchsaugen. Das ist sowieso schon längst überfällig.«

Sie sah mich an. »Versprochen?«

»Versprochen«, bekräftigte ich.

Als wir wieder im Bett lagen, meinte sie: »Falls du Nina doch keinen Slip kaufen möchtest, schlage ich vor, dass wir sie und ihren Mann abends in ein Restaurant einladen. Es wird Zeit, dass wir gemeinsam unter die Leute kommen.«

Vor dem Einschlafen stellte sie noch etwas klar: »Übrigens, es wäre eine ganz schlechte Idee, mir Reizwäsche zu schenken. Davon halte ich gar nichts. Ehe ich so was anziehe, renne ich lieber den ganzen Abend nackt in der Wohnung herum.«

Das hatte ich schon vermutet.

FREITAG

Am Freitagmorgen wurde ich schon kurz vor sechs durch mein Handy aus dem Schlaf geschreckt. Silke war am Apparat.

»Es ist so weit. Plärrers Schlägertrupp ist da. Wo soll ich dich abholen? Wohnst du noch bei deiner seelsorgerisch-aufreißerischen Notfallkratzbürste, oder ist eure Probezeit zu Ende?«

»Die Probezeit ist zu Ende und ich wohne immer noch dort«, sagte ich.

Während wir zu Maschners Wohnung in Reutlingen fuhren, berichtete Silke: »Bittermanns Einsatzkonzept hat nicht funktioniert. Plärrers Schläger haben Maschners Wohnung zerlegt. Dabei haben sie einen solchen Lärm gemacht, dass die Nachbarn aufmerksam geworden sind und die Polizei gerufen haben. Maschner ist verschwunden, trotz Überwachung.«

Im nächsten Moment meldete sich wieder mein Handy. Diesmal war Hinrichsen am Apparat: »Hier ist das absolute Chaos. Der Flur ist voll von Hausbewohnern, und auf der Straße sind überall Neugierige. Anscheinend hat sich in der ganzen Nachbarschaft herumgesprochen, dass wir hier einen Einsatz haben. Alle, die laufen können, sind hergekommen, um zu glotzen.«

Maschner wohnte in einem Appartementhaus nahe der Reutlinger Innenstadt. Die Gegend war nicht ausgesprochen schlecht, aber auch nicht gerade wohlhabend. Hier lebten Arbeiter und kleine Angestellte, auch viele Rentner, die meisten wohl zur Miete. Eine sehr unauffällige Lage. Als wir ankamen sah ich, dass das Chaos größtenteils von der Polizei selbst verursacht war. Auf der Straße standen mehrere Streifenwagen herum. Einer war so ungeschickt geparkt, dass er die Ausfahrt einer Tiefgarage blockierte. Ein junger Polizist mit hochrotem Kopf manövrierte ihn gerade in eine bessere Position, während die Bewohner, die dringend zur Arbeit wollten, ungeduldig ihre Motoren aufheulen ließen.

An der Eingangstür des Hauses, in dem Maschner wohnte, stand schon Hauptkommissar Bittermann. Ein Mitarbeiter der Schmal-Truppe, der offensichtlich zum Überwachungsteam gehört hatte, versuchte, ihm die Situation zu erklären, vermutlich zum fünften oder sechsten Mal:

»Die Anlage ist nicht groß, Erdgeschoss plus sechs Stockwerke, achtundzwanzig Parteien, nur ein Eingang. Es gibt keinen direkten Zugang zur Tiefgarage. Niemand kann das Haus verlassen, ohne dass man ihn sieht. Meine Kollegen und ich haben den Block die ganze Nacht überwacht. Maschner ist gegen Mitternacht heimgekommen, und wir sind sicher, dass er nicht mehr weggegangen ist.«

»Aber jetzt ist er spurlos verschwunden«, brüllte Bittermann. »Das wird Konsequenzen haben.«

Ich entdeckte Hinrichsen, der bereitwillig erklärte, was passiert war: »Gegen fünf Uhr früh haben zwei Männer das Haus betreten, aber unseren Kollegen war nicht klar, dass es sich dabei um Plärrers Schlägerkommando handelte. Die beiden sahen harmlos aus, eher wie Handwerker.«

»Um fünf Uhr früh?«, fragte ich.

»Gestern waren die ganze Zeit Handwerker im Haus. Anscheinend gibt es Schwierigkeiten mit dem Warmwasser. Hier ist generell schon früh viel los. Ein paar Bewohner arbeiten in Stuttgart und verlassen vor sechs das Haus. Jedenfalls sind die beiden Schläger in Maschners Wohnung eingebrochen und haben festgestellt, dass er nicht da war. Sie haben alles kurz und klein geschlagen und dabei jede Menge Lärm gemacht. Das sind sie wohl aus Wien so gewöhnt. Die meisten ihrer Kunden dort wohnen in Gegenden, wo man der Polizei aus dem Weg geht. Hier ist das natürlich anders. Leider war die örtliche Polizei nicht über die Observation informiert. Sie sind mit Blaulicht und Sirene hier vorgefahren. Plärrers Schläger sind sofort weggerannt, aber die Kollegen haben sie gestellt. Ich denke, dass Maschner um diese Zeit aus dem Haus geflüchtet ist. Das Überwachungsteam schwört zwar Stein und Bein, sie hätten die Tür nicht aus den Augen gelassen, aber die Situation war völlig chaotisch. Die Uniformierten aus Reutlingen und unsere Leute haben sich gegenseitig behindert. Jedenfalls ist Maschner nach wie vor verschwunden.«

Mir schien ein anderes Szenario wahrscheinlicher. Vielleicht hatte jemand Maschner rechtzeitig gewarnt und er hatte sich mitten in der Nacht davon gemacht. Ich zweifelte daran, dass die Kollegen das Haus wirklich die ganze Zeit aufmerksam beobachtet hatten. Nächtliche Überwachungen wirken einschläfernder als die meisten Mittel, die man rezeptfrei in einer Apotheke bekommen kann.

»Schauen wir doch mal bei Maschner vorbei«, schlug Silke vor. »Vielleicht fällt uns ja etwas auf, was den anderen entgangen ist.«

Hinrichsen und Bittermann folgten uns.

Maschners Appartement lag im ersten Stockwerk. Die Tür stand weit offen. Anscheinend waren dort schon ein paar Spurensicherer am Werk. Im Flur herrschte Chaos.

Die Nachbarn hatten alle ihre Türen geöffnet. Einige Neugierige waren aus den oberen Stockwerken gekommen, um der Polizei bei der Arbeit zuzusehen. Alles Zureden, sie möchten doch bitte wieder in ihre Wohnungen zurückkehren, nützte nichts.

Silke sprang ein und begann, mit den Neugierigen zu diskutieren. Ihre ruhige und besonnene Art wirkte. Gerade als es aussah, als könnte sie die Situation unter Kontrolle bringen, ging die Aufzugstür auf. Ein kahlgeschorener Mittdreißiger mit Bodybuilder-Muskeln und einer großen Glatze betrat den Flur. Bittermann erkannte ihn sofort und ging auf ihn zu: »Herr Maschner, Ihr Appartement ist aufgebrochen und verwüstet worden. Wir haben in dieser Sache noch ein paar Fragen an sie.«

Vermutlich verstand Maschner überhaupt nicht, was Bittermann gesagt hatte. Als er die vielen Polizisten sah, griff er reflexartig in seine Jacke, zog eine Pistole heraus und versuchte, sie auf den Kommissar zu richten. Hinrichsen stand glücklicherweise direkt neben ihm und reagierte mit einer unglaublichen Geistesgegenwart. Er schlug Maschner die Pistole aus der Hand, als ihr Lauf noch nach schräg unten zeigte. Ein Schuss löste sich. Silke schrie auf und fiel um. An ihrem linken Unterschenkel bildete sich ein hässlicher großer Blutfleck.

Binnen einer Minute war Maschner in Handschellen, und nach zwei weiteren Minuten gelang es einem Sanitäter, Silkes Hose aufzuschneiden und die Wunde freizulegen. Bei jeder Berührung schrie sie laut auf.

Wie man später in der Uniklinik Tübingen feststellte, hatte die Kugel einen Trümmerbruch im Wadenbein und eine üble Fleischwunde verursacht.

Gerd Österle war pünktlich um neun zur Vernehmung erschienen. Als wir kurz vor zehn ins Kommissariat zurückkamen, wartete er immer noch. Anscheinend war ihm aufgegangen, was er mit seinen Spielchen angerichtet hatte.

Fred Unglert war begierig darauf, die Vernehmung zu führen, doch Hackerle entschied, dass er besser an der Vernehmung von Maschner teilnehmen sollte. Vermutlich würde Maschner versuchen zu lügen, und Unglerts Talent würde benötigt werden.

Eigentlich erwartete ich, dass Hackerle nun selbst Gerd Österle befragen würde, doch er entschied anders. Er sah mich an:

»Es war ja schließlich Ihre Idee.« Mein Chef wollte nur das Protokoll führen.

Zu Beginn wies ich Gerd Österle darauf hin, dass unser Gespräch protokolliert würde. Ich riet ihm auch, er solle einen Anwalt heranziehen, doch er hielt es nicht für nötig. Dann begann ich: »Kennen Sie das illegale Spielkasino in Reutlingen hinter der Caribic Bar?«

Das gab Gerd Österle ohne Umschweife zu: »Ja. Das ist da, wo ich vor drei Wochen die Bank gesprengt habe. Mein Gesamtgewinn war circa 30 000 Euro.«

Sein Gewinn war also weit höher gewesen als die 9 000 Euro, die ich entdeckt hatte. Entweder hatte er irgendwo noch große Mengen an Bargeld herumliegen oder er hatte seinen Gewinn auf unterschiedliche Bankkonten aufgeteilt, um eine Meldung nach dem Geldwäschegesetz zu vermeiden.

Ich sagte: »Ein Gewinn von 30 000 Euro an einem Abend. So etwas ist sehr selten. Ging da alles mit rechten Dingen zu?«

Gerd Österle zögerte, bat um ein Glas Wasser, entschied sich dann, mit der Wahrheit herauszurücken: »Ich habe die Regeln zu meinen Gunsten verändert. Als Polizeibeamter haben Sie sicher schon von den Leuten mit dem Computer im Schuh gehört?«

Ich verneinte: »Mit illegalem Glücksspiel hatte ich noch nie etwas zu tun.«

»Es ist schon eine Weile her. Damals haben einige Mathematiker in den USA die Spielcasinos ausgeplündert. Sie haben einen winzigen Computer gebaut, den man mit den Zehen bedienen kann, und ihn in ihrem Schuh versteckt.«

»Was nützt der Computer?«

»Ich nehme an, Sie kennen Roulette. Wenn die meisten Leute gesetzt haben, bringt der Croupier die Kugel ins Rollen, aber man darf noch eine Weile setzen, solange bis er sagt: ›Rien ne va plus‹. Wenn man während dieser Zeit Informationen über die Bahn der Kugel eingibt, berechnet der Computer, wo die Kugel landen wird.«

»Man kann genau berechnen, welche Zahl kommen wird?«

»Es reicht, wenn man ungefähr den Bereich kennt, in dem die Kugel landet. Roulette macht deshalb so süchtig, weil die Spielbank nur einen kleinen Vorteil gegenüber dem Spieler hat. Der Spieler hat immer wieder eine Glückssträhne und glaubt, bald könnte er den entscheidenden Gewinn landen, der ihn reich macht. Wenn man in etwa weiß, wo die Kugel zur Ruhe kommen wird, kann man das Casino ohne Weiteres an einem einzigen Abend ausplündern. Man verliert zwar zwischendurch immer wieder, aber das macht die Sache nur unverdächtiger. Am besten, man setzt auf einzelne Zahlen und verliert zu Beginn andauernd. Dann erhöht man die Einsätze und am Schluss landet man ein paar fette Gewinne.«

»Sie haben also einen winzigen Computer gebaut und sich auf den Weg ins Spielkasino gemacht?«

»Das hatte ich nicht nötig. Darum ging es mir ja gerade.

Es war sportlicher Ehrgeiz. Ich wollte beweisen, dass ich dasselbe ohne Computer kann, nur mit Kopfrechnen.«

»Und Sie haben es geschafft?«

»Es war natürlich viel mühsamer als mit dem Computer. Ich musste einen stark vereinfachten Rechenweg erfinden, und ich brauchte einige Abende, um meine Formeln so anzupassen, dass sie wirklich funktionierten. Meine Kenntnisse der Chaostheorie haben mir geholfen. Aber schließlich war es so weit. Ich habe an einem einzigen Abend das Casino in Reutlingen um 30 000 Euro erleichtert.«

Gerd Österle sah einen Moment stolz aus, dann erinnerte er sich, wo er war, und er wurde mit einem Schlag ernst.

Ich fragte: »Warum haben Sie den Trick in einem illegalen Spielcasino durchgezogen? Es gibt doch in Süddeutschland genügend legale Spielbanken.«

»Ich denke, dass die legalen Spielbanken ihre Erfahrungen über Spielertricks austauschen. Wahrscheinlich wäre ich enttarnt worden, ehe ich den Coup hätte durchziehen können. In einem illegalen Casino ist das Personal weniger gut geschult.«

»Wie haben Sie überhaupt von diesem Casino erfahren?«

»Durch Zufall. Ein Student kam mit einer Unmenge von blauen Flecken in meine Übungsgruppe. Ich fragte, was passiert sei, und er erzählte mir, dass er von mehreren Schlägern verprügelt worden war, als er versuchte, seinen Vater, einen notorischen Spieler, aus einem illegalen Casino herauszulotsen. Und er erwähnte die Adresse.«

»Aber das muss Ihnen doch gezeigt haben, wie gefährlich diese Leute sind. Es war völlig verrückt von Ihnen, einfach dort hinzugehen und die Bank auszunehmen. Ich wäre nie auf die Idee gekommen, es zu versuchen.«

»Es war eine fixe Idee von mir. Wenn eine Berechnung schwierig genug ist, dann passiert es manchmal, dass sie mich nicht loslässt. Ich muss sie einfach durchziehen, und dann muss ich auch ausprobieren, ob meine Berechnungen stimmen. Ich hielt die Sache für ungefährlich. Ich habe im Spielcasino nicht meinen wahren Namen genannt. Ich habe nie mein Auto in der Nähe geparkt. Ich habe in Reutlingen nicht viele Bekannte, und ich verkehre auch nicht in Spielerkreisen. Ich hätte nie gedacht, dass die Leute vom Casino mich aufspüren könnten.«

»Seit wann wissen Sie, dass der Überfall auf Ihre Stiefmutter mit Ihrem Casinoabenteuer zusammenhängt?«

»Ich verstehe es immer noch nicht, und ich kann es auch nicht glauben. Mir ist klar, dass ein solches Spielcasino von Kriminellen betrieben wird, die sich notfalls ihr Geld mit Gewalt zurückholen. Aber das sind doch keine Verrückten. Wenn die Leute vom Casino hinter diesem Überfall stecken, wieso haben sie dann meine Stiefmutter überfallen und nicht mich? Und wozu der Mord? Denen muss doch klar gewesen sein, dass ich Dreck am Stecken habe und dass ich bei einer Drohung ganz rasch klein beigeben würde.«

»Ein unglücklicher Zufall«, sagte ich. »Sie haben am Mittwoch vor dem Mord Kleider ins Brautmodenhaus gebracht.«

»Ja. Unser Fahrer war ausgefallen und am Mittwoch habe ich an der Uni keine Veranstaltungen, da kann ich gelegentlich in der Firma aushelfen.«

»Einer der Leute, die hinter dem illegalen Spielcasino stecken, hat sich zufälligerweise in der Umgebung aufgehalten und Sie gesehen.«

»Aber warum ist er auf Martha losgegangen?« Gerd Österles Stimme klang verzweifelt.

»Sie haben es doch in der Mordnacht selbst erklärt. Die Firmenautos, drei identische Minivans vom Typ Citroën C4 Picasso, gehören keinem bestimmten Familienmitglied. Sie werden von dem gefahren, der sie gerade braucht. Am Freitagabend saß ihre Stiefmutter in einem dieser Picassos. Wir haben ihre Fahrt von Metzingen nach Kirchentellinsfurt neulich nachgestellt. Wenn man nachts aus dem Parkhaus fährt, wird jemand, der auf der Straße wartet, von den Scheinwerfern geblendet. Es ist unmöglich festzustellen, wer am Steuer sitzt. Außerdem hatte Ihre Stiefmutter einen ziemlich männlichen Fahrstil.«

»Mein Gott«, rief Gerd Österle. Er stützte die Arme auf den Tisch, vergrub sein Gesicht in den Händen und fing an zu weinen.

Nachdem Gerd Österle das Protokoll seiner Aussage unterschrieben hatte, ging ich in den Verhörraum, wo sich Unglert, Bittermann und Hinrichsen gerade Alfred Maschner vornahmen. Im Hintergrund stand Staatsanwältin Luckner.

Wie zu erwarten, führte zunächst Bittermann das Wort. Bei seiner lauten Stimme klang es, als würde er Maschner anbrüllen: »Sie bleiben also bei Ihrer Darstellung?«

»Ich stieg aus, nahm meine Pistole in die Hand und ging auf den Minivan zu. In dem Moment stieg die Fahrerin aus. Erst da sah ich, dass es eine Frau war. Ich war völlig erschrocken, wollte verhindern, dass sie meine Pistole sah. Ich stoppte mitten im Schritt, versuchte, das Ding in die Tasche zu stecken, und da ging sie los. Die Frau brach zusammen.«

»Und das soll ich Ihnen glauben?«, tönte Bittermann. »Sie sagen, Sie waren total erschrocken, aber dann hatten

Sie doch noch die Geistesgegenwart, die Tasche mit den Einnahmen mitzunehmen. Glauben Sie, Sie können durch Ihre Märchen irgendetwas gewinnen? Ich muss an die frische Luft, ich habe keine Lust, meine Zeit noch länger mit Ihnen zu verschwenden.« Er erhob sich und rauschte aus dem Zimmer.

Maschners klägliches »Doch, es war so!« ging in Bittermanns Wutausbruch unter.

Unglert wartete einen Moment, dann sagte er ganz freundlich: »Warten Sie, ich hole Ihnen noch einen Kaffee.« Er ging hinaus und kam wenig später mit einem großen, dampfenden Becher zurück. Er sagte:

»Wissen Sie, Sie sollten noch einmal über Ihre Aussage nachdenken. Die Staatsanwältin, die für den Fall zuständig ist, ist ziemlich scharf. Sie wird Sie in der Luft zerreißen. Niemand im Gerichtssaal wird Ihnen glauben, dass es reiner Zufall war, dass der Schuss losging. Unsere Kollegen verhören gerade den Croupier, der Sie durch die Gegend gefahren hat. Er schiebt natürlich Ihnen die ganze Schuld zu.«

Maschner sackte ein wenig zusammen, und dann begann er eine lange, stockende Rechtfertigungsrede, in der er genau erklärte, was ihm durch den Kopf gegangen war, als er sich plötzlich mit Martha Österle konfrontiert sah. Er schien auf Bittermanns und Unglerts Spielchen hereinzufallen. Maschner war wirklich ein durch und durch inkompetenter Gangster.

Während er redete und redete, kam leise Bittermann herein. Er blieb still und hielt sich im Hintergrund. Erstaunlich, dass er so etwas konnte.

Als die beiden ihre Vernehmung abgeschlossen hatten, erklärte die Staatsanwältin mir, wie es zum Überfall auf Martha Österle gekommen war: »Nachdem sein Spielcasino in Schwierigkeiten geraten war, hat Maschner nach neuen Einnahmequellen gesucht. Er hatte von den Gerüchten gehört, in der Kneipe neben dem Brautmodenhaus würde mit Drogen gehandelt. Das ist ein Feld, auf dem er sich auskennt. Die Wiener Polizei vermutet, dass Plärrer seine Hände auch im Drogengeschäft hat, aber sie konnten ihm bisher nichts nachweisen. Anscheinend mischt er selbst nicht aktiv mit, aber er kassiert Schutzgelder von den kleinen Dealern, die in seinem Revier arbeiten. Wenn sie nicht zahlen, dann verpfeift er sie an die Polizei. Maschner wollte hier wohl etwas Ähnliches aufziehen. Er hat rasch gemerkt, dass da für ihn nichts drin ist. Aber als er am Mittwoch die Gegend um die Kneipe besichtigte, hat er Gerd Österle beobachtet, wie er mit dem Minivan in die Tiefgarage einfuhr. Am Freitagabend hat er sich dann vor dem Brautmodenhaus auf die Lauer gelegt. Er wollte ihn zwingen, den Gewinn zurückzuzahlen. Aber statt Gerd saß Martha Österle im Minivan.«

Ziemlich genau das, was ich vermutet hatte.

Eines war mir noch unklar: »Wie konnte Maschner in der vergangenen Nacht verschwinden und plötzlich wieder auftauchen, ohne dass man gesehen hätte, wie er das Haus verließ?«

Bittermann tutete: »Das hätte den Beamten, die die Observation gemacht haben, gleich klar sein müssen. Eine Riesendummheit!«

Wenn es so klar war, warum war Bittermann dann nicht selbst dahintergekommen?

Unglert klärte mich auf: »Maschner hatte seit einigen Wochen ein Verhältnis mit einer Frau im fünften Stock. Ihr Mann ist Monteur und diese Woche unterwegs. Anscheinend waren sie heute früh in Hochform. Die beiden waren so miteinander beschäftigt, dass sie nicht einmal den Lärm gehört haben, als sein Appartement in Stücke ging. Von der Polizeiaktion haben sie auch nichts mitbekommen. Wahrscheinlich waren sie die Einzigen im ganzen Gebäude. Maschner war völlig überrascht, als er aus dem Aufzug stieg.«

»Und er wollte sofort schießen«, sagte ich.

»Eigentlich eine traurige Geschichte«, sagte die Luckner. »Ich nehme ihm die Geschichte, dass er seine Pistole eigentlich wegstecken wollte, nämlich ab. Aber den Mordversuch an Hauptkommissar Bittermann kann ich nicht wegdiskutieren. Und das Traurigste von allem: Das Einzige, was Maschner an dem ganzen Unheil leid tut, ist, dass seine Geliebte jetzt Schwierigkeiten mit ihrem Ehemann bekommt. Der Mord ist ihm vergleichsweise egal. Er muss diese Frau wohl wirklich lieben. Man staunt immer wieder, wohin die Liebe einen führen kann. Liebe ist eben ein Blindflug.«

Da sprach die Expertin.

Ich wusste auch nicht, wohin die Liebe mich führen würde.

Am Nachmittag besuchten Hackerle, Unglert und ich gemeinsam Silke in der Chirurgischen Klinik.

Sie wirkte sehr deprimiert. »Es wird sehr lange dauern, bis ich wieder einsatzbereit bin, vermutlich Monate«, klagte sie.

Auch wenn sie es nicht aussprach, wir wussten, was es bedeutete: Die Hackerle-Truppe musste ab sofort ohne Silke auskommen. Silke würde nicht wieder anfangen zu arbeiten. Das Ende ihrer Krankschreibung würde gleichzeitig der Beginn ihrer Rente sein. Wie es danach mit unserer Dienstgruppe weitergehen würde, war ungewiss.

»Wir warten auf alle Fälle mit dem Festessen, bis du wieder aus dem Krankenhaus kommst«, versprach Hackerle.

»Festessen?«, fragte ich.

Silke erklärte: »Nach jedem großen Fall lädt Günter uns alle zu einem Festessen ein. Seine Frau kocht. Es lohnt sich wirklich.«

Das glaubte ich gern. Hackerles Frau stammte aus Südfrankreich, und ich hatte schon gehört, dass sie eine hervorragende Köchin war.

»Die Einladung gilt natürlich auch für den Partner beziehungsweise die Partnerin«, fügte Silke hinzu. »Du weißt ja, dass meine Lebensgefährtin sehr menschenscheu ist, aber zu diesem Essen kommt sie. Deine Superkratzbürste wird sicher auch begeistert sein.«

Nach dem Besuch bei Silke gab es im Kommissariat nichts Wichtiges mehr zu tun, und so kam ich vor Hannah nach Hause. Wie verabredet, machte ich mich sofort ans Staubsaugen, auch wenn die Tätigkeit ziemlich sinnlos war. Wenn wir am Wochenende umräumen mussten, um Platz für meine zwei Schränke zu schaffen, würde so viel neuer Staub entstehen, dass wir gleich wieder putzen mussten. Doch versprochen war versprochen, darauf legte Hannah Wert. Das hatte ich begriffen.

Hannah kam an diesem Tag ziemlich spät nach Hause, so dass wir gleich nach dem Abendessen den Freitagskrimi im Zweiten ansehen konnten. Fernsehen war ein potenzieller Konfliktherd in unserer jungen Beziehung, da wir sehr unterschiedliche Sehgewohnheiten hatten. Doch wir beide liebten die Freitagskrimis, konnten uns einen Start ins Wochenende ohne sie nicht vorstellen.

Später, nachdem wir uns schlafen gelegt hatten, fragte Hannah: »Wieso liebst du eigentlich Krimis? Nach allem, was ich höre, haben sie mit echter Polizeiarbeit nicht viel zu tun.«

»Einen realistischen Krimi würde niemand sehen wollen«, behauptete ich. »Die meiste Zeit sitzen wir im Büro, so wie die meisten Menschen heutzutage. Wir recherchieren im Netz, studieren Akten oder schreiben Berichte. Die vielen Büromenschen im Land wollen doch nicht sehen, wie andere Büromenschen auf ihren Drehstühlen sitzen und auf den Bildschirm starren. Außerdem sind bei einem typischen Mordfall so viele Kripoleute beteiligt, dass der Zuschauer sich gar nicht alle merken kann. Nein, Realismus ist mir egal. Was mich mehr ärgert, sind die Klischees, die in beinahe jedem Krimi vorkommen, in Büchern genauso wie im Fernsehen.«

»Und die wären?«

»Das eine: Seit einiger Zeit sind die allermeisten Kommissare Feinschmecker oder sie essen so viel und so oft, dass man sie zum Tatort rollen müsste. Beinahe zu jeder erfolgreichen Krimiserie kommt nach kurzer Zeit ein Kochbuch heraus. Das andere: Beinahe jeder Kommissar hat ein äußerst kompliziertes Privatleben. Ganz normale Familienväter gehen anscheinend nie zur Polizei.«

»Feinschmecker und Vielfraß, na ja. Da hast du wohl Recht. Zum Privatleben der Kommissare: Ich kenne da einen Kriminalisten aus Tübingen, der gerade dabei ist, mit der kompliziertesten Frau zusammenzuziehen, die er jemals kennengelernt hat. Manchmal meine ich, ich sollte ihn warnen.«

»Ich kenne den Mann auch. Ich habe auch schon mit ihm gesprochen. Aber er lässt sich absolut nicht davon abbringen.«

Hannah gähnte. »Dann muss es wohl wahre Liebe sein«, schloss sie. »Der Rest wird sich finden. Mit Gottes Hilfe.«

Sie kuschelte sich an mich. Im nächsten Moment war sie eingeschlummert.

Pfarrerstochter eben. Cool, taff, verheult, sexy, fromm, lose Zunge, lauter verrückte Ideen. Man musste sie lieben. Wenn man nicht gerade an ihr verzweifelte.

Gerhard Spitz

Gerhard Spitz wurde 1955 in Ulm geboren und ist promovierter Physiker. In den Achtzigerjahren hat er an einem damals sehr erfolgreichen Buch über Computeranwendungen in der Theoretischen Physik mitgearbeitet. Schon in seiner Schulzeit hat der Autor sich für fiktionales Schreiben interessiert, dies jedoch zugunsten seines Studiums und einer anschließenden Karriere in der IT-Industrie zurückgestellt. Inzwischen ist er im Ruhestand und widmet sich verstärkt dem Schreiben.

Der Autor hat in Tübingen nicht nur studiert und promoviert, er hat dort auch seine Frau kennengelernt und geheiratet. Inzwischen lebt er in Ulm, doch Tübingen ist für ihn nach wie vor die schönste Stadt Süddeutschlands. Als er begonnen hat, Kriminalromane zu schreiben, war für ihn klar, dass die Handlung in Tübingen und Umgebung spielen muss.

Dieser Kriminalroman spielt an realen Schauplätzen. Alle Personen und Handlungen sind frei erfunden. Sollten sich dennoch Ähnlichkeiten mit lebenden oder verstorbenen Personen ergeben, so sind diese rein zufällig und nicht beabsichtigt.

Postfach 16 42 · 72706 Reutlingen

Titelbild: © Adobe Stock
Gestaltung: PMP Agentur für Kommunikation, Reutlingen
Lektorat: Bernd Storz
Korrektorat: Sabine Tochtermann
Satz: Uhl + Massopust, Aalen
Druck und Bindung: CPI books GmbH, Leck
Printed in Germany
ISBN 978-3-96555-119-0

ISBN 978-3-96555-087-2
11,95 EUR

ISBN 978-3-96555-085-8
11,95 EUR